# DIÄTEN UND DIAMANTEN
*Romantikthriller*

AF151183

Von Diäten und Diamanten,
Liebe und Zucchinipuffer

## Das Buch

[...] Jana stand starr vor Angst hinter der aufgestoßenen Bürotür. Von der ihr gegenüberliegenden Seite des Raumes blickten sie die leblosen Augen ihrer Besucherin unter halb geöffneten Lidern an. Das Rot des Blutes hob sich scharf vom strahlenden Weiß ihrer perfekt gebügelten Bluse ab. Neben sich, auf der anderen Seite der Tür, hörte Jana den Mörder atmen. Sie drückte sich tiefer nach hinten ins Regal. Dann sah sie eine Hand in einem Lederhandschuh nach vorne greifen. [...]

Jana ist Mitte Dreißig, lebt in einer Kleinstadt nördlich von München und hat von Männern die Nase voll. „Da ist mir zuviel Leid in Leidenschaft", hat sie einmal zu ihrer Freundin Juli gesagt. Sie arbeitet neben ihrem Beruf als Hobbygärtner-Beraterin lieber daran, ihre Träume wahr zu machen: Eine erfolgreiche Autorin möchte sie werden und ihren Computer beherrschen lernen. Na ja, und 20 Kilogramm Übergewicht will sie auch noch abwerfen. Jedenfalls, kein Mann und keine Liebeswirren stören sie dabei und so sollte es bleiben, wenn es nach Jana ginge. Doch dann wird eine Frau in ihrem Büro ermordet und der etwas verwahrloste Kriminalhauptkommissar Bergmeister tritt in ihr Leben.

DIÄTEN UND DIAMANTEN ist spannender Krimigenuss, pikant gewürzt mit Romantik und schlanken Rezepten.

## Die Autorin

Eva B. Gardener lebt in einer bayerischen Kleinstadt in der Nähe von München. Wie ihre Hauptfigur Jana in DIÄTEN UND DIAMANTEN ist sie Gartenexpertin, Autorin und computerbegeistert. Sie reist, schreibt und fotografiert gerne und teilt ihre Erfahrungen in Büchern, Zeitschriften und im Internet. www.evabgardener.de

# DIÄTEN UND DIAMANTEN

*Romantikthriller*

Eva B. Gardener

Dieses Buch ist reine Fiktion. Orte, Handlungen und Personen sind entweder frei erfunden oder sie werden als Fiktion eingesetzt. Ähnlichkeiten mit Namen lebender oder verstorbener Personen, Orten oder Ereignissen sind rein zufällig.

Bibliografische Information der Deutschen Bibliothek

Die Deutsche Bibliothek verzeichnet diese Publikation in der Deutschen Nationalbibliografie; detaillierte bibliografische Daten sind im Internet über http://dnb.ddb.de abrufbar.

DIÄTEN UND DIAMANTEN
Romantikthriller
© Eva B. Gardener
Überarbeitete Neuauflage 2015
Erste Auflage unter dem Titel *Die letzte Diät* (BoD, Norderstedt 2003)

Herstellung: BoD - Books on Demand, Norderstedt 2015
Printed in Germany ISBN 978-3-7392-0245-7

MIX
Papier aus verantwortungsvollen Quellen
Paper from responsible sources
FSC® C105338
FSC
www.fsc.org

# Prolog

## Diäten und Diamanten
### *Romantikthriller*

*Brasilien 1782*

Erschöpft vom Graben mit den bloßen Händen und von den Stunden voller Angst, die ihn zu übermenschlichen Anstrengungen getrieben hatte, wischte sich Eduardo Joaquim Machado mit dem Ärmel seines verwaschenen, blauen Hemdes über die Stirn. Er war am Ende seiner Kräfte angelangt, sein Hemd klebte schweißnass und schmutzig an dem ausgemergelten Körper.

Aber er hatte keine Zeit sich auszuruhen, er musste hier weg, so schnell es ging. Er durfte nicht an diesem Ort gesehen werden, an der letzten Ruhestätte seines Cousins. Des Cousins, den er jetzt dafür hasste, dass er ihn in diese krumme Sache hineingezogen hatte, auch wenn der dafür bereits mit seinem Leben bezahlt hatte und vergraben im Boden zu seinen Füßen lag, sorgfältig unter Zweigen und Laub verborgen.

Der Schweiß brannte Eduardo in den Augen. Er presste die Fäuste gegen den pochenden Schmerz in seinem Kopf, aber auch das half nichts. Als er ein Geräusch hinter sich hörte, drehte er sich erschreckt um. Aber es war nur ein Vogel, der da im Laub hüpfte. Man war ihm noch nicht auf der Spur.

„Heilige Mutter Maria, lass mich das überleben", betete Eduardo und machte sich auf den Weg, „nicht um meinet-, sondern um meiner Familie willen, bitte, lass mich das überleben."

Ja, hätte er, Eduardo, sich bloß nicht locken lassen von den Geschichten über schnellen Reichtum, die ihm sein Cousin und dessen narbengesichtiger Kumpane erzählt hatten. Hätte er sich doch nicht den Träumen eines sorgenfreien Lebens hingegeben, das ihm einfach so in den Schoß fallen sollte. Aber das Leben war so verdammt hart gewesen, seit er und seine Familie sich mit dem Geld eines Kredithaies ihre kleine Fazenda in den Bergen von Treze Minas gekauft hatten. Mit dem, was er erwirtschaftete, konnte er kaum die Zinsen bezahlen, geschweige denn Schulden tilgen oder seine Familie anständig ernähren.

Das Geld, das sie für die geraubten Diamanten bekämen, würde ihn von allen seinen Sorgen befreien, hatte der Cousin versprochen. Aber nun lag dieser in einem fauligen Erdloch mitsamt all dem Reichtum, dachte Eduardo.

Dabei hatte doch alles so einfach geschienen.

Der Cousin hatte ein Gespräch belauscht und erfahren, dass der stellvertretende Direktor der Minengesellschaft die Ausbeute der letzten Wochen unter Vortäuschung eines Erkundungsrittes mit nur zwei Mann Begleitung zur nächsten Handelsstation bringen würde. Die Rohdiamanten würden in seiner Weste eingenäht sein. Weil Gerüchte von neuen Funden in Indien aufgetaucht waren und sie schnell handeln wollten, bevor die Preise fielen, wurde auf die übliche schwer bewaffnete Eskorte und andere Sicherheitsmaßnahmen verzichtet. Es war die Chance ihres Lebens, hatte sein Vetter gesagt.

An der Strasse im Gebüsch versteckt hatten sie dem Minendirektor und seinen Begleitern aufgelauert. Die Straße selbst war kaum mehr als eine grobe Schneise, die man durch den Wald geschlagen hatte – rote, nackte Erde, steinig und staubig.

Stundenlang hatten sie ausgeharrt, Eduardo, der Cousin und sein Kumpane. Sie hatten kaum gewagt, zu sprechen, nur den Lauten der Wildnis gelauscht.

Dann endlich war es soweit gewesen. Plötzlich hatten sich die Geräusche des Waldes verändert. Vögel waren aufgeflattert, ein Affe hatte seine Artgenossen durch Schreie gewarnt. Kurz darauf waren Hufschläge gedämpft vom Staub der Straße zu hören gewesen.

Eduardo hatte die Reiter von seinem Platz zwischen Sträuchern am Straßenrand aus kommen sehen. Es waren drei Reiter im leichten Galopp, die aus der Kurve heraus in seine Richtung ritten: der stellvertretende Minendirektor und zwei weitere Männer.

Als sie fast bei ihm waren, hatte er wie verabredet das Seil straff gezogen, das sie vorher im rötlichen Straßenstaub verborgen hatten, und das auf der anderen Straßenseite an einem Baum befestigt war. Schnell wickelte er sein Ende um den Baum, den er sich vorher dafür auserkoren hatte, sodass sich das Seil nun in Brusthöhe der Pferde über die Straße spannte. Es war ein Handgriff, den sie vorher Hunderte Male geübt hatten, damit sie ihn in Sekundenschnelle ausführen konnten.

Die Reiter hatten sofort die Pferde zurückgerissen und ihre Waffen gezogen. Doch sie hatten keine Chance. Hinter ihnen hatte der Cousin ebenfalls ein Seil gespannt, sodass die Pferde nicht vor und nicht zurück konnten. Verabredungsgemäß schleuderte Eduardo drei Giftnattern, die sie gefangen und in einem Korb aufbewahrt hatten, zwischen die Hufe der Pferde, die sich sofort hoch aufbäumten und angstvoll schnaubten. Eine der Schlangen wurde von einem Huf getroffen, die anderen beiden schlängelten lautlos zurück in den Wald. Um die Angst der Pferde noch mehr anzuheizen, war verabredet gewesen, dass der Cousin und der Komplize zusätzlich ein paar Schüsse in die Luft abgeben würden. Eduardo hatte sich also nicht gewundert, als die Schüsse durch die Luft gepeitscht waren.

Der stellvertretende Direktor war als Erster vom Pferd gefallen, dann auch die beiden anderen. Entsetzt hatte Eduardo das Blut nass und dunkel aus den Schusswunden hervorquellen sehen, dort wo die Kugeln gerade ihr Fleisch und die Knochen zerfetzt hatten. Der stellvertretende Direktor war in den Kopf, die anderen beiden jeweils ins Herz getroffen worden.

*Das war so nicht verabredet gewesen. Sie würden nicht auf die Männer schießen,* hatten sie ihm vorher gesagt. Aber sie fuhren Eduardo als Antwort auf seine Fragen nur ungeduldig an, während sie die verstörten Pferde einfingen und an einen Baum banden.

Eduardo war starr vor Entsetzen dagestanden. Sein Cousin riss die Jacke des stellvertretenden Direktors auf. Er fand darunter wie erwartet eine Weste, in welche die Diamanten eingenäht waren. Er streifte dem Toten die Weste ab und zog sie sich selbst an, dann seine Jacke darüber.

Dann war passiert, womit sie nicht gerechnet hatten. Ein vierter Reiter kam plötzlich in wildem Galopp angeritten und feuerte auf sie. Sie selbst hatten ihre Waffen nicht mehr nachgeladen, nun konnten sie nicht schnell genug reagieren. Der vierte Reiter war ein guter Schütze. Der Kumpane des Cousins wurde getroffen und war auf der Stelle tot. Auch der Cousin bekam eine Kugel ab, Eduardo musste den Vetter stützen, der im Rückzug dann den vierten Reiter mit einem Schuss aus seiner inzwischen nachgeladenen Waffe außer Gefecht setzte.

Eduardo hatte den stöhnenden Vetter tiefer in den Wald geschleppt, zuerst einfach senkrecht von der Straße weg, dann nach einer Weile änderten sie die Richtung. Sie wollten zum äußersten Winkel von Eduardos Fazenda, dort wo das Land noch nicht beackert war, sondern Wildnis vorherrschte. Dort, wo nie jemand hinkam und wo sie sich verstecken und ausruhen konnten.

Nach drei endlosen Stunden durch Gestrüpp bergauf und bergab hatten sie ihr Ziel erreicht, obwohl Eduardo oft geglaubt hatte, die Richtung verloren zu haben. Der Vetter war zunehmend schwächer geworden, die letzte Stunde hatte er ihn getragen. Eduardo ließ den Vetter zu Boden gleiten. Auch er wurde von der Erschöpfung zu Boden gedrückt, er legte sich nieder und schnappte nach Luft. Seine Lungen brannten, er versuchte zu begreifen. Waren sie jetzt in Sicherheit?

Als Eduardo sich schließlich zu dem Cousin umgedreht hatte, um ihn mit Vorwürfen zu überhäufen, reagierte der nicht mehr, er war tot.

Er hatte es nicht fassen können. Er hatte an dem Vetter gerüttelt, der im Tod seine gelben Schneidezähne in einem blöden Grinsen entblößte.

Angst war ihm kalt den Nacken hinauf gekrochen, er versuchte seine Lage zu begreifen. Er lag hier mit seinem toten Cousin und den geraubten Diamanten. Was sollte er tun? Die Diamanten könnten ihn zu einem reichen Mann machen, aber auch ganz schnell zu einem Kadaver für die Geier, denn die Häscher der Minengesellschaft würden keine Gnade kennen. Und wie sollte er die Diamanten überhaupt verkaufen, dafür war doch der Vetter zuständig gewesen.

Ihm war nur ein Ausweg eingefallen. So hatte er den Cousin samt der kostbaren, Unglück bringenden Weste an Ort und Stelle auf seinem Grund vergraben, ihn mit Erde, vermoderndem Laub und Zweigen bedeckt. Er hoffte dadurch, das Unglück von seiner Familie fernzuhalten. Er war sich ganz sicher, dass *er* diese Diamanten niemals wieder ausgraben würde.

Eduardo erhob sich nur mit Mühe, jede Faser seines Körpers schmerzte. Stöhnend begann er in Richtung seiner Fazenda mehr zu torkeln als zu gehen. Wenn er doch nur schon daheim wäre.

Als ein Zweig unter seinen Füßen knackte, hielt er inne. Es würde besser sein, wenn er nicht auf direktem Wege quer über sein eigenes Land nach Hause liefe.

Er änderte die Richtung und lief nun auf die Straße nach Ouro Perigoso zu. Er würde der Straße ein Stück weit folgen und seinen Grund und Boden erst in Höhe des frischbestellten Feldes erneut betreten.

Bald war er der Straße so nah, dass er den abendroten Himmel durch die Schneise leuchten sah. Sein Herz schmerzte, so sehr wünschte er sich, zuhause zu sein. Er hoffte auf den Trost des Alltags, der ihn mit der Zeit vielleicht vergessen lassen würde.

Und in Zukunft würde er noch härter arbeiten, noch länger auf dem Feld sein altes Zugpferd antreiben. Dann würde schon alles gut werden, spornte er sich an. Bald würde er es geschafft haben. Bald wäre er in Sicherheit.

Plötzlich war da ein Rascheln hinter ihm. Noch während er sich umdrehte, um die Ursache des Geräusches festzustellen, fiel ein Schuss.

Eduardo sank ohne einen Laut tot zu Boden.

# 1 Diäten und Diamanten
## Romantikthriller

*Deutschland 1994*

Es war Juni, es war Montag, und es herrschte verdammt miese Stimmung in Janas Büro. Und das, obwohl sie alleine darin saß!

Seit sie wieder auf Diät war, hielt sich Jana manchmal selbst kaum aus. Aber das war ja auch kein Wunder, da sie laut Plan gerade mal drei Diätdrinks und einen Apfel pro Tag zu sich nehmen durfte. Sonst nichts. KEIN MENSCH konnte dabei seine gute Laune behalten.

Jana brauchte jetzt einen Cappuccino, und zwar sofort. Sie wusste zwar, dass sie damit schummelte, denn in dem Fertigpulver, das sie mit heißem Wasser zusammenrührte, war auch Zucker enthalten, aber ohne die kleine Kalorienspritze würde sie beim nächsten Anrufer die Wände hochgehen.

Schon nach den ersten Schlucken des heißen, süßen Gebräus entspannte sie sich. Es war fast wie der Flash eines Heroinsüchtigen, endlich wohlige Entspannung.

Jana sah auf die Uhr. Erst kurz vor zwölf. Der Anfang der Arbeitswoche zog sich wieder so zäh hin wie die Zeit im Wartezimmer beim Zahnarzt. Hier wie da hätte sie am liebsten die Flucht ergriffen.

Hätte sie das doch getan, würde sie später sagen. Hätte sie doch Überstunden genommen und wäre nach Hause gegangen an diesem schrecklichen Montag, dann würde Angelika Jordan noch leben.

*Du hast doch einen schönen Job*, motivierte sie sich stattdessen, während sie einige Plastiktütchen, in denen Blattläuse ziemlich munter zwischen Pflanzenteilen krabbelten, verschloss und in den Abfalleimer warf. Und vor seiner eigenen Laune kann man sowieso nicht davonlaufen. Aber jetzt zu Hause an ihrem eigenen Computer und ihrem eigenen Buchprojekt zu arbeiten, würde sie bestimmt besser von ihrem Hunger ablenken, als hier für die Versuchsanstalt Hobbygärtner zu beraten.

*Dysaphis plantaginea*, Mehlige Apfelblattlaus, und *Aphis fabae*, Schwarze Kohlblattlaus, hatte sie der grauhaarigen, korpulenten Dame diagnostiziert, die ihr die Tüten mit den Blattläusen gebracht hatte, und die dann wie eine beleidigte Matrone abgezogen war, als sie ihr verboten hatte, hier in ihrem Büro vor ihren Augen Schokoladenbonbons zu essen. Jetzt tat es ihr ein bisschen leid, so harsch gewesen zu sein.

Jana ging zum Waschbecken, das sich in einem kleinen Nebenraum befand, um sich ein paar entflohene Blattläuse von den Armen abzuwaschen.

Das kalte Wasser auf ihren Armen war wohltuend und erfrischend. Sie konnte es brauchen, denn die letzte Nacht war mal wieder zu kurz für ausreichenden Schlaf gewesen. Zuerst hatte sie lange an ihrem Gartenbuch gearbeitet und später noch einen Krimi im Fernsehen angeschaut: Mord im Orient-Express.

Jana mochte die alten Agatha-Christie-Filme. In diesem wird ein Mann während einer Zugfahrt mit dem Orient-Express getötet. Hercule Poirot deckt auf, dass das Mordopfer zu Lebzeiten ein Kindesentführer und -Mörder gewesen war, dessen Taten viele Leben zerstört hatten. Vor Gericht war der Mörder freigekommen, aber zwölf seiner Opfer hatten sich in diesem Zug zu einer Hinrichtung verabredet. Poirot ließ sie laufen.

Manche Verbrechen sind so schlimm, da sollte das Opfer das Recht haben, den Täter zu töten, fand auch Jana und dachte an Kinderschänder, Mörder und Vergewaltiger. Nur so könnte sich das Opfer einer solchen Tat wieder frei fühlen, oder?

Immerhin der halbe Montag war geschafft. Jana trocknete sich die Hände an dem Frotteehandtuch, pickte vorsichtig die letzten Blattläuse von ihrer weißen Bluse und klopfte die verwaschene Jeans vorsichtig ab. Dann warf sie ihr honigblondes Haar nach hinten, das ihr in Wellen weit über die Schulter fiel, und ging zurück in ihr Büro.

Janas Büro war klein und, obwohl es vollgestopft war, wirkte es freundlich und einladend. In der Mitte des Raumes prangte ein naturholzfarbener Schreibtisch. Davor standen zwei Stühle für Besucher und auf der anderen Seite Janas knallblauer Bürostuhl. Hinter dem Bürostuhl lehnte ein Computertisch samt Rechner und Monitor an der Wand. Ansonsten war der Raum von hohen Holzregalen gesäumt, die bis unter die Decke mit Ordnern, Dia- und Fotokisten, Schildern und Informationsmaterial vollgepackt waren. Auf der Fensterbank vor dem breiten Fenster standen ein pinkrosa und ein blassblaues Usambaraveilchen, ein gelbgrün gefleckter Kroton und eine ausgefallene Begonienart; Pflanzen, die bei Versuchen übrig geblieben waren und die Jana aus Mitleid pflegte. Ihr gefielen sie zwar auch nicht besonders, aber was sollte sie machen, niemand sonst wollte sie haben und sie konnte sie doch nicht einfach wegwerfen.

Jana aktivierte den Anrufbeantworter, der nun darüber informierte, wann die nächste Sprechstunde für Hobbygärtner stattfinden würde. Sie schulterte ihren karierten Stoffrucksack, der unter anderem ihren mittäglichen Diätdrink enthielt, und wollte das Büro verlassen, als ihr einfiel, dass sie noch Bilder von blühenden Rhododendren für eine Pressemitteilung brauchte.

Also hing sie sich die Tasche mit der schweren Spiegelreflexkamera um und wandte sich zum Gehen. Im Hinausgehen streifte ihr Blick eine Postkarte, die sie mit Klebeband an der Tür befestigt hatte. Die Karte zeigte üppig bewachsene Hänge mit Wasserfällen und eine riesige Hibiskusblüte. Die Karte hatten ihr Freunde aus Hawaii geschickt, die sie letzten Winter dort kennengelernt hatte. Rose, Carole, Kenny, Mick, alle hatten sie unterschrieben, sogar Eduardo, der andere Gärtner.

Ja, Hawaii war schön gewesen, seufzte Jana, die Landschaft, die Pflanzen, das Meer. Sie hatte letzten Winter ihre Überstunden und den Jahresurlaub zusammengelegt und in Hawaii drei Monate Urlaub gemacht. Um ihre Urlaubskasse etwas aufzubessern, hatte sie halbtags als Gärtnerin in einer Ferienanlage gejobbt. Sie hatte dort eine tolle Zeit verbracht mit interessanten Leuten aus aller Welt, deren Wege sich zufällig an diesem Ort gekreuzt hatten. Trotzdem, sie hatte manchmal ein bisschen Heimweh nach ihrer Wahlheimatstadt Freising verspürt, nach Kultur und Tradition, wie sie die kleine, an der Isar gelegene Stadt im Norden von München mit ihrem altehrwürdigen Domberg, den winkeligen Gässchen der Altstadt, den Kirchen und Kulturdenkmälern ausstrahlte. Aber vor allem hatte ihr die Arbeit an ihrem Buch gefehlt, denn ihren Notebook-Computer hatte sie wegen der salzigen Luft lieber zu Hause gelassen.

Aber so wie sie in Hawaii leichtes Heimweh gehabt hatte, war ihr Herz nun schon wieder voller Fernweh. Jedes Mal, wenn sie die Flugzeuge starten und landen sah, verspürte sie dieses Ziehen. Die Nähe des neuen Münchner Flughafen machte die Ferne so greifbar nah. Doch was genau sie an der Ferne lockte, wusste sie nicht. Abenteuer? Sehnsüchte? Aber nach was?

Jana gab sich einen Ruck, verschloss ihr Büro und machte sich auf den Weg zum Pflanzenlehrgarten gleich um die Ecke. Ein herrlicher Tag, fand sie. Wie so oft in Oberbayern hatte sich das Wetter innerhalb eines Tages vom nasskalten Schmuddelwetter zum strahlend schönen Hochsommertag gewandelt. Der Himmel war tiefstes bayerisches Blau und die Vögel in den Bäumen flöteten sich Lieder und geheime Botschaften zu.

Sie nahm die Abkürzung über den weichen, vermoosten Rasen neben dem Nachbargebäude, der von zwei mächtigen Linden beschattet wurde, und durchschritt die alten, gemauerten Eingangspforten des Lehrgartens, die schmiedeeiserne Tür war, wie immer zu den Besuchszeiten, weit geöffnet.

Jana folgte dem betonierten, von Bäumen beschatteten Weg des Eingangsbereiches ein kurzes Stück, dann schwenkte sie in einen Kiesweg ein und folgte ihm bis zur Rhododendrengruppe. Die Sonne spiegelte sich in der kleinen Wassergartenanlage daneben, die Sträucher leuchteten dank ihres Blütenreichtums in allen Farben, wie Wolken in Weiß, Rot- und Orangetönen.

Nachdem Jana die kleine Idylle fotografiert hatte, setzte sie ihren Weg auf dem Hauptweg fort. Der Kies knirschte unter ihren Füßen, ein Duftpotpourri von süßem Rosenduft, schwerem Flieder und blumigem Lavendel lag über der Gartenanlage.

Hier im vorderen Teil des Gartens waren wie immer Studenten und Gartenliebhaber unterwegs, die die auffälligen Prachtstaudenbeete bewunderten. Jana umging eine Gruppe von Kleingärtnern, die sich gerade den Pfingstrosen widmete, schwere rosa, rote und weiße Blütenköpfe lachten über kräftigem, dunklen Laub. Dann verließ sie den Kiesweg und wechselte auf einen gepflegten Rasenweg. Sie strebte dem hinteren, parkähnlichen Bereich des Gartens zu. Dort gab es Farne, Waldanemonen, Akelei, Tränendes Herz, die Blüten wie hingehauchte Farbtupfen im lichten oder tieferen Schatten von Bäumen und Sträuchern. Und im Schatten einiger alter Birken standen dort auch eine hölzerne Bank und ein Tisch. Ihr Lieblingsplatz.

Auf halber Strecke unterbrach sie ihren Marsch, als sie seitlich des Pfades auf einer kleinen Freifläche umrahmt von Stauden, Rosenbüschen und Kletterpflanzen ein Brautpaar bemerkte, das für einen Fotografen posierte. Die Braut strahlte in ihrem langen, weißen Seidenkleid vor einer üppig rankenden Waldrebe mit handtellergroßen, hellblauen Blütensternen. Der Fotograf stand mit seiner Kamera und einem Stativ in einigen Metern Entfernung, sein Assistent hantierte mit einem Reflektorschirm.

Gott, sieht diese Frau gut aus, dachte Jana bewundernd. Das Brautkleid war einfach und schmal geschnitten und betonte die schlanke Figur. Um den Kopf trug sie ein Kränzchen aus weißen Stoffblüten, von dem aus ein zarter Schleier vom Hinterkopf über ihre lockigen, dunklen Haare bis auf den Boden fiel.

Wann würde sie selbst endlich ihr Wunschgewicht erreichen, fragte sich Jana. Zwanzig Kilo trennten sie von diesem Zustand der Glückseligkeit. Jedenfalls stellte sie sich das so vor. Seit ihrem dreizehnten Lebensjahr quälte sie sich von einer Diät zur anderen, alle funktionierten kurzfristig, aber jedes Mal nahm sie hinterher mehr wieder zu, als sie abgenommen hatte. Trotzdem hatte sie vor drei Tagen wieder mit einem Abnehmprogramm angefangen, nachdem sie von diesen neuen Wunderdrinks gelesen hatte. Aber wundersam war bisher nur gewesen, wie schnell ihr Geld in der Tasche des Verkäufers verschwunden war und wie miesgelaunt sie vom ersten Tag an war.

Wenn sie schlank wäre, dann würde sie sich auch mal ein weißes Kleid kaufen, überlegte Jana. Aber natürlich kein Brautkleid, denn keinesfalls wollte sie einen Mann im schwarzen Anzug neben und einen Pfarrer vor sich stehen haben. *Von Liebe und Leidenschaft habe ich die Nase voll*, hatte sie einmal zu ihrer Freundin Juli gesagt. *Da ist mir zuviel Leid in Leidenschaft.*

Jana fragte, ob sie auch ein paar Fotos von der Braut für sich als Anregung machen dürfe. Die Braut freute sich, der Fotograf war weniger begeistert. Jana plante, sich das schönste Bild als schlankes Vorbild an die Kühlschranktür zu heften. Als sie gerade ein Bild in der Diagonalen schießen wollte und den Autofokus durch leichtes Andrücken des Auslösers scharf stellte, nahm sie im Hintergrund eine undeutliche Bewegung wahr. Sie drückte den Auslöser durch, um das Foto von der Braut zu machen, dann nahm sie den Apparat vom Gesicht.

Durch die Zweige hinter der Braut sah sie eine schlanke Frau mit einem rotblonden Pagenkopf davoneilen. Sie wirkte sportlich und gleichzeitig elegant in einem beigefarbenen, passgenauen Jogginganzug mit seitlichen Streifen und der auf den Kopf gesteckten Sonnenbrille. Wie schuldbewusst prüfend, ob sie entdeckt worden war, drehte die Frau sich im Gehen um.

Etwa eine Verehrerin des Bräutigams?, fragte sich Jana. Aber ein Blick auf den langweiligen, aschblonden Lulatsch im zu großen schwarzen Anzug verscheuchte die Idee. Andererseits, vielleicht hat er ja andere Qualitäten. Ihrer Männerkenntnis hatte sie längst aufgehört zu trauen.

Jana packte die Kamera weg. Sie winkte der Gruppe zum Abschied lächelnd zu, obwohl ihr der Blick des Fotografen sagte, dass er sie für eine Stümperin hielt. Sie hätte ihm am liebsten den Finger gezeigt, aber sie verkniff es sich und setzte den Weg zu ihrem Lieblingsplatz fort.

Unterwegs kam sie an einer vereinsamten Schubkarre vorbei, an die eine Unkrauthacke lehnte, die Gärtnerin oder der Gärtner waren wahrscheinlich in der Mittagspause.

An ihrer Bank und dem Tisch angekommen, setzte sie sich und packte den Rucksack aus. Sie war hungrig, aber als sie ihre Diätmahlzeit sah, verging ihr der Appetit. Schon wieder Vanille-Shake. Sie öffnete den Verschluss und sofort strömte ihr der süßliche Geruch entgegen. Ihr wurde übel.

Jana hielt sich beim Trinken die Nase zu und goss anschließend reichlich Früchtetee aus ihrer Thermoskanne nach. Erleichtert warf sie die leere Verpackung des Diätgetränks in den Papierkorb neben der Bank.

Jana genoss die milde Luft, das von Birkenblättern gedämpfte Licht und die Ruhe, die nur von Vogelzwitschern und ab und zu von einem in der Ferne fahrenden Auto unterbrochen wurde.

*Kann es mir besser gehen?*, fragte sie sich. Nein, wenn man von der Diät und deren Nebenwirkungen absah, entschied sie. Seit sie nicht mehr auf Männersuche war, ging es ihr richtig gut. Sie war durch die Suche nach ihren Fähigkeiten stärker geworden. Und endlich gab es keinen Stress und keinen Streit mehr, keine schmerzliche Sehnsucht und keine enttäuschten Erwartungen. Aber auch keine Küsse. Egal, lieber wollte sie auf die Küsse verzichten, als noch einmal durch den Beziehungswolf gedreht zu werden.

Sie packte die Thermoskanne ein, schulterte den Rucksack und machte sich langsam auf den Rückweg.

Sie ging auf dem Rasen, weil es sich so angenehm weich unter den Sohlen anfühlte. Sie kam wieder an der Schubkarre und der Unkrauthacke vorbei. Der Gärtner war noch nicht zurück.

Als sie beinahe an der Stelle angelangt war, an der sie vorher die schöne Braut fotografiert hatte, entdeckte sie verblüfft an der gleichen Stelle wie vorher die Frau mit dem Pagenkopf und dem Jogginganzug, die vorhin davongeeilt war.

Jana kam diesmal von der anderen Seite und näherte sich ihr daher von hinten. Als sie noch etwa zwanzig Meter entfernt war, sah sie, wie die Frau sich bückte und sich im Beet zu schaffen machte.

Verdammt, was macht die denn da?, fluchte Jana. Oft genug zerstörten Unbekannte die Arbeit ihrer Kollegen vom Pflanzenlehrgarten, indem sie Pflanzen ausbuddelten und mitnahmen.

Janas Schritte wurden schneller. Sie eilte auf die Frau zu, dabei verließ sie den Rasen und wechselte auf den Kies. Die Frau zuckte zusammen, als sie plötzlich die Schritte hinter sich hörte, und drehte sich um. Jana konnte einen Augenblick lang ihr Gesicht sehen: braune, flinke Augen tief in den Höhlen, der kleine Mund wirkte entschlossen unter einer langen geraden Nase. Dann ergriff die Frau die Flucht.

Jana wurde wütend, sie wollte die Fremde zur Rede stellen, aber die begann jetzt zu rennen.

Mit Rucksack und Kamera bepackt hatte Jana keine Chance, die Fremde einzuholen. „Hallo Sie", schnaubte sie ihr hinterher. „Was fällt Ihnen ein. Man darf hier nichts aus den Beeten mitnehmen. Machen Sie das nie wieder! Ich werde mir Ihr Gesicht merken, verlassen Sie sich darauf!"

Die Frau lief weiter, sie blickte nicht mehr zurück.

Noch verärgert kehrte Jana zu ihrem Büro zurück. Sie öffnete die Tür mit dem Schlüssel, den sie aus der Seitentasche des Rucksacks hervorkramte, und betrat den kleinen, vertrauten Raum. Jana verstaute ihren Rucksack hinter dem Schreibtisch und stellte die Kameratasche auf den Tisch. Sie nahm die Kamera heraus und wechselte mit geübten Händen den Film. Die vollgeknipste Filmrolle warf sie in die oberste Schublade des Schreibtisches.

Eigentlich könnte sie vor der Hobbygärtnersprechstunde noch schnell diese fett gewordenen Usambaraveilchen auf der Fensterbank fotografieren, dachte Jana, denn entgegen ihren eigenen, anderslautenden Äußerungen war sie stolz auf das gute Gedeihen ihrer Adoptivpflanzen. Und die Bilder würde sie vielleicht mal für eine Pressemitteilung verwenden können.

Jana hatte gerade fünf Bilder mit und ohne Blitz gemacht, als es an der Tür klopfte.

„Herein."

Sie verschloss das Objektiv mit dem Deckel und legte die Kamera kopfüber in die gepolsterte Kameratasche auf ihrem Tisch.

Als Jana aufschaute, stand in der geöffneten Tür eine zierliche Frau Ende dreißig. Ihr nervöses Lächeln konnte die eingegrabene Bitterkeit nicht aus ihrem blassen Gesicht wischen. Sie trug eine weiße, gestärkte Bluse über einem grünen, altmodischen Lodenrock, über der Schulter hing ihr eine braune Handtasche. Ihre hellbraunen, gewellten Haare wirkten gepflegt aber farblos. Sie hatte sie mit kleinen Kämmen an den Seiten festgesteckt. Eine kleine Strähne hatte sich vorne gelöst, und sie versuchte, sie hinter das Ohr zu klemmen. Jana fielen die groben Hände an der ansonsten eher zarten Frau auf.

„Kann ich Ihnen helfen?", fragte Jana die Frau mit einem ermunternden Lächeln.

„Ja, wenn Sie jetzt schon für mich Zeit hätten." Die Stimme der Frau war hell und zaghaft, der singende Tonfall wirkte übertrieben dankbar.

„Klar. Kommen Sie doch herein."

Die Frau trat schnell in den Raum und schloss die Tür hinter sich, als fürchtete sie, Jana könnte es sich anders überlegen.

Jana bot ihr an, Platz zu nehmen.

Während die blassgesichtige Frau ihr Leid klagte, nämlich dass ihre Tomatenpflanzen und -früchte im letzten Jahr alle braun geworden waren, wurde sie plötzlich noch blasser und ihre Hände krallten sich am Schreibtisch fest.

„Ist Ihnen nicht gut? Soll ich das Fenster öffnen?"

„Nein, nein. Das geht gleich wieder vorbei."

Jana sah die Frau skeptisch an.

„Das kommt nur von der Diät, die ich gerade mache", wiegelte die Frau ab. „Das dauert nur ein paar Sekunden."

Jana war gar nicht beruhigt, die Frau sah aus, als wenn sie gleich vom Stuhl sinken würde.

„Sie haben eine Abmagerungskur doch gar nicht nötig, so schlank, wie Sie sind", versuchte sie die Frau aufzumuntern.

Die Frau lächelte schwach.

„Doch, ich *muss* abnehmen. So wie ich jetzt bin, bin ich nicht glücklich."

Jana konnte sich nicht vorstellen, wo an diesem schlanken Körper etwas sein könnte, das sich weghungern ließe.

„Soll ich Ihnen ein Glas Wasser oder Saft holen? Saft wäre gut bei Unterzucker."

„Nein danke. Mir ist schon wieder besser. Was wollten Sie mir gerade zu den Tomaten sagen?"

Die Frau wollte offensichtlich nicht weiter auf ihr Befinden eingehen.

„Die beste Vorbeugungsmaßnahme gegen die Braunfäule an Tomaten ist der vor Regen geschützte Anbau, beispielsweise unter einer lichtdurchlässigen Überdachung. Wenn Sie möchten, suche ich Ihnen unser Informationsblatt zu der Krankheit heraus. Dann können Sie die Einzelheiten zu Hause noch einmal nachlesen."

„Das wäre ja so nett von Ihnen. Dürfte ich vielleicht in der Zwischenzeit von Ihrem Telefon aus meinen Mann anrufen? Es ist nur ein Ortsgespräch nach Brucking."

„Ja klar." Sie wünschte, die Frau hätte nicht diesen winselnden Tonfall, wenn sie sie um einen Gefallen bat.

Die Schnur des Telefons war zu kurz, um es auf die andere Seite des Schreibtisches zu schieben, deshalb winkte Jana der Frau, hinter ihren Schreibtisch zum Apparat zu kommen. Beim Aufstehen taumelte die Frau und musste sich festhalten, sie versuchte, ihr Unwohlsein hinter einem Lächeln zu verbergen. Jana war sofort voller Mitgefühl, sie wusste, wie beschissen es einem auf Diät gehen konnte.

Als die Frau bei ihr hinter dem Schreibtisch stand, erklärte ihr Jana, dass sie zunächst mit der 9 ein Amt bekäme und danach ganz normal die Nummer wählen könne. Dann überließ sie ihr Schreibtisch und Telefon und ging zu dem Regal links neben der Tür, um das Tomaten-Informationsblatt herauszusuchen.

Hinter sich hörte sie die Frau telefonieren. Sie wollte eigentlich nicht lauschen, aber bald war sie von den Worten der Frau gefesselt. Dass sie zur Polizei gehen werde, sagte die Frau zu ihrem

Gesprächspartner am anderen Ende der Leitung. Weil sie es nicht mehr aushielte. Und dass er die Schweine heute alleine füttern müsse, denn sie wisse nicht, wann sie zurückkäme. Sie müsse das Füttern ja auch oft genug alleine machen, wenn er nicht heimkäme von seiner Hure. Dann legte die Frau auf.

Jana wunderte sich noch über den letzten Satz, der so gar nicht zu dieser zierlichen Frau zu passen schien, als plötzlich die Tür mit einer derartigen Wucht aufgestoßen wurde, dass sie fast in das Regal flog. Sie hörte zweimal ein Geräusch wie ein kurzes metallisches Sirren.

Erschrocken drehte Jana sich um und sah, wie die Frau, die hinter ihrem Schreibtisch stand und eben noch telefoniert hatte, mit einem erstaunten Blick in ihren graublauen Augen zuerst vornüber fiel und dann nach hinten wegsackte, bis sie an den Computertisch gelehnt auf dem Boden sitzen blieb.

Im ersten Moment dachte Jana, die Frau habe einen Schwächeanfall und wollte ihr zu Hilfe eilen. Aber sie erstarrte in ihrer Bewegung, als sie sah, wie sich auf der Bluse der Frau ein roter Fleck rasch ausbreitete. Sie hatte dies oft genug in Kriminalfilmen gesehen und wusste, was es bedeutete.

Jana stand starr vor Angst hinter der aufgestoßenen Bürotür. Von der ihr gegenüberliegenden Seite des Raumes blickten sie die leblosen Augen ihrer Besucherin unter halb geöffneten Lidern an. Das Rot des Blutes hob sich scharf vom strahlenden Weiß ihrer perfekt gebügelten Bluse ab. Neben sich, auf der anderen Seite der Tür, hörte Jana den Mörder atmen. Sie drückte sich tiefer nach hinten ins Regal. Dann sah sie eine Hand, die in einem Lederhandschuh steckte, nach vorne greifen.


Der Vorplatz um Janas Büro herum war bereits mit einem rot-weiß-schraffierten Band markiert und abgesperrt, als Kriminalhauptkommissar Jürgen Bergmeister, von seinen Kollegen Jay genannt, mit seinem nachtblauen, schon etwas alterschwachen BMW auf den Parkplatz vor dem Büro der Hobbygärtner-Beratungsstelle in Freising fuhr.

Heute war eigentlich sein erster Urlaubstag und er hatte geplant, in dieser freien Woche seine neue Wohnung einzurichten. Am Morgen hatte er sich im Baumarkt die neuesten Werkzeuge besorgt, damit er heute Nachmittag loslegen konnte. Es war kurz nach Mittag und er war gerade dabei gewesen, ein Leberwurstbrot zu schmieren, als sein Chef ihn anrief. Er müsse ihn wegen eines Mordfalls in Freising-

Weihenstephan aus dem Urlaub holen, alle Kollegen seien schon wegen anderer Einsätze unterwegs.

So hatte der Kommissar den Werkzeuggürtel gegen den Gurt mit der Dienstwaffe getauscht, seine Jacke übergeworfen und war mit dem Wurstbrot in der Hand zu seinem Auto gelaufen. Wirklich traurig war er nicht, dass er davon abgehalten wurde, sein neues Zuhause zu gestalten. *Zuhause* bedeutete ihm schon lange nichts mehr. *Zuhause* war seit fünf Jahren seine Arbeit und sein Boot.

Den Weg nach Freising kannte er auswendig, denn er war schon mehrmals zu Ermittlungen dort gewesen. Er mochte die Stadt mit den renovierten Fassaden der Bürgerhäuser entlang der Hauptstraße, die Brunnen, die grünen Parkstreifen entlang der Moosach, die die Stadt mit ihren Wasserarmen durchzog. Schwieriger war es gewesen, sich in dem riesigen Areal aus gartenbaulichen und landwirtschaftlichen Instituten und Versuchsflächen am westlichen Rande der Stadt zurechtzufinden. Aber schließlich hatte er die Beratungsstelle für Hobbygärtner gefunden.

Noch im Auto registrierte der Kommissar mit geübtem Auge jedes Detail der Umgebung - da waren zwei rechtwinklig um den Parkplatz angeordnete flache Gebäude. In dem einen, parallel zur Straße, befand sich die Beratungsstelle für Hobbygärtner, was er an einem Schild über der Tür erkannte. In dem anderen Gebäude waren zwei Institute, Freilandzierpflanzen und Gemüsebau, untergebracht, jedes Institut hatte seinen eigenen Eingang. An der zur Straße hingewandten Seite des Gebäudes erstreckte sich ein Rasenstück mit zwei großen, alten Linden. Unterhalb davon war der Eingang zu einem Pflanzenlehrgarten. Auch der Parkplatz und die Zufahrtsstraße waren von Bäumen und Sträuchern gesäumt, die jungen Eichen erkannte er als solche, aber viel weiter reichten seine Botanikkenntnisse nicht.

Der Kommissar stieg aus dem Wagen.

Welch eine Idylle, dachte er, als er zum Eingang der Beratungsstelle ging. Die Vögel zwitscherten in den Bäumen und die Strahlen der Sonne blendeten ihn durch die Zweige, als er nach oben blickte. Alles um ihn herum wirkte wie eine in sich ruhende, heile Welt, wären da nicht die zwei Einsatzwagen der Polizeiinspektion Freising auf dem Parkplatz und das Absperrband.

In einem der Polizeiwagen war die Fahrerseite besetzt, der Kommissar nickte dem uniformierten Kollegen erfreut zu, der da gerade mit dem Sprechfunkgerät hantierte, sie kannten sich von einem früheren Einsatz.

An der rot-weißen Absperrung hatten sich ein paar Passanten angesammelt, es waren Mitarbeiter der umliegenden Institute. Ein uniformierter Beamter stand bei ihnen und befragte jeden, ob er etwas mitbekommen hätte von dem, was in der Beratungsstelle passiert war.

Der Kommissar zog einen Dienstausweis aus seiner Jackentasche hervor. Bevor er ihn dem Beamten an der Absperrung zeigte, wischte er die fettigen Krümel, die an dem Ausweis klebten, an seiner Hose ab. Jedenfalls wusste er jetzt, wo er sein Wurstbrot verstaut hatte, als er den Wagen aufsperrte.

Als Kommissar Bergmeister in das Büro der Hobbygärtnerberatung trat, erfasste er auch hier alles mit einem Blick. Das Büro war eng und vollgestopft, vor allem weil sich jetzt fünf Personen in dem kleinen Raum befanden, davon war eine tot. Wegen ihrer grotesken Haltung blieb sein Blick als Erstes an der weiblichen Leiche hängen: Halb lag sie, halb saß sie auf dem Boden an den Computertisch gelehnt. Dann wandte er sich den anderen Anwesenden zu. Das waren zwei senfgelb und grün uniformierte Polizeibeamte – ein älterer, freundlich dreinblickender Mann und eine füllige, etwa dreißigjährige Frau, die etwas unglücklich in ihrer zu engen Uniform wirkte - beide trugen dünne, weißliche Gummihandschuhe, wie der Kommissar zufrieden feststellte. Dann war da noch die Zeugin, die auf einem Stuhl vor dem Regal saß, flankiert von den beiden stehenden Polizisten, die links und rechts von ihr standen. Sie hatte den Kopf in den Händen vergraben gehalten, als er eintrat. Nun sah sie auf.

Eine hübsche Frau Anfang oder Mitte dreißig, registrierte Kommissar Bergmeister, als er sich die Zeugin mit den tief türkis-grünen Augen und dem seidigen, langen Haar genauer betrachtete. Sie war klein, das sah er an den kleinen, schlanken Händen, aber sonst eher üppig gebaut. Sie trug eine hellblaue Jeans und eine weiße Bluse lose darüber. Aus dem vollen Dekollete funkelte eine Modeschmuckkette, die Glasperlen waren mit Glitter besprenkelt. Die Frau zitterte und obwohl der Raum warm war, krümmten sich ihre Zehen mit den metallic-braunrosa lackierten Zehennägeln in den Sandalen nach innen, als wenn ihr kalt wäre.

Alle blickten jetzt erwartungsvoll auf ihn, den Neuankömmling. Sie musterten den großen, dunkelhaarigen Mann, der ihnen mit einem freundlichen Lächeln seinen Dienstausweis entgegenstreckte. Sein Gesicht war nicht rasiert und die kurzen Haare standen kreuz und quer. Er trug schwarze Jeans und eine verschlissene braune Lederjacke, an der mindestens ein Knopf fehlte. Wenn er sich bewegte, sah man unter seiner Jacke einen ledernen Waffengürtel über einem grauen, gerippten T-Shirt. Trotz der Aufmachung vermittelten seine aufrechte Haltung und seine breiten Schultern Entschlossenheit und Zuverlässigkeit.

„Kriminalhauptkommissar Jürgen Bergmeister von der Kripo Erding, Mordkommission", stellte er sich vor.

Die weibliche Uniformierte nannte im Gegenzug ihren Rang und Namen, den ihres Kollegen und den Namen der Zeugin. Sie gab ihm den Totenschein, den der Notarzt eben für die Ermordete ausgestellt hatte, aber der sei schon wieder weg, weil er zu einem Unfall auf der Autobahn gerufen worden war.

Der Kommissar warf einen raschen Blick auf den Totenschein, dann faltete er ihn und steckte ihn in die Brusttasche. Er kritzelte die Namen der Beamten und der Zeugin auf einen kleinen Block, den er aus der Innentasche seiner Jacke hervorgezogen hatte.

„Frau Reissig, haben Sie die Polizei angerufen?", wandte er sich an Jana.

Sie musste sich räuspern, um den Kloß aus ihrem Hals zu bekommen.

„Ja. Vom Nachbarbüro aus. Ich ... ich konnte nicht über die Leiche steigen, um an das Telefon zu gelangen."

Er war überrascht über ihre Stimme, die tiefer war, als er erwartet hatte.

„Das ist gut. Die Spurensicherung soll die Wahlwiederholung ausprobieren und die Nummer notieren", ordnete er in Richtung der Polizeibeamten an.

„Sie arbeiten hier als Beraterin für Hobbygärtner?"

„Ja. Genauer gesagt mache ich Informations- und Öffentlichkeitsarbeit, dazu gehört auch die Gartenberatung."

Er schaute sich im Raum um und sah die Kamera auf dem Tisch liegen, der Rückendeckel war geöffnet, es befand sich kein Film im Gerät.

„Ist das Ihre Kamera oder gehörte sie der Toten, Frau Reissig?"

„Sie gehört der Versuchsanstalt. Ich mache damit Bilder für Pressemitteilungen."

„Und warum liegt sie mit geöffnetem Deckel auf dem Tisch?"

„Der Mörder hat sie geöffnet und den Film herausgerissen. Ich konnte das beobachten, weil ich da drüben stand."

Sie zeigte auf das Regal neben der Tür. Bei der Erinnerung daran, wie sie hinter der Tür versteckt gestanden hatte, verstärkte sich ihr Zittern, das sie schon einigermaßen unter Kontrolle geglaubt hatte.

„Wie kam es dazu, dass Sie hinter der Tür standen und die Besucherin hinter Ihrem Schreibtisch?"

Der Kommissar beobachtete Jana, die ihre Arme um den Oberkörper presste, als wollte sie sich selbst festhalten.

„Die Frau wollte mit ihrem Mann telefonieren, während ich für sie ein Informationsblatt heraussuchte." Sie erzählte ihm, was passiert war, seit es nach ihrer Mittagspause an die Tür geklopft hatte.

„Haben Sie den Mörder gesehen? Vielleicht sein Profil?"

Jana schüttelte den Kopf.

"Nein, ich habe nur seine Hände in den Lederhandschuhen gesehen."

Der Kommissar ging zu der Toten und beugte sich über sie.

„Ihr Name ist Angelika Jordan", sagte die Beamtin. Der Kommissar nickte, er hatte den Namen schon im Totenschein gesehen.

„Woher kennen wir den Namen?"

Die Beamtin zeigte mit ihren in Einweghandschuhen verpackten Fingern auf die Handtasche, die der toten Frau noch über dem Arm hing.

„Ich habe ihren Ausweis herausgenommen. Der Notarzt hat den Namen abgeschrieben. Dann habe ich ihn dem Kollegen draußen gegeben, damit er den Ausweis überprüft."

Der Kollege kam auch wie aufs Stichwort mit dem Personalausweis der Toten in der Hand durch die Tür herein. Es war der, den der Kommissar bei seiner Ankunft im Wagen am Sprechfunkgerät hatte sitzen sehen. Auch er trug Handschuhe.

„Hallo Jay, auch mal wieder bei uns?", sprach er den Kommissar an. Sie hatten sich letztes Jahr bei einem schwierigen Mordfall, der sich über Monate hingezogen hatte, kennen- und schätzen gelernt.

„Ja, bin heute aus dem Urlaub geholt worden. Hast du schon etwas über die Tote herausgefunden?"

„Das Opfer ist die Frau von einem Josef Jordan, wohnhaft in Brucking. Das ist ein Dorf hier im Landkreis, wenige Kilometer von hier. Die Jordans betreiben da einen nicht sehr großen Schweinehof, ist eine alteingesessene Landwirtsfamilie, keine Auffälligkeiten."

Er gab den Ausweis der Kollegin, die ihn in die Tasche der Toten zurücksteckte. Dann wandte er sich wieder an den Kommissar.

„Jay, sollen mein Partner und ich vielleicht schon mal zu dem Ehemann der Toten fahren?"

Der Kommissar nickte. „Ja macht das, ich werde gleich nachkommen. Die Spurensicherung und der Staatsanwalt müssten jeden Moment hier sein und dann sollten wir nicht mehr alle hier im Weg rumstehen." Mit einem knappen, freundlichen Bis-gleich-Nicken verabschiedete er den Freisinger Kollegen.

„Okay", damit wandte sich der Kommissar wieder Jana zu. „Bitte wiederholen Sie nochmals, wenn möglich wortgetreu, was das Opfer am Telefon sagte."

Jana rieb sich die Stirn und schloss die Augen, während sie sich erinnerte und die Worte von Angelika Jordan wiedergab. Dann sah sie auf.

„Das war alles?", fragte der Kommissar. Er kratzte sich mit dem Stift durch die Stoppeln am Kinn.

Sie nickte.

„Gab die Frau irgendein Zeichen des Wiedererkennens, als sich die Tür öffnete?"

„Ich weiß nicht. Als ich mich umdrehte, guckte sie einfach ... erstaunt."

„Hm."

Der Kommissar gab der Polizistin Anweisung, mit Jana aufs Revier zu fahren und ein Protokoll aufzunehmen. Den Polizisten hieß er an, auf die Spurensicherung und den Staatsanwalt zu warten. Dann wollte er den Raum verlassen, um den Kollegen nach Brucking zum Jordanschen Hof zu folgen.

„Herr Kommissar", hielt Jana ihn zurück.

Er drehte sich zu ihr um. „Ja?"

„Hätte ich die Frau retten können? Vielleicht hätte ich die Tür zuhauen sollen?"

Der Kommissar kam zu ihr zurück und überlegte kurz, dann schüttelte er den Kopf.

„Nein, Frau Reissig, zu dem Zeitpunkt konnten Sie ja noch nicht ahnen, dass die Person kam, um jemanden zu ermorden. Als sie es wussten, war es zu spät."

„Ja, es ging alles so schnell. Und außerdem ...", Jana blickte zu Boden, „plötzlich konnte ich mich überhaupt nicht mehr bewegen. Vor Angst."

Es war ein grauenhaftes Gefühl gewesen: gelähmt vor Angst. Sie hatte nicht für möglich gehalten, dass sie sich so hilflos fühlen konnte, jetzt wo sie doch so stark und selbstständig geworden war. Wie sollte sie jemals in der Lage sein, sich oder anderen in einer Gefahrensituation zu helfen, wenn sie so reagierte?

Der Kommissar stand eine Weile still bei ihr und sah zu ihr hinab. Dann zog er sich den anderen Besucherstuhl heran und setzte sich rittlings auf ihn, ihr gegenüber.

„Hören Sie mir bitte genau zu, Frau Reissig". Er stützte seine Arme auf die Lehne vor sich.

Sie blickte ihn an. Wie nah er war. Sie sah die Linien und Schatten um seine aufmerksamen, braunen Augen, den Bärchenmund, hätte die Hand ausstrecken können und die Rauheit seiner unrasierten Wangenknochen unter ihren Händen spüren können. Zu nah.

„Frau Reissig", hörte sie ihn sagen, ohne die Worte zu verstehen. „Sie haben sich nichts vorzuwerfen. Sie hätten ihr nicht helfen können. Und es ist nicht ihre Schuld, dass diese Frau tot ist, sondern ausschließlich die des Mörders. Die Person, die ihn erschoss, ist verantwortlich. Nicht Sie."

Er hoffte, dass er zu ihr vorgedrungen war, er ahnte, wie sie sich fühlte. Aber Jana starrte ihn nur an.

„Haben Sie das verstanden, Frau Reissig?"

Sie nickte mechanisch. Warum konnte sie den Blick nicht von ihm wenden?

Der Kommissar stand auf und legte ihr die Hand auf die Schulter. Die Wärme drang durch den dünnen Stoff der Bluse. Ihr Herz klopfte bis zum Halse, plötzlich war ihr schrecklich heiß.

„Sie haben etwas Schlimmes erlebt und müssen das Geschehene erst verdauen", hörte sie den Kommissar sagen. „Aber ich kann Ihnen versichern, Sie haben alles richtig gemacht. Wenn Sie versucht hätten, etwas zu unternehmen, hätten Sie sich nur in Gefahr gebracht und wir hätten hier womöglich zwei Mordopfer vorgefunden."

Sie hatte davon gehört, dass Menschen während oder nach schlimmen Angsterlebnissen eine starke Anziehungskraft fühlten. Das musste es sein, was ihr gerade passierte, eine Art chemische Reaktion. Schließlich kannte sie den Mann ja nicht einmal.

Als er die Hand von ihrer Schulter nahm, war die Stelle dort plötzlich furchtbar kalt. Es fühlte sich an, als hätte ihr dort jemand ein Stück herausgeschnitten. Als wäre ein Teil aus einem Puzzle genommen worden.

Sie war froh, als er endlich ging.


Wenig später fuhr Kriminalhauptkommissar Bergmeister gut gelaunt vom Tatort aus nach Brucking zum Hof der Jordans. An den Anblick von Gewalt und Mordopfern würde er sich sicher nie gewöhnen, dafür wusste er zu gut, um das Leid derer, die ohne ihre Lieben weiterleben mussten. Aber Mordfälle waren sein tägliches Geschäft und er fand es eine angenehme Abwechslung, wenn er bei seinen Ermittlungen mit einer attraktiven Frau in einer angenehmen Umgebung zu tun hatte. Fast hätte er gepfiffen.

Es war eine kurze Fahrt über die Landstraße, vorbei an Gerste- und Rapsfeldern, die wie grüne und gelbe Teppiche über der ebenen Landschaft lagen. Nach wenigen Minuten war er bereits in Brucking, glitt die Dorfstraße hinunter und fuhr durch das geöffnete Hoftor des Jordanschen Anwesens.

Der Hof wirkte sauber und gepflegt. Das einfache, weiße Bauernhaus rechts vom Hoftor war frisch gestrichen und die Blumenkästen mit roten Geranien bepflanzt, die dann im Hochsommer wie rote Vorhänge herunter hängen würden. Im rechten Winkel zum Wohnhaus, gegenüber von der Hofeinfahrt stand ein großer Stall, dessen Tür einen spaltbreit geöffnet war und den Blick auf die vorderen Schweineboxen freigab. Die dritte Seite des Rechtecks bildete eine Scheune, vor der ein Traktor mit Schaufellader stand. Gleich links neben dem Hoftor dampfte der Misthaufen überragt von einem weiß-bunten Taubenhaus auf einem hohen, dicken Holzpfahl.

Nur der Streifenwagen vor dem Stall störte die ländliche Idylle. Er gehörte den Freisinger Kollegen, die bereits vorgefahren waren.

Der Kommissar stellte seinen alten BMW zwischen einen angerosteten, beigen Mercedes-Diesel, wahrscheinlich das Fahrzeug des Bauern, und den Streifenwagen der Freisinger Kollegen. Ein magerer Hund, eine Schäferhundmischung, sprang aus dem Stall und empfing ihn mit wütendem Bellen. Nachdem Kommissar Bergmeister sich überzeugt hatte, dass der Hund an einer Kette lag und er sich außerhalb deren Reichweite befand, stieg er aus.

Als er an der Tür des Schweinestalls vorbei ging, erhob sich ein lautes Grunzen. Durch einen Spalt sah er, wie sich die Sauen gierig auf die Einfassung ihrer Boxen warfen und ihnen der Sabber aus den Mäulern troff. Doch sie hofften vergeblich, dass es bereits Zeit für die Fütterung war und ein wenig Abwechslung in ihr Leben käme.

Der Kommissar ging zum Wohnhaus und klingelte an der Tür. Bald hörte er Schritte. Es war der Kollege, den er von früher kannte, der ihm die Tür öffnete.

„Wie ist die Lage?", fragte er ihn beim Eintreten. Es war immer eine schreckliche Aufgabe, Angehörige vom Tod eines Familienmitgliedes zu unterrichten. Und es war ihm sehr wohl bewusst, warum der Kollege ihm diese Aufgabe abgenommen hatte.

„Er wirkte überrascht, als wir ihm die Mitteilung vom Tod seiner Frau machten, aber sonderlich getroffen schien er nicht."

„Vielleicht der Schock?"

„Möglich. Aber er ist auch nicht unbedingt der gefühlvolle Typ. Wirst schon sehen."

Der Kommissar folgte dem uniformierten Beamten durch den Flur in die Bauernküche. Gehäkelte Gardinen vor dem Fenster, ein blankgeputzter, alter Küchenherd mit glänzendem, kupferfarbenen Ofenrohr und eine Eckbank aus lackiertem Massivholz vor dem Fenster waren das Erste, was der Kommissar sah. An der Seite stand ein Vitrinenschrank, auch hier kleine Häkeldeckchen in den Fenstern.

Von der Küche aus führte eine weitere Tür in das Wohnzimmer. Die Tür stand offen, er sah auf Hochglanz polierte dunkle Holzmöbel, eine Zither auf einer Häkeldecke auf dem Tisch und Glasvitrinen mit altem Porzellan und Trachtenfigürchen.

Jay blickte zurück in die Küche. Die Anwesenheit der vier Männer ließ den Raum eng wirken, obwohl sich die beiden uniformierten Beamten an die Wand gleich neben die Tür gestellt hatten und warteten.

Der Kommissar wandte sich an Josef Jordan, der auf der Eckbank saß, und stellte sich ihm vor.

Bauer Jordan zeigte wenig Interesse in seinem grobgeschnitzten Gesicht. Er bot mit seinen kurzen, dunklen Haaren und einer gewissen Derbheit das Bild eines bayerischen Bauern, wie man ihn sich vorstellte. Nur der blaue Arbeitsoverall wirkte nicht so wie aus der Fernsehwerbung für bayerische Landprodukte.

Im Stehen musste er groß und breit wie ein Schrank sein, dachte der Kommissar, jetzt im Sitzen wirkt er unbeweglich und wie verkeilt zwischen dem Küchentisch und der Bank.

„Herr Jordan, können wir irgendetwas für Sie tun? Möchten Sie vielleicht, dass wir einen Arzt verständigen?", fragte der Kommissar, denn immerhin hatte der Mann gerade vom Mord an seiner Frau erfahren. Aber Jordan lehnte sein Angebot mit einer unwirschen Kopfbewegung ab.

„Meine Mutter kommt gleich von ihrer Wohnung herüber gefahren und hilft mir die Sauen zu füttern."

Der Kommissar sagte nichts dazu, nur seine Augenbraue hatte gezuckt.

„Herr Jordan, meine beiden Kollegen hier haben Ihnen die schlimme Nachricht vom Tod Ihrer Frau überbracht. Ihre Frau wurde direkt nach dem Telefonat mit Ihnen von einer nicht identifizierten Person mit zwei Schüssen aus einer Waffe mit Schalldämpfer getötet. Ich möchte Sie um die Beantwortung einiger Fragen bitten, die zur Klärung des Verbrechens beitragen könnten. Ist das in Ordnung, fühlen Sie sich dazu in der Lage?"

Der Bauer brummte unwirsch, aber nickte.

„Herr Jordan, hatte Ihre Frau Feinde?"

Der Bauer wich seinem Blick aus. „Wie könnte denn eine einfache Bäuerin Feinde haben?"

„Ihnen ist also niemand bekannt, der Ihre Frau lieber tot als lebendig gesehen hätte?"

„Nein. Natürlich nicht."

Jordan hatte nur ganz kurz gezögert und blickte nun grimmig aus dem Fenster. Auch der Kommissar blickte aus dem Küchenfenster in einen gepflegten, kleinen Bauerngarten mit Blumen, Gewürz- und Heilkräutern. Dann schaute er wieder auf Jordan.

„Ihre Frau sprach am Telefon mit Ihnen davon – das wissen wir von der Zeugin - dass sie heute zur Polizei gehen wollte, und Sie wollten sie davon abhalten. Was wollte uns Ihre Frau melden?"

Jordan schwieg.

„Herr Jordan, Sie sollten mit uns zusammenarbeiten."

Jordan hielt seinen Blick gesenkt, er schien zu überlegen.

„Meine Frau hat mit ihrem Wagen ein stehendes Auto auf dem Supermarkt-Parkplatz in Freising gerammt. Es war ihr erster Unfall, sie ist in Panik geraten und einfach weggefahren."

„Wann war das?"

„Vor einer Woche."

„Hat Ihre Frau jemanden bei dem Vorfall verletzt?"

„Nein. Sie hat nur eine Beule in den Wagen gefahren."

„Und heute, eine Woche später, wollte sie den Vorfall melden?"

„Ja, ich hab versucht, sie davon abzuhalten. Wozu denn die ganzen Scherereien, es war nun mal passiert. Aber nein, sie wollte eine Heilige sein und sich stellen."

„Hat Ihre Frau vielleicht das Kennzeichen des angefahrenen Wagens aufgeschrieben?"

„Dazu war sie doch viel zu aufgeregt. Sie meinte, die Polizei hätte bestimmt eine Anzeige erhalten und würde ihr dann Name und Anschrift der Leute sagen können. Sie wollte sich dann persönlich entschuldigen."

Der Kommissar deutete dem Beamten, den er von früher kannte, mit einem Nicken, er möge sich darum kümmern. Der verstand und ging zu seinem Wagen, um über Polizeifunk nachzufragen, ob eine Anzeige wegen Fahrerflucht erstattet worden war.

Der Kommissar schaute zum Fenster hinaus in den Kirschbaum, der dort stand und schon winzig kleine, grüne Kirschen trug.

„Herr Jordan, ich muss Ihnen nun eine unangenehme Frage stellen."

Er drehte sich zu Jordan.

Jordans Gesichtsausdruck war deutlich anzusehen, dass er alle Fragen bisher als unangenehm empfunden hatte.

„Herr Jordan, was meinte Ihre Frau am Telefon, als sie zu Ihnen sagte, sie müsse die Schweine auch alleine füttern, wenn Sie nicht heimkämen von Ihrer Hure."

Mit einem Ruck erhob sich Jordan und baute sich wie eine mächtige Wand vor dem Kommissar auf.

„Keine Ahnung. Ich kenne keine Huren", antwortete Jordan. Dann stampfte er zur Tür an ihm und dem zweiten uniformierten Beamten vorbei aus der Küche.

Der Kommissar und der andere Polizist zuckten nur mit den Schultern und folgten ihm in den Flur. Aber Bauer Jordan hatte nicht die Absicht, sich weiter befragen zu lassen, sondern ging geradewegs zur Haustür. Er zog sich die riesigen, grünen Gummistiefel an, die dort standen, und marschierte in den Schweinestall, wo sofort ein lautes, wildes Gegrunze ausbrach.

Der Hund bewachte den Eingang zum Stall und knurrte die Polizisten böse an, als sie dem Bauern folgen wollten. Der beachtete sie nicht weiter, er füllte die Tröge mit Futter und Wasser, und während die Schweine fraßen, mistete er hinter ihnen aus und streute frisches Stroh ein.

Der Kommissar gab sich für den Augenblick geschlagen. Als er an dem Freisinger Polizeiwagen vorbeiging, kurbelte der Kollege die Scheibe herunter. Es habe letzte Woche keine Anzeige wegen Beschädigung mit Fahrerflucht gegeben, sagte er.

Also gibt es mehrere Möglichkeiten, dachte der Kommissar. Entweder hatte Jordan das Ganze erfunden, oder die Besitzer des angefahrenen Autos hatten die Beule gar nicht bemerkt. Oder aber sie hatten die Beule bemerkt, jedoch einen Grund, dies nicht zu melden.

Gerade als der Kommissar und die Freisinger Beamten mit ihren jeweiligen Autos zum Hoftor herausfuhren, schob eine alte Frau ihr Fahrrad zum Tor herein. Auch sie trug einen blauen Arbeitsanzug, Gummistiefel und dazu ein rotweißgeblümtes Kopftuch, das sie im Nacken verknotet hatte. Vermutlich war sie die Mutter des Bauern. Der Kommissar winkte ihr freundlich zu, aber sie reagierte nicht.

Die Freisinger Polizeibeamten fuhren auf ihr Revier, der Kommissar fuhr weiter nach Unterschleißheim, er würde von zu Hause aus weiterarbeiten. Unterwegs knurrte sein Magen, ihm fiel das Wurstbrot in seiner Tasche ein. Er nahm es heraus, die Wurst hatte mittlerweile eine etwas gräuliche Farbe angenommen. Er aß es und hoffte, er würde noch einmal ohne Fleischvergiftung davonkommen.

In seinem Appartement angekommen, warf er seine Jacke auf einen der zwei Stühle in der Küche und griff nach einer Mineralwasserflasche aus dem Kasten in der Ecke. Dann ging er mit der Flasche in der Hand ins Wohnzimmer beziehungsweise den Raum, der das Wohnzimmer werden sollte. Bisher standen dort nur ein Schreibtisch, eine Couch, ein Fernsehgerät und jede Menge

Umzugskartons an einer Wand aufgestapelt. Darauf lag das neue Werkzeug, das er heute Morgen gekauft hatte.

Er setzte sich an den Schreibtisch und rief in der Polizeiinspektion Freising an, man solle das Protokoll von Diana Reissig an seine Dienststelle in Erding, an den Staatsanwalt und an seine private Nummer faxen, wenn es fertig sei.

Auf der Fahrt nach Hause war ihm noch etwas eingefallen, und er rief bei Jordan an. Er entschuldigte sich bei ihm, dass er ihn noch einmal belästigen müsse. Im Hintergrund hörte er, während er sprach, eine Frauenstimme, dann wurde der Hörer abgedeckt. Während er wartete, musterte er die einzigen zwei Bilder an der Wand neben ihm. Das eine war ein Segelboot in stürmischer See, das andere das Portrait einer jungen Frau in einer Polizeiuniform.

Als Jordan wieder am Apparat war, war es im Hintergrund still. War es nur der Fernseher gewesen oder hatte Jordan Besuch, überlegte der Kommissar.

„Was wollen Sie denn noch von mir?" Jordan hatte ihn offensichtlich nicht in sein Herz geschlossen.

Er müsse ihn noch fragen, ob seine verstorbene Frau eine Lebensversicherung gehabt habe, sagte der Kommissar, und wenn ja, wer der Begünstigte im Todesfall sei. Er wunderte sich nicht, dass Jordan wütend wurde.

Der Kommissar wiederholte seine Frage. Jordan schwieg.

„Herr Jordan. Ich verstehe, dass Sie sauer sind über die Frage. Aber Sie rücken sich nur in ein schlechtes Licht, wenn Sie nicht antworten. Und herausfinden tun wir es sowieso."

Ja, mit zwei Millionen im Todesfall sei seine Frau versichert gewesen, antwortet Jordan und legte auf.


Es war 15.30 Uhr, als Jana und die Polizeibeamtin mit dem Streifenwagen in die Einfahrt des alten, hellgrünen Hauses einbogen. Sie kamen vom Polizeirevier, wo die Polizistin Janas Aussage zu Protokoll genommen hatte.

„Wohnen Sie alleine in diesem Haus?", fragte die Beamtin. Ihr Blick folgte den Rissen in der Hausmauer. Das sauber an der Wand entlang gestapelte, frisch gehackte Holz konnte die Baufälligkeit nicht kaschieren.

„Nein. Da sind noch zwei andere Mieter. Paul, Hannes und ich sind eine Art Wohngemeinschaft. Jeder hat zwar seine eigenen Zimmer und ich habe auch eine eigene Küche, aber Toiletten und Bäder benutzen wir gemeinsam. Wir wollen die niedrige Miete ausnutzen, solange das Haus noch steht."

„Kommen Sie zurecht, wenn ich Sie jetzt hier alleine lasse?"

„Ja ja, mir geht es schon wieder einigermaßen gut."

Jana bedankte sich bei der Beamtin für das Nachhausebringen und winkte ihr kurz nach, als sie wegfuhr. Sie schulterte ihren Rucksack und ging die Stufen hinauf zur Haustür. Der Eingangsbereich lag im Schutz eines großen, alten Kirschbaumes, mit jedem leichten Windhauch in der Krone des Baumes strichen die durch die Zweige scheinenden Sonnenflecken über Türe und Hausmauer. Die Tür hatte irgendjemand mal hellgrün wie das Haus angemalt, an einzelnen Stellen bröckelte die Farbe aber schon wieder ab und zeigte das darunter liegende leuchtende Blau des vorherigen Anstrichs.

Oben auf dem Treppenabsatz angekommen, goss Jana das Fuchsienbäumchen, das dort in einem Tonkübel neben der Tür stand. Seine Blüten hingen schwer wie große, rosa Tropfen von den Zweigen. Auch die frischen Kräuteraussaaten auf dem Mauervorsprung bekamen ihre Wasserration, die Gießkanne hatte Jana immer neben den Pflanzen bereitstehen.

Nachdem Jana ihre Pflanzen versorgt hatte, öffnete sie die schwere Haustür, die wie gewohnt nicht abgesperrt war, und ging hinein.

Der Flur sah aus wie immer: brauner Jutefußboden, ein grüner Polstersessel vor einem niedrigen Telefontischchen und zwei leere Katzennäpfe auf dem Fußboden vor der Wand. Die lange Schnur des Telefons lag in einem Kabelgewirr halb unter dem Tisch, halb im Flur verteilt. Links und rechts des Ganges führten Türen in die jeweiligen Wohnungen.

Jana wohnte auf der rechten, nach Osten zugewandten Seite. Sie holte den Schlüssel unter ihrer Fußmatte hervor und sperrte die Tür zu ihrer Wohnung auf.

Das warme Licht ihrer gemütlichen, altmodischen Küche empfing sie wie eine Umarmung. Sie schloss die Tür von innen und lehnte sich erschöpft dagegen. Endlich war sie zu Hause. Aber als sie die Augen schloss, war da wieder das Bild der toten Frau und sie hörte das Atmen des Mörders.

Jana riss die Augen auf und versuchte die Erinnerung abzuschütteln. Noch nie in ihrem Leben hatte sie so viel Angst um ihr Leben gehabt wie heute Mittag hinter der Tür.

Sie ging zur Eckbank vor dem Küchenfenster, die alten Holzdielen knarrten unter ihren Füßen. Sie stellte ihren Rucksack ab, nahm den Kräutertopf von der Fensterbank und riss die beiden Fensterflügel auf.

Sofort wehte eine laue Brise aus dem sonnigen, verwilderten Garten herein.

Warum diese Frau wohl getötet wurde, fragte sich Jana, während sie gemahlenen Kaffee und Wasser in die Kaffeemaschine füllte. Eine Frau in einer gestärkten Bluse und einem Lodenrock, ordentlich und sauber. Irgendwie erinnerte sie sie an ihre Mutter. Bestimmt war sogar die Unterwäsche der Toten perfekt gebügelt, immer auf den Augenblick vorbereitet, bei dem man nichts mehr verbergen konnte, vor der Ambulanz oder den Leichenwäschern.

Jana nahm eine Tasse aus dem Regal und gab etwas Milch hinein. Jedenfalls war die Frau jetzt tot und ihre letzten Stunden waren geprägt gewesen von Ärger und Diät. *So wie sie war, konnte sie nicht glücklich sein,* hatte sie gesagt. Und jetzt war die Chance zum Glücklichsein vertan.

Während die Kaffeemaschine arbeitete, ging Jana ins Wohnzimmer, das sie wegen des graublauen Teppichbodens und eines in Blautönen gehaltenen Bildes über der Couch auch das „blaue Zimmer" nannte. Dort, vor einem der beiden Fenster auf einem zum Arbeitstisch umfunktionierten, alten Biergartentisch, prunkte ihr Notebook-Computer: flach wie ein Buch und schwarz wie ein Brikett, der einzige Wertgegenstand in dieser Wohnung und ihr ganzer Stolz. Sie klappte den Bildschirm hoch und schaltete den Computer ein, und während langsam das System hochfuhr, ging sie zurück in die Küche, schloss das Fenster und holte sich ihren Kaffee.

Sie sollte aufschreiben, was sie heute erlebt hatte, dachte Jana, als sie sich mit ihrem Kaffee an den Schreibtisch setzte. Das würde ihr helfen, die Geschehnisse zu verarbeiten.

Als sich eine Stunde später ihr Magen rührte, ging Jana in die Küche und schaute im Regal, was sie heute zum Abendessen laut Diätprogramm zur Auswahl hatte: Vanille-, Schoko- oder Erdbeer-Shake. Plötzlich schien es ihr pervers, sich eine künstliche Labornahrung widerwillig den Hals hinunterzuzwingen.

Nein, Schluss damit. Ich möchte wertvolle, natürliche Lebensmittel essen und ich will nicht mein Leben mit Hadern um Problemzonen vergeuden. Schluss mit den Wunderdiäten, bei denen man sich schlecht fühlt und nach denen man doch nur noch fetter wird. Ich lebe nur einmal und ich will es genießen.

Aber wie kann ich trotzdem ein paar Kilo abnehmen, seufzte Jana. Ich will nicht dünn sein, aber schlanker und schön geformt.

Verdammt. Ich will beides haben: gutes Essen und eine gute Figur.

Jana ging ins Schlafzimmer. Dort tauschte sie Jeans und Bluse gegen eine Trainingshose und ein loses weißes T-Shirt mit der

Aufschrift „Single and happy". Sie vermied während des Umziehens den Blick in den Spiegel, der Anblick ihres Bauches und der zu breit ausladenden Hüften würde sie nur deprimieren. Aber nicht mehr lange!

Jana trank ein Glas Wasser und aß eine halbe Banane. Dann zog sie sich Laufschuhe an, hängte sich den Brustbeutel mit etwas Geld um und machte sich auf den Weg.

Sie überquerte die Straße gleich vor dem Haus und marschierte am Studentenwohnheim und an dessen Parkplatz vorbei. Sie bog in die nächste Querstraße ein, die sie ins Freisinger Moos führte. Vierzig Minuten lang streifte sie mit flotten Schritten über die Feldwege. Sie genoss den weiten Blick über die Felder und Weiden, die sich scheinbar endlos und eben wie ein grünes Meer erstreckten, nur von Bächen und Rainen durchzogen, an denen Wildblumen und Sträucher wuchsen. Bald schwitzte Jana vom schnellen Gehen, aber sie fühlte sich lebendig und entspannt.

Auf dem Rückweg ging sie am örtlichen Lebensmittelgeschäft, einem kleinen „Tante Emma-Laden", vorbei und kaufte Buttermilch, frischen Salat, Tomaten und andere Zutaten für das Abendessen und den morgigen Tag ein. Wenn andere gelernt haben, Vogelnestersuppe oder gegrillte Maden zu essen, dann kann ich auch lernen, schlankes Essen in gesunden Mengen zu genießen, sagte sich Jana. Wenn sie beim Kochen überflüssiges Fett einsparte und überhaupt den Schwerpunkt mehr Richtung Gemüse, Salat und Obst verschob, müsste das Fett an ihrem Körper doch wegschmelzen, vor allem wenn sie mehr Sport machte, und das schuldete sie ihrem Rücken sowieso, da sie so viel Zeit am Computer verbrachte.

Als sie zurück zum grünen Haus kam, wunderte sie sich nicht, dass ein fremder Wagen mit Münchner Kennzeichen vor ihrem Haus parkte. Merkwürdig war nur, dass der Fahrer sich abrupt wegdrehte, als er sie in die Einfahrt schreiten sah.

Jana dachte sich nichts weiter dabei und ging ins Haus. Eine halbe Stunde später war sie geduscht und umgezogen und schnippelte auf einem Brettchen neben der Spüle Tomaten, Paprika und Radieschen für ihr Abendbrot. Sie freute sich, dass Paul, der eine ihrer zwei Mitbewohner, ihr dabei Gesellschaft leistete. Er saß am Tisch und hörte zu, während sie von den Ereignissen des Tages erzählte.

„Und die Polizei weiß nicht, warum die Frau ermordet wurde?", fragte er schließlich.

„Nein. Jedenfalls haben sie zu mir nichts gesagt."

Jana wusch den Salat im Spülbecken und bat Paul, ihr etwas von dem Rucolakraut aus dem Kräutertopf auf der Fensterbank abzuschneiden.

„Es muss schrecklich gewesen sein, hilflos einem Mord zusehen zu müssen. Gerade für jemanden wie dich, die immer alles selbst unter Kontrolle haben will."

„Echt, so siehst du mich? Na ja, jedenfalls war ich wie gelähmt und der Situation nicht gewachsen. Nie mehr in meinem Leben möchte ich so eine Angst haben und mich so hilflos fühlen."

# Bunter Salat mit Rucoladressing und Ei

*Pro Person*

*Salatzutaten: (Mengen beliebig, gewaschen und verlesen)*
*Eissalat, Römersalat o. Feldsalat in mundgerechten Stücken*
*Radieschen, in Scheiben geschnitten*
*Tomaten, in mundgerechten Stücken oder Scheiben*
*Paprika, in kurzen Streifen*
*Salatgurke, in Scheiben*

*Salatdressing:*
*1 Handvoll junges Rucolakraut, kleingeschnitten*
*1 Frühlingszwiebel oder halbe kleine Zwiebel, kleingeschnitten*
*1-2 EL Weißweinessig*
*1 EL weißer Balsamico*
*1 EL Olivenöl*
*1-2 EL Mineralwasser*
*1 kleine Knoblauchzehe*
*Salz, Pfeffer, (Süßstoff oder Zucker nach Geschmack)*

*Weitere Zutaten:*
*1 hart gekochtes Ei*
*1 Scheibe geröstetes (Vollkorn-) Brot*
*1 Knoblauchzehe zum Einreiben*
*Frische Sprossen nach Geschmack*

*Zubereitung*
*Ei hart kochen. Sprossen abspülen und abtropfen lassen. Zutaten für das Salatdressing mit dem Pürierstab in einem hohen Gefäß pürieren. Abschmecken. Eine Knoblauchzehe schälen und halbieren. Brot im Toaster oder in einer beschichteten Pfanne leicht rösten, danach mit der*

*angeschnittenen Seite der Knoblauchzehe einreiben. Hartgekochtes Ei pellen*
*und in Stücke schneiden. Salatzutaten in einer Schüssel anrichten, mit den*
*Eierscheiben oder –stücken belegen, mit frischen Sprossen dekorieren.*
*Salatsauce darüber träufeln. Fertig. Das Knoblauchbrot zum Salat essen.*

*Tipp: Statt eines gekochten Eies kann man Pilze, Hähnchenfilet, Tofu oder*
*Garnelen anbraten und würzen und zum Salat dazugeben.*

Paul blieb nicht zum Abendessen, da er noch zu einem Kunden
musste. Das war oft der Fall, seit er sich mit seinem kleinen
Landschaftsarchitekturbüro selbstständig gemacht hatte. Also machte
Jana es sich alleine an ihrer Eckbank gemütlich und freute sich an ihrer
Abendmahlzeit, die sie sättigen und schlank machen würde.

Nach dem Essen brühte Jana einen Früchtetee auf, den sie mit ins
Wohnzimmer nahm, wo sie an ihrem Gartenbuch arbeiten würde.
Bald vergaß sie über das Schreiben die Zeit. Sie merkte kaum, dass es
draußen dunkel wurde. Einmal, als sie gerade einen Schluck Tee aus
ihrer Tasse nehmen wollte, meinte sie zwischen den dunklen Schatten
im Garten eine Bewegung zu erkennen. Bestimmt nur eine Täuschung,
dachte sie. Sie schloss das Fenster und ließ die Innenrollos aus Bambus
herunter.

In der Nacht schreckte sie aus einem Traum, als der Nachbarshund,
ein großer, schwarzer Labrador, anschlug. Er beruhigte sich bald
wieder, aber Jana fand nicht in die Arme des Schlafes zurück. Es war
jedoch nicht der Mord, der ihr die Ruhe raubte, sondern
Kriminalhauptkommissar Bergmeister. Zu genau sah sie in der
Dunkelheit wieder seine verstehenden, braunen Augen vor sich, fühlte
sie seine Hand auf ihrer Schulter, spürte sie seine Wärme durch ihren
Körper rieseln.

Fehlte ihr doch etwas in ihrem Leben?

Nein. Es ging ihr gut, besser als jemals zuvor. Sie war kreativ und
stand fest auf ihren eigenen Füßen. Sie hatte soviel mehr Energie und
Lebensfreude als früher, als sie sich noch für Männer interessierte. Sie
würde nicht riskieren, dies zu verlieren. Auch wenn der Gedanke an
den Kommissar ein Ziehen in ihrer Brust verursachte, das hatte nichts
zu bedeuten. Dieser Augenblick in ihrem Büro, das war nur ein
flüchtiges Aufbrausen der Hormone gewesen. Sonst nichts.

# Diäten und Diamanten
## *Romantikthriller*

Auch der Kommissar schlief unruhig in dieser Nacht von Montag auf Dienstag. Die Bilder des vergangenen Tages formten in seinen Träumen ein Durcheinander aus Umzugskartons, schwarzen Handschuhen und einer Frau mit wehenden, blonden Haaren. Er hatte das Verlangen die Haare der Frau weich über seine Arme streichen zu lassen und streckte die Hand nach ihr aus. Sie schaute ihn entgeistert mit riesigen Augen an.

Als der Kommissar um sieben Uhr morgens aufwachte, hatte er seine Träume vergessen. Er wunderte sich nur, warum er sich so beschwingt fühlte und den Drang nach einer Rasur hatte. Er stand auf und zog die Vorhänge zur Seite. Er musste die Augen zukneifen, so blendete ihn die Morgensonne.

Wenig später saß er frischgeduscht bei einer Tasse Kaffee in der Küche. Aus dem Radio plapperte der Wetterbericht, dass es wieder ein sommerlich heißer Tag werden würde. Aber er hörte nicht hin, in Gedanken war er bereits beim Mordfall Jordan.

Normalerweise arbeiteten sie mindestens zu zweit an einem Fall. Nur weil es aktuell zu viele Einsätze gleichzeitig gab, war er bei seinen Ermittlungen auf sich gestellt. Das kam immer mal wieder vor und er genoss es dann. Trotzdem arbeiteten der Kommissar und seine Kollegen als Team, sie trafen sich regelmäßig zu Besprechungen im Kommissariat, um über ihre Ergebnisse zu berichten, Strategien zu diskutieren und gemeinsame Einsätze zu planen.

Warum wurde eine einfache Frau aus einem kleinen Bauernkaff getötet? Hatte der Vorfall auf dem Supermarktparkplatz etwas damit zu tun? Rache für die Beule im Auto konnte es wohl kaum sein, das wäre wohl etwas überzogen. Hatte die Jordan etwas gesehen, was sie nicht sehen sollte? Oder war ihr Mann auf ihre Lebensversicherung aus? Welche Motive und Hintergründe könnte es sonst noch geben? Sie würden die letzten Tage der Frau rekonstruieren müssen.

Der Kommissar nahm die Tasse Kaffee und ging damit ins Wohnzimmer an seinen Schreibtisch. Er listete die möglichen Motive auf ein Blatt Papier und daneben die Wahrscheinlichkeiten nach seinem ersten Eindruck und Bauchgefühl.

Und warum war diese Bäuerin so untadelig gewesen? Warum hatte sie es nötig gehabt, so perfekt zu sein. Alles, was er in dem Haus gesehen hatte, hatte ihn angeschrien, schaut wie tüchtig und perfekt ich bin, ich mache alles richtig, ihr müsst mich doch einfach lieb haben.

Gefühle zu zeigen, war sicherlich nicht die Stärke des Bauern, jedenfalls keine freundlichen Gefühle. Aber würde er seine Frau töten, um sie loszuwerden? Oder um eine Lebensversicherung zu kassieren?

Und der Bauer hatte mit dem Opfer telefoniert - wenige Sekunden, bevor sie erschossen wurde, also kann er es nicht gewesen sein, sagte sich der Kommissar. Außer der Anruf wäre über ein Mobilfunktelefon entgegengenommen worden, ergänzte er seine Überlegungen und machte sich eine Notiz.

Und warum wurde der Film aus der Kamera genommen? Offensichtlich hatte der Mörder gedacht, die Kamera und die Ermordete gehörten zusammen. Der eigene Ehemann würde aber doch wissen, dass das nicht ihre Kamera war, die dort auf dem Schreibtisch lag. Es ergab alles noch keinen Sinn. Und wenn jemand anders der Mörder war, was sollte eine Bäuerin fotografiert haben, was dem Mörder wichtig war?

Das Telefon klingelte. Ein früherer Kollege, der Verwandte in Brucking hatte und den er gestern Abend noch angerufen hatte, war am Apparat. Der Jordan habe eine Geliebte, sage der Dorfklatsch. Es sei eine Jüngere mit Geld. Weil seine Frau, Angelika Jordan, keine Kinder bekommen hatte, wollten der Bauer und seine Mutter sie schon längst vom Hof forthaben, tuschelte man hinter vorgehaltener Hand. Willkommen zurück im Mittelalter, sagte der Kommissar und legte auf.


Als Jana am nächsten Morgen zur Arbeit kam, war das Absperrband vor ihrem Büro fort und auch sonst wies von außen nichts auf die gestrigen Ereignisse hin. Da die Tür versperrt war und sie nicht wusste, wo die Polizei den Schlüssel abgegeben hatte, holte sie sich einen Ersatzschlüssel vom Hausmeister.

Ihr war ganz flau im Magen, als sie den Schlüssel im Schloss umdrehte.

Dass rein gar nichts auf die Ereignisse von gestern Mittag hinwies, hatte sie nicht erwartet. Die tote Frau war weg und alles wirkte wie sonst auch.

Sollte sie einfach so tun, als sei nichts geschehen? Zur normalen Tagesordnung übergehen, obwohl hier gestern in ihrem Beisein das Leben eines Menschen ausgelöscht worden war? Die Frau war kaum älter als sie gewesen, wenn überhaupt, vielleicht hatte sie nur durch die konservative Kleidung und wegen der ausgezehrten Gesichtszüge älter gewirkt.

Wenn ich jetzt tot umfallen würde, wäre ich zufrieden damit, wie ich bisher gelebt habe und was ich der Welt hinterlasse?, fragte sich Jana.

Das Telefon klingelte. Jana sah auf die Uhr, ihre Sprechzeit hatte bereits begonnen hatte. Sie nahm den Hörer ab, die Fragen des Anrufers über die richtige Kompostierung im Hausgarten holten sie in ihren Alltag zurück.

Die nächsten drei Stunden gehörte Jana voll und ganz dem ständig läutenden Telefon. Zwischendrin schauten immer mal wieder Kollegen herein und fragten nach den gestrigen Ereignissen und ob es ihr gut ginge, aber es blieb ihr keine Zeit für eine richtige Unterhaltung.

Es war gerade Zeit für die Mittagspause, als der Kommissar vor Janas Büro auftauchte. Jana hatte den Rucksack mit ihrem Proviant bereits gepackt und griffbereit. Sie telefonierte eigentlich nur noch schnell mit einem Kollegen wegen der Vorbereitungen zu einer Veranstaltung nächste Woche, als sie durch das Fenster sah, wie der Kommissar auf dem Parkplatz aus seinem Auto stieg. Bei seinem Anblick setzte ihr Herz einen Schlag aus. Verdammt. Was war bloß los mit ihr?

Sie beobachtete ihn, während sie telefonierte. Der Kommissar trug heute keine Jacke. Ein hellbraunes T-Shirt über einer schwarzen Jeans offenbarte eine schlanke, athletische Figur mit breiten Schultern. Darüber trug er den Gurt mit der Dienstwaffe.

Ich kann an ihm nichts Besonderes finden, sagte sich Jana und zuckte mit den Schultern. Und jemand, der eine Waffe in dieser Umgebung derart zur Schau stellt, musste doch sowieso ein Arschloch sein. Wen wollte er damit beeindrucken? Bei ihr hatte er damit jedenfalls kein Glück.

Sie beobachtete ihn, wie er auf ihre Eingangstür zuschritt. Obwohl er in Gedanken zu sein schien, registrierte er die beiden Kübelpflanzen mit dem sattgrünen Laub und den orangerot leuchtenden Blütenständen draußen vor ihrem Büro und hielt inne, um sie sich genauer anzusehen. *Clerodendrum speciosissimum*, eine neue Kübelpflanzenart, die an der Versuchsanstalt getestet wurde.

Sie drehte sich weg, damit er nicht merkte, dass sie ihn beobachtet hatte.

Als sich die Tür öffnete und der Kommissar hereintrat, legte Jana gerade den Telefonhörer auf. Sie wandte sich zu ihm mit einem freundlichen Lächeln auf dem Gesicht. Freundlich und doch unnahbar, so sollte er sie sehen. Der kleine Schwächeanfall von gestern war vorüber.

„Guten Tag, Herr Kommissar. Kann ich Ihnen noch irgendwie behilflich sein?"

„Guten Tag, Frau Reissig."

Er trat zum Schreibtisch und streckte ihr die Hand entgegen.

Sie trug die Haare heute bis auf ein paar lose Strähnen hinten zusammengesteckt, was ihm den Blick auf die zarte Haut an ihrem Hals und die schmalen, schlichten Silberreifen an ihren Ohren freigab. Ein Hauch ihres Parfums lag in der Luft.

Sie gab ihm die Hand mit einem festen Händedruck. Ihre Haltung war aufrecht und selbstbewusst.

Er starrte sie von oben bis unten an, so wie er eben die Pflanzen vor ihrer Tür angeschaut hatte, nicht weil er sie taxierte, sondern einfach weil er überrascht war, so etwas Schönes vorzufinden. Ja, sie gefiel ihm. Heute schien sie ihm stark und schön, ein wenig üppig, aber schön. Er starrte länger, als es höflich war, und er merkte an dem Flackern in ihren Augen, dass er sie verunsicherte, dass er durch die Mauer drang, mit der sie sich heute umgab, und irgendwie gefiel ihm das. Dann erinnerte er sich, warum er gekommen war.

„Ich hätte noch ein paar Fragen an Sie, Frau Reissig." Er registrierte den Rucksack auf der Ecke des Tisches neben ihr und deutete darauf.

„Wollten Sie gerade gehen?"

„Nur über Mittag zum Essen in den Garten."

„Dann lassen Sie uns doch das Angenehme mit dem Nützlichen verbinden. Ich habe auch mein Mittagessen dabei, ich muss es nur schnell aus dem Auto holen. Gehen wir in den Garten und unterhalten wir uns beim Essen."

Musste das denn sein, schoss es Jana durch den Kopf, sie wollte doch ihre Ruhe und sich entspannen und das konnte sie nicht mit ... ihm. Er machte sie nervös.

„Okay", riss sie sich zusammen und lächelte.

Beim Hinausgehen sah er die Karte aus Hawaii an der Tür und er blickte sie fragend an. Sie war kurz versucht, ihm von ihren Ferien zu erzählen, aber dann ließ sie es doch lieber. Je mehr sie ihn auf Distanz hielt, desto besser würde es sein.

Sie folgten dem gleichen Weg, den Jana gestern Mittag gegangen war.

Jana fragte den Kommissar, ob die Polizei schon wüsste, wer der Mörder sei und warum Frau Jordan getötet worden war. Nein, antwortete er, die Ermittlungen liefen, aber sie tappten noch völlig im Dunkeln.

Jana führte den Kommissar in den hinteren Teil des Gartens, wo ihr Tisch und ihre Bank standen. Sie setzten sich einander gegenüber.

Er wurde still. Sie beobachtete ihn, wie er die Umgebung und die Stimmung in sich einsaugte, die Düfte, das leise Rascheln des Windes in den Baumgipfeln, die Vogelstimmen.

„Es ist schön hier", sagte er.

Er machte es ihr schwer, ihn für ein Arschloch zu halten.

Als sich ihre Blicke trafen, musste sie sich zwingen, ihm standzuhalten und nicht wie ein ertapptes Schulmädchen wegzugucken. Sie begann, ihren Rucksack auszupacken. Er sah ihr zu, wie sie Vollkornsemmeln, ein Schälchen Kräuterquark, jede Menge Radieschen, zwei Stangen Sellerie und eine Schale Erdbeeren auf dem Tisch ausbreitete. Schließlich packte er seine eigene Tüte aus. Er hatte zwei Semmeln mit jeweils drei Zentimeter dicken Leberkässcheiben darauf und zwei Plastiktütchen mit Senf dabei.

Er bot ihr eine seiner Leberkässemmeln an, aber sie sagte, sie wolle lieber bei Vollkornsemmeln und Quark bleiben.

Sie beobachtete ihn, wie er die Senftütchen aufriss und den Senf auf den Leberkässcheiben verteilte. Es faszinierte sie, wie herzhaft er dann in seine Semmel biss, und ihm danach der Senf an der Backe klebte.

Er merkte, dass sie ihn beobachtete, und sie merkte, dass er es bemerkt hatte. Sie fühlte, wie ihr die Röte den Hals heraufkroch.

Verdammt. Sie hatte doch nicht das geringste Interesse an ihm. Nicht an ihm und nicht an anderen Männern.

Und wieso würde sie ihm dann am liebsten den Senf von der Wange lecken?

Der Kommissar schaute Jana zu, wie sie ihre Vollkornbrötchen aufschnitt, dann ein kleines Stückchen abriss, es in den Kräuterquark tunkte und in den Mund schob.

„Sieht auch gut aus", bemerkte er.

„Ja, gell! Sieht gut aus, schmeckt gut und macht auch noch schlank!" Sie hätte sich die Haare raufen können über ihre Blödheit. Warum hatte sie das gesagt? Zeig einem Feind keine Schwäche.

„Ach", er musterte ihren Körper von oben bis unten, soweit er sie eben über dem Tisch sehen konnte. „Sie wollen abnehmen? Löblicher Vorsatz!"

Er hielt mitten im Beißen inne. Ihr Blick hatte sich innerhalb einer Sekunde von vorsichtig freundlich über Verletztheit auf eisige Kälte gewandelt. Hätte er das nicht sagen sollen? So wie sie ihn jetzt ansah, war sein Leben in akuter Gefahr!

Er versuchte sich zu entschuldigen, er hatte es nicht bös gemeint, er war eben ein sehr sportlicher Mensch und wusste, wie hinderlich zu viele Kilos waren.

Aber damit ritt er sich noch tiefer rein. Sie unterbrach ihn scharf.

„Können wir jetzt endlich darüber reden, warum gestern in meinem Büro eine Frau erschossen wurde? Oder was Sie eigentlich noch mit mir besprechen wollten."

„Entschuldigen Sie, ich wollte nicht Ihre Gefühle verletzen. Ich finde Sie ja auch gar nicht *arg* zu dick."

Das war sein Todesurteil. *Er war ein Arschloch.* Aber sie zuckte nicht mit der Wimper, sie hatte sich jetzt im Griff.

„Okay, entschuldigen Sie, Frau Reissig. Kommen wir zu unserer beruflichen Beziehung."

„Wir haben nur eine berufliche Beziehung!", spuckte ihm Jana ins Gesicht.

Puh, konnte die eine Zicke sein, dachte der Kommissar. Aber sag das mal einer Frau. Außer du willst bei ihr für immer verschissen haben!

„Gut. Ist Ihnen vielleicht noch irgendetwas eingefallen, was sie gestern vielleicht in der Aufregung vergessen haben? Oder ist Ihnen am Verhalten der Frau etwas aufgefallen."

„Nein. Ich habe Ihnen alles genau so erzählt, wie es passiert ist."

„Hm."

Er biss wieder in seine Semmel.

Jana atmete tief ein, dann aß sie auch weiter.

„Die Frau kam schüchtern und zaghaft herein", rang sie sich durch, zu sagen. „Sie verschloss die Tür hinter sich, als hätte sie Angst, ich könnte sie davonjagen."

Nun ja, wenn sie so ein Gesicht gemacht hatte wie eben, konnte er die Frau verstehen.

„Die Frage ist, ob sie vom Typ her eine ängstliche Frau war", sagte der Kommissar laut, „oder ob sie sich zu diesem Zeitpunkt von jemandem bedroht fühlte. Und wenn ja, warum und von wem?"

Jana überlegte. „Andererseits, als sie dann mit diesem Sepp sprach, war sie plötzlich ziemlich energisch. So ein Aufmucken, wie den Satz mit der Hure, hätte ich ihr gar nicht zugetraut."

Sie aßen beide eine Zeitlang schweigend weiter. Als der Kommissar fertig war, begann er seine leere Proviantütüte zusammen- und wieder auseinander zu falten. Schließlich legte er die Tüte beiseite und sah sie eindringlich an. Er wusste, es würde gleich wieder Ärger geben, aber so war nun mal sein Job.

„Es gibt einige Gründe, warum verschiedene Leute am Tod der Frau interessiert gewesen sein können", sagte er. "Kannten *SIE* Angelika Jordan eigentlich schon vorher?"

. . .

Na, da hatte er ja alle Register gezogen, um sich unbeliebt zu machen, dachte der Kommissar, als er eine Stunde später auf der Landstraße von Freising nach Brucking fuhr. Erst seine Feststellung bezüglich des Abnehmens, dann machte er Diana Reissig zu einer Tatverdächtigen. Letzteres war nicht wirklich seine Idee gewesen, aber Staatsanwalt und Kollegen hatten ihn auf diese Möglichkeit hingewiesen. Und es gehörte zu seinem Job, allen Möglichkeiten nachzugehen, bis er die richtige Lösung gefunden hatte.

Diana Reissig war sofort aufgesprungen. Nein, sie habe die Tote nicht gekannt und vorher auch noch nie gesehen.

Ihm hatte nicht gefallen, dass er weiterbohren musste.

„Und was ist mir ihrem Mann, dem Josef Jordan?"

„Der Name Jordan sagt mir gar nichts. Nein, ich kenne ihn nicht."

Dann hatte sie ihre leeren Tupperware-Schachteln wütend in den Rucksack geworfen und war über den Rasen davongestapft.

Er war noch eine Weile sitzen geblieben, hatte die Augen geschlossen und sich zurückgelehnt. Er schien entspannt, doch sein Gehirn arbeitete, während die Sonnenstrahlen, die sich einen Weg durch die Zweige bahnen konnten, sein Gesicht kitzelten. Schließlich hatte er sich seufzend aufgerafft und war langsam zum Auto zurückgegangen.

Jetzt war er unterwegs zu Josef Jordan. Das Drücken der Wiederwahltaste auf dem Telefon in Diana Reissigs Büro hatte der Spurensicherung gezeigt, dass Frau Jordan ihre eigene Festnetznummer zu Hause angerufen hatte. Er musste klären, ob Jordan den Anruf zu Hause angenommen hatte oder ob das Gespräch auf ein Mobilfunktelefon weitergeleitet worden war. Sie würden dies auch mithilfe der Telefongesellschaft überprüfen, aber er wollte Jordans Gesicht sehen, wenn er ihn mit dieser Frage konfrontierte.

Als der Kommissar die Hofeinfahrt passierte, war der Bauer gerade dabei, einen offenbar schweren Sack aus einer Kammer in der Scheune herauszuziehen. Als er den Kommissar sah, wurde sein Gesichtsausdruck eine Spur verschlossener, wenn das überhaupt möglich war.

Der Kommissar versicherte sich, dass der Hund an der Leine lag, bevor er aus dem Auto stieg. Er zählte nicht auf Jordans Hilfe, falls der

Hund ihn anfallen würde, und er wollte dem Tier nicht wehtun müssen.

„Guten Tag, Herr Jordan", sagte der Kommissar unbeirrt freundlich, als er Richtung Scheune ging. Aber Jordan würdigte ihn keines Blickes.

„Ich möchte Ihnen noch einige Fragen stellen, um den gewaltsamen Tod Ihrer Frau aufzuklären. Zum einen: Mit welchem Telefon nahmen Sie den Anruf Ihrer Frau entgegen? Bitte bedenken Sie, dass wir Ihre Angaben überprüfen werden. Sie haben aber das Recht zu schweigen, wenn Sie sich mit einer Aussage selbst belasten würden."

Nun ließ Jordan den Sack fahren und richtete sich zu seiner vollen Größe auf. Der Kommissar sah ein kurzes Leuchten in seinen Augen, als Jordan stolz ein quaderförmiges, klobiges Mobilfunktelefon aus der ausgeleierten Brusttasche seines Overalls zog. „Wir stellen unser Telefon auf Weiterleitung, wenn wir nicht im Hause sind. Der Anruf kommt dann auf diesem Gerät an."

„Und so war es auch gestern Mittag, als Ihre Frau Sie anrief, Herr Jordan?"

„Ja."

Der Kommissar sog die Luft hörbar ein, bevor er die nächste Frage stellte.

„Wo waren Sie, als Sie der letzte Anruf Ihrer Frau erreichte?"

„Auf dem Feld." Das Leuchten in den Augen des Bauern war schon längst wieder erloschen und er schaute den Kommissar mit versteinertem Gesicht von oben an.

„Welches Feld, Herr Jordan. Wo?"

„Das erste auf der linken Seite, wenn Sie aus dem Ort hinausfahren."

Damit zeigte er in Richtung der Straße, die auf der anderen Seite von Brucking aus dem Ort herausführte.

„Aber nach dem Anruf bin ich bald nach Hause gefahren."

„Hat Sie jemand gesehen?"

„Ja, sicher, alle die vorbeigefahren sind."

„Kannten Sie jemanden von denen, die vorbeifuhren? Ich meine, haben Sie irgendeinen Zeugen, der aussagen könnte, dass Sie gestern kurz nach Mittag auf dem Feld und damit weit weg von Freising waren?"

„Ich weiß nicht. Schließlich bin ich nicht auf dem Feld, um die vorbeifahrenden Autos zu beobachten."

Der Kommissar sah den Bauern prüfend an, er hatte ein leises Zucken in seinen Augen gesehen. Aber Jordan bückte sich wieder nach dem schweren Sack. Der Kommissar sah jetzt am Aufdruck, dass es sich um Maissaatgut handelte.

Der Kommissar verabschiedete sich und ging über den Kies zu seinem Wagen. Dort benutzte er das Polizeifunkgerät, nachdem er sich versichert hatte, dass seine Wagenfenster verschlossen und Jordan außer Hörweite war. Er rief die Polizeiinspektion Freising an und meldete, dass er sofort zwei Leute zur Beschattung von Jordan brauche, sie müssten in Zivil und in einem Zivilfahrzeug sein.

Der Kommissar fuhr aus dem Hof heraus, das Winken sparte er sich, als er Jordans finsteren Gesichtsausdruck sah.

Jemand mit weniger Selbstbewusstsein als ich könnte in diesem Beruf wirklich Komplexe kriegen, sagte er sich.

Er fuhr die Dorfstraße hinaus zu dem Feld, das ihm der Bauer genannt hatte. Er nahm sein eigenes Handy aus dem Handschuhfach und sah prüfend auf das kleine Display: kein Netz. Er nahm das Handy und lief am Feld entlang. Das Gleiche.

Das Funkloch vor Brucking gab es also noch, brummte der Kommissar. Es war ihm letztes Jahr bei einem Einsatz aufgefallen. Also log Jordan.

Der Kommissar ging zurück zu seinem Wagen und fuhr wieder nach Brucking hinein, diesmal zu der kleinen Kirche am Ende des Dorfes. Der weiße Kirchturm hob sich malerisch vom tiefblauen Himmel ab. Er parkte auf der Rückseite des Gebäudes neben dem kleinen Friedhof, wo er von der Straße aus nicht gesehen werden konnte. Er wartete ein paar Minuten und ging dann zu Fuß Richtung Jordanschen Hof. Der Traktor war noch da, die Scheune geschlossen, der alte Mercedes war weg. Der Kommissar hoffte, die Beamten aus Freising waren noch rechtzeitig gekommen, um Jordan zu folgen. Er wollte die Zeit nutzen, sich bei den Nachbarn umzuhorchen.

Die alte Frau mit der blauen Kittelschürze und dem weißblauen Kopftuch auf dem Hof gegenüber von Jordans winkte freundlich zurück, als er ihr zuwinkte und das Grundstück betrat. Dieser Hof wirkte nicht ganz so blank geputzt, es gab ein bisschen Unkraut, das aus dem Kies sprießte, neben dem Misthaufen stand eine kleine, rotgelbe Kinderschubkarre aus Plastik und da war ein Sandhaufen mit bunten Förmchen zum Sandkuchenbacken in einer Ecke vor der Scheune. „Sind Sie die Bäuerin?", fragte er sie und zeigte ihr seinen Dienstausweis.

Als sie verneinte und sagte, das sei jetzt ihre Schwiegertochter, aber die sei gerade mit den Kindern bei einem kranken Kälbchen, stellte er ihr trotzdem seine Fragen.

Ob gestern zwischen 12.30 und 13.30 Uhr der helle Mercedes oder der Traktor im Hof des Nachbarn gestanden hätten, wollte er wissen. Der Bauer sei morgens mit dem Traktor weggefahren und seine Frau sei am späten Vormittag mit ihrem Wagen nach Freising gefahren. Mittags sei der Bauer mit dem Traktor zurückgekommen und wenig später mit dem Mercedes weggefahren. Richtig stadtfein habe er sich vorher noch gemacht. Wo der wohl hinfuhr? Ja, ja, die arme Frau Jordan.

So kann man auch etwas sagen, ohne es zu sagen, dachte der Kommissar und nutzte die Gelegenheit, sie nach der Ermordeten zu fragen. Unglücklich sei sie gewesen, derweil sie sich doch so viel Mühe gegeben habe und so fleißig gewesen sei. Und wie schön sie die Stuben hergerichtet habe. Aber der Bauer hatte es ihr nicht gedankt. „Eine Geliebte soll er haben, eine junge Geldige. Aber niemand weiß, wer sie ist und gesehen hat sie auch noch keiner."

Der Kommissar bedankte sich und verließ den Hof. Er ging zurück zum Wagen. Ein paar Minuten später meldeten sich die Kollegen, die er mit Jordans Beschattung beauftragt hatte, über Polizeifunk und meldeten ihm ihren Standort.


Der Kommissar sah das Zivilfahrzeug der Freisinger Kollegen etwa 200 Meter von der angegebenen Adresse einer gewissen Gabriele Mayr entfernt stehen.

Das ist hier nicht das ärmste Viertel von Freising, dachte er, als er seinen Wagen hinter dem der Kollegen parkte. Zu den meisten Villen in den gepflegten Gärten gehörten Doppelgaragen. Das Haus, in dem Gabriele Mayr wohnte, war weiß mit großen Fensterflächen und einer großen, dunkelbraunen Eingangstür, an der vor allem der große, massive, schmiedeeiserne Türknauf auffiel. Um sich ein Haus dieser Größe im Münchner Einzugsgebiet leisten zu können, brauchte man mehr als nur ein bisschen Kleingeld, dachte der Kommissar.

Er stieg aus seinem Wagen und ging zu den Kollegen hinüber, es war das gleiche Team wie gestern im Büro der Gartenberatungsstelle.

„Habt ihr schon etwas über diese Gabriele Mayr herausgefunden?", fragte er die Kollegen, nachdem er hinter ihnen auf der Rückbank Platz genommen hatte.

„Ja, sie war Anfang der Achtziger ein Schlagersternchen. Ihr Künstlername war Gigi Lamper. Aber der Stern verglühte bereits nach dem ersten Hit. Sie hatte dann ein glückliches Händchen, indem sie einen reichen, amerikanischen Geschäftsmann heiratete. Als der sich nach vier Jahren von ihr scheiden ließ, konnte sie mit dem richtigen

Anwalt etliche Millionen aus ihm herausholen. Sie versucht seit Jahren ein Comeback, obwohl sie es finanziell nicht nötig hätte. Aber bisher ohne Erfolg. Polizeilich bisher keine Auffälligkeiten, nicht mal zu schnelles Fahren."

„Seit wann ist Jordan jetzt da drin?", fragte er.

„Etwa 30 Minuten", antwortete die korpulente Polizistin vom Beifahrersitz. „Sein Auto steht in der Seitenstraße dort drüben."

In diesem Moment ging die Haustür auf. Heraus kam Jordan in einer ganz anderen Aufmachung als vorhin in seiner Scheune. Den Arbeits-Overall hatte er gegen eine beigefarbene Jeans, ein hellblaues Hemd und einen leichten Wildleder-Blouson getauscht. Er zog die Haustür hinter sich zu und ging zu der Seitenstraße, in der er seinen Wagen geparkt hatte.

Der Kommissar bat die Freisinger Kollegen, Jordan vorerst weiter zu beschatten, dann öffnete er vorsichtig die Tür und schlich zurück zu seinem eigenen Auto. Dort wartete er ein paar Minuten, bis Jordan und die Kollegen fort waren, und schlenderte zum Haus von Gabriele Mayr.

Der Garten war mit einer perfekt getrimmten Buchshecke eingefasst, der Rasen sah aus wie ein weicher, hellgrüner Teppich ohne jedes Unkraut, die Baumscheiben unter den Nadelgehölzen waren perfekt rund wie mit dem Zirkel angelegt.

Als der Kommissar am Eingangspfosten die Klingel drückte, hörte er eine Melodie, die ihm bekannt vorkam, die er aber nicht zuordnen konnte. Schon nach den ersten Tönen öffnete sich die Tür und heraus trat eine braungelockte, üppige Enddreißigerin.

Sie trug einen roten, kurzen Kimono, der die Frage aufwarf, ob sie wohl etwas darunter trug. Ihr Gesicht war jedenfalls einladend und sie flötete: „Sind Sie der Mann von der Presse?"

Er verneinte und stellte sich dem ehemaligen Schlagersternchen als Hauptkommissar Bergmeister vor. Sie schien enttäuscht.

Er fragte, ob er trotzdem hereinkommen könne, er habe ein paar Fragen an sie. Die Frau ging vor und er folgte ihrem schwingenden, vollen Gesäß, das sich deutlich unter dem Kimono abzeichnete durch einen geräumigen Flur in ein großes Wohnzimmer.

In einer Ecke des Wohnzimmers standen auf einem Tisch Preise und Bilder aufgereiht. Als der Kommissar näher heranging, erkannte er auf den Bildern eine jüngere Gigi Lamper - bei Auftritten, Preisverleihungen, bei ihrer Hochzeit. Auf dem Tisch lag ein aufgeschlagenes Album mit Zeitungsausschnitten aus ihrer Glanzzeit als Sängerin.

Die einen tragen ihre Erinnerungen im Herzen, die anderen verdrängen sie und Gigi bahrt ihre im Wohnzimmer auf, dachte er.

Sie führte ihn zu der weißen Leder-Sitzecke und bot ihm Platz an. Auf der Couch lag ein großer, rosa Plüschelefant. Eine Lavalampe auf einem Beistelltischchen blubberte orangefarbene Ölblasen in braunem Wasser-/Ethanolgemisch.

„Ja, ich bin mit Herrn Jordan befreundet", beantwortete sie seine Frage, während sie sich dem Kommissar gegenüber auf den Couchsessel niederließ und ihre Beine übereinanderschlug. Dass sich ihr Kimono dabei verschob, merkte sie erst nicht, zog ihn dann zerstreut wieder zurecht.

„Was ist denn auch schon dabei?", fragte sie. "Jemand muss den armen Mann doch glücklich machen." Sie zog den Plüschelefanten näher zu sich heran und kraulte seine Ohren. Wie weit ihre Freundschaft mit Jordan ging, darüber wolle sie nicht sprechen.

„Frau Mayr, wo waren Sie gestern kurz nach Mittag?"

„Sagen Sie doch Gigi zu mir, Herr Kommissar." Sie lächelte ihn niedlich an und sortierte ihre Beine neu. Er war jetzt fast sicher, dass sie unter dem Kimono nichts anhatte.

„Ich war hier." Sie nickte zur Terrassentür, die halb offen stand. Draußen sah man zwei weißlackierte Liegestühle mit orangeroter Polsterauflage unter einer pink/weiß gemusterten Markise. Auf einem Beistelltischchen standen zwei halbausgetrunkene Gläser mit einer himbeerroten Flüssigkeit, vielleicht Campari, und grüngestreiften Strohhalmen. „Sie müssen wissen", fuhr sie fort, „ich brauche mittags eine Ruhestunde, um nachmittags konzentriert arbeiten zu können. Nachmittags kommt mein Choreograph und wir proben meinen Auftritt in der Show *Das waren die Achtziger.*" Ihr Gesicht leuchtete bei dem Gedanken daran. „Er wird gleich hier sein und ich muss mich noch umziehen."

Als der Kommissar Gabriele Mayr alias Gigi Lamper zum Schluss an der Tür fragte, ob sie einen Zeugen für gestern Mittag habe, sah sie ihn mit großen Taleraugen an und öffnete den Mund, wie um etwas zu sagen. Dann senkte sie den Blick und schüttelte den Kopf.

Nein, sie habe keinen Zeugen, sagte sie.


Jana fuhr am Spätnachmittag auf ihrem roten Fahrrad vom Büro nach Hause. Es war inzwischen noch wärmer geworden, als es schon zu Mittag gewesen war.

Zuhause angekommen lehnte sie das Fahrrad an den Zaun in der Einfahrt ab und stieg die Stufen zum Hauseingang hoch. Wie immer goss sie als Erstes ihre Pflanzen draußen vor der Eingangstür mit dem abgestandenen Wasser in der großen Gießkanne und schloss dann die Tür zu ihrer Wohnung auf.

Hier hinter den dicken, alten Gemäuern war es kühl, sogar ein bisschen zu kühl. Sie riss die Fenster auf, um ein wenig von der sommerlichen Wärme hereinzulassen.

Jana räumte ihren Rucksack aus und machte sich daran, ihr Abendessen vorzubereiten. Sie füllte Kartoffeln in den Dampfkochtopf und setzte Wasser für den Spargel auf.

Während sie das Gemüse in der Spüle wusch, dachte sie zum hundertsten Mal an das Picknick heute Mittag. Ja, musste sie zugeben, sie war dem Kommissar gegenüber ungerecht gewesen. Es war ihre Sache, dass sie seine Bemerkung über das Abnehmen als verletzend empfunden hatte. Er als schlanker Mensch hatte sich wahrscheinlich gar nichts dabei gedacht. Und dass er sie als Täterin in Erwägung zog, war sein Beruf. Sie hatten ja schließlich nichts persönlich miteinander zu tun und sie musste zugeben, dass aus Sicht der Polizei die Möglichkeit bestand, dass sie den Mord verübt hatte und dann die Waffe verschwinden ließ, bevor sie die Polizei rief.

Sollte er noch einmal bei ihr auftauchen, würde sie sich professioneller verhalten. Nicht wie eine hysterische Kuh. Freundlich und höflich würde sie sein, egal ob er nun ein Arschloch war oder vielleicht doch nicht.

# Spargel mit Kartoffeln und abgespeckter Sauce hollandaise

*Zutatenliste pro Person*

*Ca. 300 g Spargel,*
*2 Kartoffeln, 200 g*

*Für die Sauce:*
*20 g Butter, Margarine oder Öl (1 ½ EL)*
*10 g Mehl (1 EL)*
*180 ml Spargelsud oder Brühe (knapp 1 Kaffeetasse)*
*20 g Trockenmagermilch (2 EL)*
*1 Eigelb*
*Salz, Pfeffer, Zitronensaft*

*Zubereitung:*

*Kartoffeln in der Schale abbürsten und waschen und als Pellkartoffeln zubereiten (z.B. im Dampfkochtopf) oder ohne Schale in kochendem Salzwasser 30 Minuten garen. Spargel schälen, holzige Enden abschneiden, dann in reichlich kochendem Salzwasser 20 bis 35 Minuten je nach Sorte garen. Spargel aus dem Wasser nehmen, vorsichtig abtropfen lassen. Achtung, Spargelsud aufheben. Spargel warmhalten. Kartoffeln pellen.*

*Für die Sauce: Butter schmelzen, Mehl in der Butter leicht anschwitzen. 150 ml Spargelsud oder Brühe langsam einrühren, kleinen Rest aufheben. Kurz aufkochen, dann 10 Minuten ziehen lassen. Trockenmagermilch mit Schneebesen in die Sauce rühren. Eigelb mit einer Gabel in den restlichen Spargelsud (ca. 30 ml) einrühren, dann beides in die Sauce rühren (die darf nicht mehr kochen), mit Zitronensaft, Salz und Pfeffer würzen und abschmecken. Noch etwas ziehen lassen. Sollten Sie Klümpchen in der Sauce haben, Sauce vor dem Servieren durch ein feines Sieb schütten.*

*Tipp:* *Statt Spargel eignen sich auch Brokkoli, Blumenkohl, Mangold, Chicoree und andere Gemüse für die Kombination mit dieser Sauce. Achtung: Andere Gemüse haben andere Garzeiten.*

Es war 18 Uhr, als sich Jana nochmals auf ihr Rad schwang. Bis zum Bahnhofskiosk waren es knapp fünfzehn Minuten Fahrt, wenn man eher mäßig sportlich fuhr, so wie Jana. Sie wollte sich die Zeitungen von gestern und heute anschauen, um zu erfahren, was bis dato über die Geschehnisse in ihrem Büro in der Öffentlichkeit bekannt war.

Als sie aus der Einfahrt fuhr, sah sie wieder den Wagen mit dem Münchner Kennzeichen dort stehen. Auch heute saß ein Mann alleine darin. Sein Gesicht wurde von der Zeitung verdeckt, die er offensichtlich las.

Jana radelte auf der vom Berufsverkehr stark befahrenen Straße vorbei an Einfamilienhäusern in eingezäunten Gärten, dem Stadtteilbäcker, dem örtlichen Tante Emma-Laden. Dann raste sie zügig durch die Innenstadt. Sie war froh, dass ihr niemand begegnete, den sie näher kannte, sonst hätte sie wieder alle Einzelheiten von gestern erzählen müssen.

Am Bahnhof angekommen parkte sie ihr Fahrrad neben der Tür und lief in den Warteraum, in dem auch der Kiosk untergebracht war. Sofort sprangen ihr die Überschriften der Tageszeitungen ins Gesicht. 'Bäuerin bei Gartenberatung erschossen', 'War Ex-Schlagerstar Gigi Lamper die Geliebte des Mörders?' Unglaublich, da waren Bild, Name und Künstlername einer angeblichen Geliebten, einer Enddreißigerin mit dunkel gebräuntem Teint, zu stark geschminktem Mund und hochtoupierten, lockigen Haaren.

Beim Überfliegen des Textes stellte Jana fest, dass auch ihr Name genannt wurde. Sofort fühlte sie sich beobachtet. Aber als sie sich umdrehte, stellte sie erleichtert fest, dass niemand auf sie achtete.

Jana bezahlte eine der Zeitungen und ging damit zurück zu ihrem Fahrrad. Sie fuhr nicht direkt nach Hause, sondern radelte über die Felder zu ihrem Lieblingsweiher. An seinem weißen Kiesstrand umgeben von Büschen und Feldern wollte sie die Abendstimmung genießen. Wenn sie schon nicht am Meer wohnte, dann wollte sie möglichst viel Zeit an den Weihern und Seen hier verbringen. Sie setzte sich mit der Zeitung ans Ufer, die schon schräg liegende Sonne glitzerte in den kleinen Kräuselungen der Wasseroberfläche. Auf der anderen Seite des Weihers sah sie noch ein paar Leute schwimmen und Lachen hallte zu ihr herüber.

Nicht so schön wie die Umgebung war der Bericht über den Mordfall in der Zeitung. Der Bauer soll eine Geliebte namens Gabriele Mayr alias Gigi Lamper gehabt haben. Die beiden wollten die Bäuerin loswerden, vermutete die Presse. Wer nun von beiden Angelika Jordan umgebracht hatte, der Bauer oder seine Geliebte, darüber war man sich noch nicht einig. Vielleicht ja beide zusammen. Jana schüttelte den Kopf, der Bauer hätte sich doch einfach scheiden lassen können.

Als sie das Bild von Josef „Sepp" Jordan betrachtete, kam er ihr irgendwie bekannt vor, aber ihr fiel nicht ein, woher.

# 3 Diäten und Diamanten
### *Romantikthriller*

Jana war empört. Bei ihr zu Hause sollte eine Hausdurchsuchung durchgeführt werden. Ihr Vorhaben, freundlich zum Kommissar zu sein, war bei der Ankündigung sofort vergessen.

„Und ich bin nicht mal dabei", rief sie und ihre Augen glühten vor Wut. „Ich kann doch hier nicht weg!"

Auch wenn es ihm unangenehm war, ließ der Kommissar sich das nicht anmerken. Die Durchsuchung im Zuge der Ermittlungen war nun mal folgerichtig, jedenfalls aus Sicht des Staatsanwalts.

Gestern Abend hatte der zuständige Richter zunächst Hausdurchsuchungen bei Gabriele Mayr und Josef Jordan genehmigt. Sie wurden noch am gleichen Abend durchgeführt. Ergebnislos. Heute Morgen dann drängte der Staatsanwalt auf eine Hausdurchsuchung bei Diana Reissig.

Und da stand er nun mit der Genehmigung des Richters und wollte den Schlüssel für die Wohnung holen.

Jana sagte dem Kommissar widerwillig, dass die vordere Haustür offen sei und der Schlüssel zu ihrer Wohnung unter ihrer Fußmatte im Flur läge.

„Die Beamten werden möglichst wenig durcheinanderbringen und was kaputt geht, wird ersetzt, Frau Reissig", versuchte er sie zu beruhigen. Sie stöhnte nur auf.

Jana hasste die Situation. Nun würde dieser Mann zusammen mit anderen Fremden in jeden Winkel ihrer Wohnung gucken, ihre Schubfächer durchwühlen, ihre privaten Briefe durchlesen.

Was für ein beschissener Tag, dachte sie, als er weg war. Zuerst musste sie in strömendem Regen mit dem Fahrrad zur Arbeit fahren und sich mit nassen Klamotten ins Büro setzen. Dann kam ein Ehepaar und leerte ein Schraubglas mit Blättern und Raupen ungefragt mitten auf ihren Schreibtisch aus. Eine der größeren Raupen kullerte vom Tisch und fiel auf den Boden und die Frau SPRANG auf das sich krümmende Tier, damit es nicht entkommen konnte. Als wenn Raupen fliegen könnten. Und Jana musste anschließend den grünen Matsch vom Boden beseitigen. Sie war froh, dass sie keinen Teppichboden mehr im Büro hatte.

Und nun die Hausdurchsuchung bei ihr. Ja klar, war es das Nächstliegende gewesen, dass der Ehemann und seine Geliebte die

Bäuerin umgebracht hatten, dachte Jana. Deshalb hatte die Polizei deren Wohnungen zuerst durchsucht. Aber mal ehrlich, welcher Bauer würde seine Frau irgendwo in einem Beratungsbüro erschießen? Auf einem Bauernhof gab es doch bessere Möglichkeiten, jemanden umzubringen und gleich auch verschwinden zu lassen.

Nun war sie also die nächste auf der Verdächtigenliste. Warum? Ja, sie war am Tatort gewesen und sie hätte die Waffe sicherlich leicht in irgendeinem Bewässerungsschacht, Düngemittelbehälter oder sonst irgendwo auf dem Gelände verschwinden lassen können. Aber warum durchsuchten sie dann ihre Wohnung? Und sie hatte doch gar kein Motiv.

Zehn Minuten lang grübelte Jana, wieso die Polizei sie verdächtigen könnte, dann nahm sie den Hörer des Telefons, wählte die Neun und nach dem Freizeichen ihre eigene Telefonnummer zuhause.

„Bergmeister bei Reissig", meldete sich der Kommissar.

Jana hielt sich nicht mit Vorreden auf. „Damit die Hausdurchsuchung bei mir genehmigt wurde, mussten Sie doch irgendwelche Gründe angeben. Welche?"

„Die Hausdurchsuchung wurde nicht von mir, sondern vom Staatsanwalt beim Amtsgericht beantragt und genehmigt", korrigierte der Kommissar. „Es waren mehrere Dinge, die ihn dazu veranlasst haben. *Sie* ließen das Opfer die Neun statt der Null vorwählen, um ein Amt zu erhalten. Die Neun ist die Vorwahl für Privatgespräche, für die Sie persönlich bezahlen müssen. Das würde man doch eigentlich nur bei Freunden oder Bekannten tun. Andererseits behaupten Sie jedoch, das Opfer nicht gekannt zu haben."

Jana schluckte. „Wer nicht geizig ist, der macht sich strafbar?"

„Zweitens", fuhr der Kommissar fort, während er den großen, getigerten Kater kraulte, der ihn offensichtlich interessant fand und nicht mehr von seiner Seite wich, seit er gekommen war, „Sepp Jordan und Sie wurden mehrmals zusammen an einem Tisch im *Etcetera* gesehen. Sie kannten ihn also doch."

„Ich habe gesagt, dass ich den Namen Jordan nicht kannte. Sie haben mir ja kein Bild gezeigt. Inzwischen habe ich ihn in der Zeitung gesehen. Und ja, er kommt mir bekannt vor, aber ich kann mich nicht erinnern, woher. Und an dem großen Tisch im *Etcetera*, das früher mal meine Stammkneipe war, sitzen immer viele Leute, und nicht jeder hat da was mit allen anderen zu tun."

„Und drittens: Niemand Ihrer Kollegen sah jemanden weggehen, nachdem die Frau erschossen worden war."

Jana verzichtete auf Abschiedsworte und knallte den Hörer in die Gabel. Fast sofort begann der Apparat, zu klingeln. Sie nahm den Hörer wieder ab und wollte losschimpfen, weil sie dachte, der Kommissar riefe zurück, aber es war einer ihrer Pflanzenberatungspatienten und sie musste sich auf ihre Arbeit konzentrieren.

Es war 16.30 Uhr, als Jana durchgeweicht nach Hause kam, weil sie auch nach der Arbeit wieder durch den Regen radeln musste. Als sie die Tür zu ihrer Wohnung aufsperrte, rechnete sie mit dem Schlimmsten. In Kriminalfilmen boten die Wohnungen nach Durchsuchungen keinen erfreulichen Anblick. Doch sie wurde positiv überrascht. Alles schien an seinem Platz zu sein. Gott sei Dank, das Notebook war auch noch da. Sie fuhr das Betriebssystem hoch und überprüfte ihre Dateien. Auch hier schien alles in Ordnung.

Bis ihr auffiel, dass ihre Sicherheitsdisketten fehlten. Sie holte einige leere Disketten und fertigte neue an. Erst als dies erledigt war, atmete sie auf, schließlich ging es um monatelange Recherche- und Schreibarbeiten zu ihrem ersten Buch.

Das Telefon läutete im Flur und sie ging hinaus, um das Gespräch anzunehmen.

Es war Kommissar Bergmeister. Ihr Blick verfinsterte sich. Was mochte er jetzt wieder für Überraschungen parat haben?

„Ist alles in Ordnung, Frau Reissig?", fragte er.

„Ja", gab sie widerwillig zu. „Nur meine Sicherheitsdisketten fehlten, aber ich habe mir neue gezogen."

„Deshalb ruf ich an. Ich habe auch Kopien davon gemacht, bevor ich Ihre Originale weitergegeben habe." Wegen ihrer Einträge zum Mordtag hatte der Staatsanwalt darauf bestanden, ihre Disketten mitzunehmen.

Sie blieb stumm.

„Der Staatsanwalt wollte auch ihr Notebook einkassieren. Das konnte ich verhindern."

Hm.

„Übrigens, ich finde es toll, dass Sie ein Gartenbuch schreiben."

Sie seufzte.

„Noch etwas anderes, Frau Reissig: Ihre Wohnungstür war nicht versperrt, als wir kamen, und der Schlüssel steckte von außen."

„Das macht nichts. Habe ich oder sonst jemand vielleicht vergessen. Das kommt bei uns schon mal vor. Aber unser Haus lockt keine Diebe an. Sie haben es ja gesehen."

Er grinste. Ja, das Haus war eine Bruchbude, aber eine gemütliche.

„Und Ihre Katze hat mich gekratzt."

Nun war es an Jana, zu grinsen.

„Das ist keine Katze, das ist unser Wohngemeinschaftskater. Er mag keine Fremden im Haus."

„Zuerst mochte er mich aber. Aber wie dem auch sei, ich wollte Ihnen, bevor ich Feierabend mache, nur sagen, dass wir nichts gefunden haben, das Sie irgendwie mit dem Mord in Zusammenhang bringen könnte."

"Welche Überraschung!Andererseits", Jana kratzte sich am Kopf, "wenn der Mörder klug gewesen wäre, hätte er mir die Tatwaffe untergeschoben oder nicht?"

„Vielleicht. Jedenfalls: Die Hausdurchsuchung hat Sie entlastet."

Dann hatte der emotionale Stress wenigstens etwas Gutes gehabt.

"Aber in Zukunft sollten Sie unbedingt Ihre Türe absperren, Frau Reissig. Nicht nur Diebe dringen in fremde Häuser ein."

Nach dem Telefongespräch ging Jana zurück in die Küche. Sie setzte Wasser und Reis auf. Nach dem Sport sollte es Hähnchenfilet mit Reis und Salat geben. Angesichts des Regens plante sie, auf das Laufen draußen zu verzichten und statt dessen Aerobic im Wohnzimmer zu machen.

War sie tatsächlich in Gefahr?, fragte sich Jana, während sie den Anweisungen des Trainers auf dem Bildschirm folgte. Wenn der Mörder fürchtete, erkannt worden zu sein, wäre sie eine Bedrohung für ihn. Aus der Zeitung würde er wissen, dass er eine Zeugin gehabt hatte. Und sogar ihr Name war dort gestanden.

Sie grübelte noch, als sie eine dreiviertel Stunde später in den ersten Stock zum Duschen ging.

Die Treppe knarrte unter ihren Schritten und das Geräusch hallte durch den Flur. Plötzlich fiel ihr auf, dass sie ihre beiden Mitbewohner heute noch gar nicht gesehen hatte. Wahrscheinlich war sie alleine im Haus. Pauls Auto stand zwar vor der Tür, aber sein Fahrrad war weg, wahrscheinlich war er in Freising unterwegs. Hannes hatte etwas von einer auswärtigen Schulung erwähnt. Sollte sie die Haustür unten absperren? Ach Quatsch, das hatten sie ja noch nie getan, und was wenn Paul zurückkäme und er die Tür verschlossen vorfand?

Sie schloss die Dusche von innen ab und zog den Vorhang vor das kleine Fenster in der Tür. Dann genoss sie das schöne heiße Wasser, den samtigen Shampooschaum, ihr nach Kokos und Blumen duftendes Lieblingsduschgel. Heute vollzog sie die gesamte Prozedur einschließlich Haarkur und Beine rasieren. Nach dem Abtrocknen mit dem riesigen, bunten Handtuch, das sie sich aus Hawaii mitgebracht hatte, cremte sie sich von oben bis unten sorgfältig ein, und zog sich ihren weißen Frotteebademantel über.

Als Jana mit den getragenen Sachen unter dem Arm gerade die Flurtreppe hinunter gehen wollte, hörte sie plötzlich hinter sich ein Geräusch. Vor Schreck ließ sie alles fallen und drehte sich mit aufgerissenen Augen um. Aber da war nur der mächtige getigerte WG-Kater, der offensichtlich von einem seiner Schlafplätze auf dem Schrank heruntergesprungen war und sich nun in alle Richtungen dehnte und streckte.

„Du altes Mistvieh. Hast du es mal wieder geschafft, mich zu erschrecken."

Der Kater leckte sich selbstzufrieden die Pfoten, während Jana ihre Sachen vom Boden aufhob.

Der Kommissar hatte Jana gesagt, dass er Feierabend habe, er hatte ihr nicht gesagt, dass er vorhatte, diesen in seinem Auto vor ihrer Tür zu verbringen.

Er hatte seinen Wagen seitlich neben die Einfahrt des Nachbarhauses geparkt und beobachtete die Straße. Der Regen hatte aufgehört, der Asphalt glänzte noch nass.

Schon als er eintraf, hatte er einen weißen Ford Escort mit Münchner Kennzeichen und einen roten Golf mit Freisinger Kennzeichen neben der Einfahrt von Janas Haus stehen sehen. Der Golf war leer, im Ford sah er eine Gestalt sitzen. Nachdem er geparkt hatte, gab er per Polizeifunk seinen Freisinger Kollegen die beiden Kennzeichen durch und bat sie, eine Halterermittlung bei der Zulassungsstelle durchzuführen.

Während er auf den Rückruf wegen der Kennzeichen wartete, sah er einen Mann aus dem Ford steigen. Schnell griff er nach hinten hinter den Beifahrersitz, wo er sein Fernglas aufbewahrte. Er nahm die Schutzkappen ab und beobachtete den Mann, wie er die Straße überquerte. Er war ein hagerer, südländischer Typ mit drahtig schwarzen Haaren, er trug eine dunkelgraue, feingestreifte Stoffhose und ein leuchtend grünes Hemd mit offenem Hemdkragen unter einer schwarzen Anzugsjacke. Er schätzte ihn so um die Vierzig, sein Gesicht wirkte kantig, aber unregelmäßig, seine Haut schien durch eine starke Akne in der Jugend vernarbt.

Ungewöhnliche Aufmachung für einen Besuch im Studentenwohnheim, dachte der Kommissar, die meisten hier trugen Jeans und T-Shirt.

Der Mann bewegte die Hand, wie wenn er darin Münzen klimpern ließ. Dem Kommissar wurde klar, dass er nur zum Zigarettenautomaten an der Wand des Gebäudes ging.

Der Kommissar beobachtete ihn, wie er das Geld in den Automaten einwarf, eine Marke wählte und ein Päckchen entnahm. Auf dem Rückweg riss er die Verpackung auf, wobei er das Zellophan achtlos fallen ließ, entnahm eine Zigarette und zündete sie an.

Nicht gerade ein vertrauenerweckender Typ, dachte der Kommissar, als er einen Blick des Fremden in seine Richtung mit dem Fernglas einfing.

Verdammt, er hat mich gesehen. Schnell legte der Kommissar das Fernglas zurück nach hinten. Der Gesichtsausdruck des Mannes, der jetzt in seine Richtung wechselte, gefiel dem Kommissar gar nicht, und auch nicht die Art, wie seine rechte Hand unter die linke Jackenseite griff.

In diesem Augenblick trat Jana in einem weißen Frotteebademantel und Sandalen aus ihrer Einfahrt, um zu ihrem WG-Briefkasten, der vorne am Zaun befestigt war, zu gehen.

Verdammt. Der Kommissar sprang aus dem Auto.

Jana erkannte ihn und winkte. „Was machen Sie denn hier, Herr Kommissar?" Soviel zu seiner Tarnung.

Der Fremde trat sofort den Rückzug an, während er die Hand weiterhin unter der linken Jackenhälfte verbarg. Der Kommissar folgte ihm nicht, sondern rannte über den öffentlichen Rasenstreifen zwischen Gehweg und dem WG-Grundstück zu Jana. „Gehen Sie sofort zurück ins Haus", zischte er sie an. „Bitte!", fügte er hinzu.

Die Dringlichkeit in seiner Stimme ließ sie etwaigen Widerstand vergessen und sie ging rückwärts die Einfahrt zurück in Richtung Hauseingang. Jetzt erst sah sie den Fremden, der sich dem Auto mit dem Münchner Kennzeichen näherte, das ihr bereits mehrmals zuvor aufgefallen war.

Auch der Kommissar beobachtete den Mann. Wie der hatte auch er die Hand an seiner Waffe, allerdings ohne die Absicht, sie hier im Beisein von Zivilisten und dem vorbeifahrenden Autoverkehr einzusetzen.. Er war froh, als der Fremde in sein Auto stieg und mit heulendem Motor davonfuhr.

Der Kommissar versicherte sich, dass Jana zurück im Haus war und lief dann zu seinem Wagen. Als er ankam, hörte er schon das Polizeifunkgerät.

Er drückte auf den Annahmeknopf.

"Ja, hier Bergmeister. Was haben die Halterermittlungen ergeben?"

Der rote Golf gehöre dem Nachbarn von Frau Reissig. Der weiße Ford sei ein Mietwagen. Die Anfrage bei der Mietwagenfirma habe ergeben, dass der Wagen vor drei Wochen von einem Luciano Rodrigo Leitão aus Brasilien am Münchner Flughafen gemietet worden war. Der Mann war bisher in Deutschland nicht auffällig geworden.

Der Kommissar bedankte sich. Dann fuhr er zu Janas Eingang hinüber und stellte sich auf den Platz, auf dem eben der weiße Ford gestanden hatte. Er ging in das Haus und klopfte bei Jana. Sie riss fast sofort die Tür auf.

"Was war da eben los?", fragte sie atemlos, weil sie sich in aller Eile angezogen hatte. Sie trug jetzt ein ärmelloses, luftiges T-Shirt mit einem silbernen Stern aus Pailletten vorne und eine schmalgeschnittene Hose. Ihre nackten Füße steckten in Sandalen.

„Sie sollten doch Ihre Tür versperren und nur aufmachen, wenn Sie wissen, wer hinter der Tür steht".

„Ich dachte mir doch, dass Sie das sind." Sie winkte ihn herein. Er trug seine Lederjacke, und sie sah, dass der Knopf immer noch fehlte.

„Was da eben los war?", wiederholte er ihre Frage. "Ich habe offen gesagt keine Ahnung. Ich weiß nur, dass mit diesem Mann etwas nicht stimmt. Er hatte vermutlich eine Waffe unter seiner Jacke. Ich konnte ihn da draußen nicht unter Druck setzen, das hätte ihn womöglich provoziert, zu schießen. Haben Sie ihn schon mal gesehen?"

„Er hatte eine Waffe?" Janas Knie wurden weich. „Das Auto, mit dem er weggefahren ist, stand gestern und vorgestern auch schon vor unserem Haus. Ich konnte aber das Gesicht des Mannes, der darin saß, nicht erkennen."

Der Kommissar ging in den Flur zum Telefon und wählte die Nummer der Freisinger Polizeiinspektion. Es dauerte nur ein paar Sekunden, bis jemand abhob.

„Der Fahrer des Escorts, den ihr gerade ermittelt habt, dieser Luciano, hat möglicherweise etwas mit dem Mord an Angelika Jordan zu tun. Bitte meldet Wagentyp und Kennzeichen an alle Streifenwagen. Der Fahrer soll überprüft werden. Wenn irgend möglich, findet einen Grund, ihn mit zum Revier zu nehmen und ruft mich dann. Aber Achtung, ich fürchte, er trägt eine Waffe."

„Meinen Sie, dieser Luciano ist der Mörder von Frau Jordan und hat nun Angst, ich könnte ihn erkannt haben?", fragte Jana, als der Kommissar aufgelegt hatte.

„Ja, das gut möglich."

# Diäten und Diamanten
## *Romantikthriller*

**4**

Als Jana aufwachte, fühlte sie sich noch erschlagener als zu dem Zeitpunkt, als sie eingeschlafen war.

Dass der Kommissar zu ihrem Schutz die Nacht draußen im Auto durchwachen wollte, hatte ihre Verteidigungslinien einbrechen lassen. Jemand, der sie beschützen wollte, konnte nicht böse sein. Sie hatte ihn zum Abendessen eingeladen.

„Sie sind offensichtlich keine Frau, die Angst vor neuen Technologien hat", hatte der Kommissar gemeint und dabei Richtung Notebook-Computer gedeutet, als sie gerade das Hähnchenfilet in der sämigen Sauce zum Tisch brachte.

„Manchmal schon. Aber selbst wenn ich solche Gefühle habe, lass ich mich nicht davon abhalten, etwas auszuprobieren, das mich interessiert. Meistens jedenfalls."

Jana hatte sich gefreut, als sie sah, wie ihm das Essen schmeckte. Es hatte ihr Spaß gemacht, zuzusehen, wie er Stücke vom Brot abriss, um auch noch das letzte bisschen Sauce aus dem Teller zu tunken.

Am Ende hatte er sich satt und zufrieden zurückgelehnt und in den Garten hinausgesehen. Jana musterte ihn von der Seite. Seine Haare standen wirr um seinen Kopf und ein dunkler Bartschatten hatte sich am Ende des langen Tages über seine Wangen und das Kinn gelegt. Er wirkte abgekämpft und verletzlich.

Und dieser Mann legte sich vor ihrer Tür auf die Lauer, damit ihr nichts passierte?

Als er sich zu ihr drehte, musste sie sich einen Ruck geben.

„Nachtisch habe ich leider keinen, aber vielleicht möchten Sie ein Glas Rotwein?", hatte sie ihm angeboten.

Er dürfe nicht, weil er möglicherweise noch fahren müsse, aber sie könne ja trotzdem.

Lieber nicht, hatte sie geantwortet.

Warum denn nicht, hatte er gefragt.

„Um nicht die Beherrschung zu verlieren", war es ihr entfahren. „Sie anzufallen", konnte sie gerade noch unterdrücken.

Er hatte sie erstaunt angeschaut.

„Bezüglich schlanker Ernährung meine ich."

Der Kommissar war aufgestanden und hatte den Tisch abgedeckt. Sie sah ihm gelassen zu, jedenfalls zwang sie sich, gelassen zu erscheinen. Als er anfangen wollte, abzuspülen, hatte sie ihn dann doch gebremst.

„Sie müssen mir nicht das Leben retten und dann auch noch abspülen. Leben retten zählt wie dreimal Abspülen.“

# Hähnchenfilet in Cognac-Champignonsauce

*Zutatenliste für 2 Personen*

*2 Hähnchenfilets*
*1 kleine Zwiebel*
*150 g Champignons*
*6 g Gänseschmalz, Margarine oder Pflanzenöl (1 TL)*
*20 g Mehl (2 gestrichene EL)*
*300 ml Brühe (150 und 150 ml)*
*½ Schnapsglas Cognac oder Weinbrand*
*20 g Magermilchpulver (2 gehäufte EL)*
*Zitronensaft, Salz, Pfeffer, Petersilie, Trüffel (optional)*

*Zubereitung:*
*Hähnchenfilets unter fließendem, kalten Wasser kurz abspülen, trocken tupfen. Champignons putzen und blättrig schneiden. Zwiebel schälen und fein würfeln. Hohe, beschichtete Pfanne mit dem Fett auspinseln oder Margarine schmelzen lassen, auf mittlerer Hitze erhitzen. Fleisch etwa 14 Minuten anbraten, dabei nach 6 Minuten einmal umdrehen. Fleisch rausnehmen. Zwiebelwürfel in die Pfanne geben und unter gelegentlichem Rühren glasig werden lassen. Champignon dazu und ein bisschen weich werden lassen. Mit 150 ml Gemüsebrühe angießen und 10 Minuten simmern lassen. Magermilchpulver und Mehl mit kleinem Schneebesen oder Ähnlichem in restliche Brühe einrühren. Milchmehlbrühe durch ein feines Sieb zu den Zwiebeln geben, umrühren dicklich werden lassen. Cognac in die Sauce rühren, ziehen lassen, bis der Alkohol verflogen ist. Mit Zitronensaft, Salz und Pfeffer abschmecken. Hähnchenfilets in die Sauce geben, bis sie wieder warm sind. Mit gehackter Petersilie bestreuen. Servieren. Dazu passen Bandnudeln (Linguine oder Tagliatelle) und Salat. Veredeln kann man das Gericht, indem man etwas Trüffel darüber reibt.*

„Danke für das gute Essen", hatte er gesagt, als er sich an der Haustüre verabschiedete. Und plötzlich hatte er sich vorgebeugt und sie hatte seine Lippen auf ihrer Wange gespürt. Dann war er auch schon aus der Tür hinaus gewesen. „Absperren nicht vergessen!", hatte er noch über die Schulter gerufen.

Jana war eine Zeitlang mit großen Augen dagestanden und wusste nicht, was ihr eben geschehen war, als das Telefon klingelte. Sie blinkte ein paar Mal, dann drehte sie den Schlüssel im Türschloss um und nahm den Hörer ab.

Es war ihre Freundin Juli.

„Oh Juli, wie gut, dass du anrufst. Du glaubst nicht, was alles passiert ist."

Dann hörte sie, dass Juli am anderen Ende schniefte.

„Juli, ist was nicht in Ordnung? Komm, sag was."

„Ich hab Rom so satt, ich hab diese Beziehung so satt", schluchzte es aus dem Telefon. „Ich habe gerade einen Flug nach München gebucht. Am Sonntag Vormittag komme ich an, abends fahr ich dann weiter nach Köln zu meiner Mutter."

„Du kommst nach München? Oh, ich freu mich! Ich hol dich natürlich ab. Was ist denn passiert zwischen Amerigo und dir?"

Amerigo war seit zwei Jahren Julis italienischer Freund, vor einem Jahr war sie zu ihm nach Rom gezogen.

„Nichts passiert da. Das ist es ja. Wenn ich heimkomme, schläft er, wenn ich aufwache, ist er wieder weg. Und wenn wir uns zufällig mal begegnen, dann hat er keine Lust zu reden oder etwas zusammen zu unternehmen. Er muss sich ausruhen, sagt er. Ich habe es wirklich immer wieder versucht, ich komme nicht an ihn heran. Jetzt kann ich einfach nicht mehr."

Ein lautes Schnauben drang aus dem Hörer, als Juli sich die Nase putzte. „Aber genug gejammert: Wie geht es dir denn, Jana?"

Es war typisch Juli, dass sie möglichst schnell wieder von ihren eigenen Sorgen ablenken wollte.

„Bekomm jetzt keinen Schock, mir ist nichts passiert, aber in meinem Büro wurde eine Frau erschossen."

„Was? Aber warum denn? Und von wem?"

„Das weiß man noch nicht. Furchtbar, nicht wahr?" Sie gab Juli die Kurzfassung der Ereignisse vom Montag.

„Und stell dir vor, Juli, eben hat mich der ermittelnde Kommissar auf die Wange geküsst."

„Hey, so nett war die Polizei aber nicht zu uns, als wir damals gegen den Großflughafen im Moos protestiert haben."

„Vielleicht haben wir damals mit den falschen Waffen gekämpft", lachte Jana. „Ich hatte den Kommissar zum Abendessen eingeladen."

„Freut mich zu hören, dass du mal wieder Interesse an einem Mann zeigst."

„Nein, nein. Es ist nicht so, wie du denkst. Ich will doch gar nichts von ihm."

„Und wieso nicht? Gefällt er dir nicht?"

„Doch, eigentlich schon."

„Aber?"

„Aber ich kenn ihn doch gar nicht. Und wie du weißt, will ich mit niemandem zusammen sein. Da hat sich nichts dran geändert. Ich kann nicht riskieren, schon wieder in eine Sackgasse zu geraten. Am Ende ist mein Leben nach all den Sackgassen vorbei, und da ist dann nichts übrig von mir. Nichts, was bleibt."

Juli verstand sie, auch wenn sie selbst ganz anders drauf war, jedenfalls war sie das gewesen, bis zu diesen Problemen mit Amerigo.

Sie hatten noch eine Weile geredet und sich dann für Sonntag verabredet.

Nach dem Telefonat hatte Jana ihr Notebook aufgeklappt und an ihrem Buch gearbeitet. Sie wollte vorarbeiten, um ihr Wochenpensum trotz Besuch zu schaffen. Um ein Uhr war ihr dann der Abwasch eingefallen. Als sie schließlich ins Bett gegangen war, zeigte die Anzeige ihres Radioweckers, dass es kurz vor zwei Uhr war.

Vier Stunden lang hatte sie wach dagelegen, angestarrt von der leuchtenden Zeitanzeige, bevor Stretching, autogenes Training und Schäfchenzählen endlich den ersehnten Schlaf brachten. Leider brüllte ihr der Radiowecker bereits eine Stunde später einen Hit von Michael Jackson ins Ohr. Zeit, sich für die Arbeit fertigzumachen.

Jana zwang sich, aufzustehen. Sie drehte das Radio noch ein wenig mehr auf und marschierte fünf Minuten lang mit kreisenden Armbewegungen vor dem geöffneten Fenster, um ihren Kreislauf auf Touren zu bringen. Die Morgenluft war frisch und kühl nach dem gestrigen Regen, der Himmel aber schon wieder strahlend blau.

Nach einer Katzenwäsche und Zähneputzen am Spülbecken zog sie sich im Schlafzimmer für den Tag an. Sie wählte wieder die praktische Jeans und eine weiße Bluse. Für die Fahrt in der noch kühlen Morgenluft nahm sie sich eine dicke, weiche Wolljacke aus dem Schrank.

Als sie gerade die Wimpern tuschte, hörte sie die Kurznachrichten: 'Abstimmung über die EU-Führung notwendig', 'Giftschlämme durch Rheinhochwasser', 'Immer mehr Kraftfahrer zum Idiotentest', .... Der ganz normale Wahnsinn, dachte Jana, als eine Meldung im Lokalteil der Nachrichten sie aufhorchen ließ.

„Im Kreis Freising wurde erneut ein blutiges Verbrechen verübt. Heute Nacht wurde Gabriele Mayr, früher bekannt unter dem Namen Gigi Lamper erschossen in ihrer Wohnung aufgefunden, nachdem Anwohner, von ungewöhnlichen Geräuschen aufgeschreckt, die Polizei alarmiert hatten. Laut ballistischem Befund wurde Frau Mayr mit derselben Waffe erschossen wie bereits am Montag eine Bruckinger Bäuerin. Unter dringendem Tatverdacht steht der Ehemann des ersten Mordopfers, der ein Verhältnis mit Gabriele Mayr gehabt haben soll."

Jana wurde bleich. Noch ein Mord. Und Josef Jordan soll der Mörder gewesen sein. Aber welches Motiv sollte er gehabt haben?

Sie räumte ihr Schminkzeug auf und richtete den Tisch für ihr Frühstück her. Als sie ihren Vollkorntoast mit Fruchtaufstrich bestrich, dachte sie wieder an die unglückliche Bäuerin und wie sie sich am Tisch hatte festhalten müssen.

Die Bäuerin war schlank gewesen, aber das alleine reichte offensichtlich nicht zum Glücklichsein. Die Frau mochte sich selbst nicht leiden und ihr Mann hatte eine andere. Meinte sie ihren Mann zurückgewinnen zu können, indem sie immer blasser und weniger wurde?

Ihre Gedanken wurden vom Telefonklingeln unterbrochen, es war Phil, ihr Exfreund, von dem sie sich vor zwei Jahren getrennt hatte. Nachdem sie ein Jahr lang den Totalentzug praktiziert hatten, verband sie jetzt eine Art freundschaftliche Bekanntschaft.

Phil war das letzte Glied einer Reihe unglücklicher Beziehungen gewesen. Jahrelang hatte sie darauf gewartet, dass er sich für seine wissbegierige, anteilnehmende Seite entscheiden würde, statt seine Intelligenz allnächtlich ein Stück mehr zu versaufen. Sie hatte gehofft, dass er sich für Leben und Aktivität entscheiden würde, statt sich mehr und mehr einem dumpfen Trübsinn hinzugeben, versteckt hinter politischen Theorien, warum die Welt schlecht und das Leben freudlos sei. Lange hatte sie ihn mit Vorwürfen überschüttet. Dass er sich in einem Sumpf aus alkoholisierter Lethargie suhlte, statt seine Intelligenz zu nutzen und etwas Gutes zur Welt beizutragen. Erst nach Jahren hatte sie erkannt, dass er sich nicht ändern würde, jedenfalls nicht, weil sie das wollte. Und dass ihr Aushalten und Zusehen, ihre wütenden Vorwürfe und durchlittenen Nächte ihm nicht halfen und ihr selbst auch zusehends den Lebensmut nahmen.

Zwei Jahre war es nun her, dass sie die Konsequenzen gezogen und sich aus der Beziehung verabschiedet hatte. Seitdem war sie aufgeblüht. Sie hatte ihre eigene Stärke und die eigene Verantwortung entdeckt. *Du kannst zwar nicht den Wind säen, aber du kannst die Segel setzen*, war seit damals ihr Leitspruch.

„Hi Phil, wie geht es dir?" Es fiel ihr inzwischen leicht, freundlich zu ihm zu sein, denn ihre Schmerzen waren Vergangenheit. „Du rufst früh an."

„Ja, ich wollte dich vor der Arbeit erwischen und dich fragen, ob du meine Pflanzen nimmst."

Seine Pflanzen waren das Einzige in seiner Wohnung, das er wirklich und liebevoll pflegte. Wollte er sie jetzt auch aufgeben? Jana war erleichtert, als sie hörte, dass es nur einen Urlaub lang sei.

Er könne die Pflanzen in den nächsten Tagen vorbeibringen, schlug er vor. Dann bräuchte sie nicht extra mit dem Fahrrad zum Gießen zu seiner Wohnung fahren.

„Das ist eine gute Idee. Überhaupt, du klingst gut." Das ist ungewohnt, erst recht so früh am Morgen, aber das wollte sie nicht sagen.

„Ich konnte heute Nacht nicht schlafen, weil ich seit zwei Tagen nichts getrunken habe. Du weißt ja, dass ich das nicht vertrage. Aber der Arzt hat gesagt, meine Leberwerte seien so schlecht."

Als wenn er das nicht schon selbst gewusst hätte, dachte Jana bei sich. „Gut, bleib dabei!", sagte sie.

Sie fragte ihn noch ein bisschen zu dem geplanten Urlaub aus. Nebenbei stellte sie den Nudelseiher ins Waschbecken, holte rote und gelbe Paprikafrüchte, eine Möhre und eine Selleriestange aus dem Gemüsefach des Kühlschranks. Sie warf das Gemüse in einen Seiher und ließ im Spülbecken kaltes Wasser darüber laufen.

„Du Phil, ich muss jetzt Schluss machen. Ich muss zur Arbeit. Bring die Pflanzen, wann du möchtest, und stelle sie draußen auf die Treppe an die Wand. Unter dem Dachvorsprung können sie nicht verregnen, wenn es ein Gewitter gibt."

Sie wünschte ihm noch einen schönen Urlaub, falls sie sich nicht mehr sehen sollten, dann packte sie das gewaschene Gemüse und ihren sonstigen Tagesproviant in eine Tüte und die Tüte in den Rucksack. Sie zog ihre Strickjacke an und verließ die Wohnung. Als sie mit dem Fahrrad aus der Einfahrt fuhr, stand auf dem Parkplatz vor dem Haus nur der rote Golf ihres Mitbewohners.


Der Kommissar wachte um 11 Uhr nach etwa vier Stunden Schlaf auf. Er hatte eine anstrengende Nacht hinter sich.

Zuerst hatte er stundenlang von seinem Auto aus Janas Haus beobachtet, aber weder der weiße Ford noch der Brasilianer waren wieder aufgetaucht. Um kurz vor drei Uhr nachts war dann der Anruf gekommen, Gabriele Mayr sei erschossen in ihrem Bett aufgefunden worden. Die Nachbarn hatten ein Klirren von zerbrechendem Glas gehört und kurz darauf sei ein Auto weggefahren. Sie hatten die Polizei alarmiert, aber da gab es für Gabriele Mayr alias Gigi Lamper keine Rettung mehr.

Der Kommissar war nur kurz zum Tatort gefahren, dann gleich weiter zum Hof von Josef Jordan. Dort war alles dunkel gewesen. Traktor und Mercedes waren beide ordentlich im Hof geparkt. Das Hoftor war zu. Alle Fenster waren dunkel.

Er war aus seinem Wagen gestiegen und hatte das Hoftor geöffnet, damit die Einsatzwägen in den Hof fahren konnten. Sofort schlug der Hund an, er war aber im Stall eingesperrt und kratzte wütend mit den Pfoten von innen gegen das Holz des Stalltores.

In einem der Fenster im oberen Stockwerk ging das Licht an.

Der Kommissar und die Beamten näherten sich der Haustür, als oben das Fenster aufgestoßen wurde und ein wütender Bauer aus dem Fenster brüllte.

Der Kommissar bat Jordan mit ruhiger Stimme, sie hereinzulassen.

Tatsächlich sahen sie einige Sekunden später am Oberlichtfenster der Tür, dass das Flurlicht angemacht worden war und sie hörten schwere Schritte die Treppe herunterkommen.

Als der Bauer im blauweiß gestreiften Schlafanzug mit zerzausten Haaren die Tür öffnete, kam der Kommissar gleich zur Sache.

„Herr Jordan, wo waren Sie heute Nacht um etwa 2.30 Uhr."

„Na das sehen Sie doch. Ich war im Bett." Er war nicht zu verschlafen, um wütend zu sein.

„Herr Jordan, wir sehen, dass Sie jetzt zu Hause sind, aber wir wissen nicht, wo Sie um 2.30 Uhr waren. Haben Sie einen Zeugen oder eine Zeugin?"

„Nein, natürlich nicht. Ich bin alleine."

„Und Ihre Mutter ist auch nicht zufällig hier?", hatte der Kommissar gefragt.

„Nein, meine Mutter wohnt am anderen Ende vom Dorf."

„Herr Jordan, heute um etwa 2.30 Uhr wurde Gabriele Mayr alias Gigi Lamper erschossen."

Die Augen des Bauern weiteten sich. „Nein, nein, das kann nicht sein."

„Es wird gerade untersucht, ob es sich um die gleiche Tatwaffe handelt wie bei Ihrer Frau."

Aber Jordan hörte ihn nicht mehr. Es war, als ob der große Mann in sich zusammenbrach. Seine Schultern fielen nach vorne und er schlug die Hände vor das Gesicht. Ein Schluchzen erschütterte den in sich zusammengekrümmten Körper.

Der Kommissar spürte, wie sich sein Magen zusammenzog. Er wusste, wie der Mann sich fühlte. Als wenn man ihm die Eingeweide bei lebendigem Leibe herausriss.

„Herr Jordan, es tut mir sehr leid. Wir müssen Sie verhören und werden Sie deshalb mitnehmen. Wir treffen uns mit dem Staatsanwalt in Erding auf dem Kommissariat. Sie haben das Recht zu schweigen, falls sie sich mit einer Aussage selbst belasten, und Sie können natürlich Ihren Anwalt anrufen."

Die nächsten Stunden hatten sie auf dem Revier in Erding verbracht. Jordan war bei seiner Aussage geblieben, er sei zur Tatzeit zu Hause gewesen.

Gegen 5 Uhr war die Nachricht gekommen, dass es sich bei dem Mord an Gabriele Mayr alias Gigi Lamper um das gleiche Kaliber und die gleiche Waffe handelte wie beim Mord an Jordans Frau.

Jordan hatte nur die Achseln gezuckt. Er habe noch nie eine Pistole besessen.

Um 5.30 Uhr morgens hatten sie Schluss gemacht. Jordan wurde auf Geheiß des Staatsanwalts ins Untersuchungsgefängnis nach München gebracht. Er sollte später dem Haftrichter vorgeführt werden.

Der Kommissar hatte seinen Bericht in den Computer gehämmert und war dann nach Hause gefahren.

Jetzt um 11 Uhr vormittags sprang er aus seinem Bett. Im Gehen zog er den Schlafanzug aus und warf ihn in Richtung Wäschekorb in der Ecke des Badezimmers. Dann nahm er eine heiße Dusche, putzte sich die Zähne und rasierte sich vor dem Badezimmerspiegel. Als er sich anzog, klingelte das Telefon. Es war sein Chef, der von ihm seine inoffizielle Meinung zum Fall Jordan/Mayr hören wollte.

„Chef, ich musste Josef Jordan verhaften, weil ihn die Umstände dringend verdächtig machen und weil mich der Staatsanwalt dazu zwingt. Aber ich glaube nicht, dass Jordan es war, der die Mayr umgebracht hat. Die Verzweiflung, als er von ihrem Tod erfuhr, war nicht gespielt. Und wenn er die Mayr nicht umgebracht hat, die aber mit der gleichen Tatwaffe getötet wurde, dann hat er mit großer Wahrscheinlichkeit auch nicht seine Frau umgebracht. Ich bin mir auch ziemlich sicher, dass er, als seine Frau getötet wurde, bei der Mayr/Lamper war. Er hat sie nur nicht als Alibi angegeben, um sie vor negativer Publicity zu schützen. Außerdem frage ich mich, warum dieser dubiose Brasilianer in dem Mietwagen mehrmals vor dem Haus von Frau Reissig in Freising stand. Ich fürchte, wir stehen immer noch am Anfang."


Jana hatte gerade ihr Büro von außen abgeschlossen und drehte sich zum Gehen um, als sie den alten, nachtblauen BMW in den Parkplatz einbiegen sah.

Sie freute sich unwillkürlich, ihn zu sehen und winkte ihm. Dann fiel ihr der kleine Kuss von gestern Abend ein und sie zog verschreckt ihren Arm zurück. Sie wollte doch freundlich *distanziert* mit ihm umgehen.

Der Kommissar sprang aus seinem Wagen. „Bereit für ein weiteres Picknick?", rief er und wedelte mit einer großen, braunen Papiertüte.

„Aber ...", begann sie. Aber sie konnte nicht anders. „Also gut", rief Jana zurück.

Sie gingen diesmal den kürzesten Weg zu Janas Lieblingsplatz. Dort wo die Sonne noch nicht lange genug hingeschienen hatte, waren die Pflanzen noch nass vom gestrigen Regen. In den Tropfen glitzerte die Sonne.

Der Kommissar zog ein zerdrücktes Tempo aus der Jackentasche, was wieder einige Krümel dubioser Herkunft zutage förderte, und wischte die Bank trocken. Jana packte ihren Proviant aus und der Kommissar legte seine Papiertüte auf den Tisch. Als er sie oben aufriss und den Inhalt freilegte, leuchteten Babyananas, Zwergbananen, Kiwi, Physalis und Feigen in der Sonne. „Für uns beide", sagte er. „Und übrigens ich heiße Jay. Na ja, eigentlich Jürgen, aber so nennt mich kein Mensch."

„Oh."

Er sah sie fragend an.

„Oh. Okay, Jay. Und ich werde Jana genannt. Obwohl ich eigentlich Diana heiße. Aber das wissen Sie ja sicher schon seit der Durchsuchung bei mir." Die kleine Spitze musste sein.

„Tja, ich kann mich nicht dafür entschuldigen, denn die Durchsuchung gehörte zu meinem Job. Trotzdem Frieden?"

Sie konnte seinen braunen Augen nicht lange standhalten, nickte nur und beeilte sich, Paprika in Streifen zu schneiden. Anschließend teilte sie das Brötchen, das sie auf der Fahrt zur Arbeit beim Bäcker gekauft hatte, in zwei Hälften und bestrich sie mit Schmierkäse. Jay schnitt die Babyananas auf und halbierte die Kiwi. Dann mampften sie sich quer durch alles, was sie mitgebracht hatten.

Jay erzählte in groben Zügen, was in der Nacht passiert war, jedenfalls soweit er darüber sprechen durfte.

„Sie glauben also nicht, dass es der Bauer war oder er jemanden beauftragt hatte." Das war eine Feststellung. Jana nahm sich ein Stück Ananas. „Ich auch nicht. So dumm wäre doch kein Mensch, dann kein Alibi zu haben, und es wäre ein Leichtes für ihn gewesen, seine Mutter zum Übernachten auf den Hof zu bitten und sich auf diese Weise ein Alibi zu verschaffen."

„Genauso ist es." Jay leckte sich den Kiwisaft von den Fingern.

„Aber wenn es Jordan nicht war, wer war es dann? Und was hat dieser Brasilianer damit zu tun?" Jana fand Gefallen daran, zu kombinieren und sich mögliche Zusammenhänge auszudenken.

„Na ja, es klingt zwar sehr nach einem Fernsehkrimi. Aber vielleicht hasst jemand Jordan so sehr, dass er diese Frauen ermordet hat, um sich an ihm zu rächen."

„Und es würde dem Mörder auch in doppelter Hinsicht gelingen", stimmte Jay zu.

„Ja. Einmal, weil er durch den Verlust zumindest einer der beiden Frauen schwer getroffen ist, und zum anderen, weil er unter Umständen wegen zweifachen Mordes ins Gefängnis muss."

„Genau."

Sie griffen im gleichen Augenblick nach einem Stück Ananas und ihre Hände berührten sich. Jana zuckte zurück, dann nahm sie schnell ein Stück Kiwi. Sie bemühte sich Jay unverbindlich freundlich anzulächeln, so wie man es tut, wenn man im Kaufhaus versehentlich jemanden leicht angerempelt hat. Aber sie sah, dass sich sein Blick verändert hatte.

„Und der Brasilianer", nahm sie den Faden wieder auf, um ihre Nervosität zu überspielen. „Der ist entweder derjenige, der Jordan so hasst, dass er ihm das antun wollte, oder er wurde von diesem Jemand beauftragt."

„Hm." Er hörte nicht auf, sie anzuschauen.

„Aber vielleicht liegt alles auch ganz anders." Sie musste reden. Reden, bis er endlich wieder wegsah.

„Vielleicht will es jemand nach einem Familiendrama aussehen lassen und in Wirklichkeit haben die Morde einen ganz anderen Hintergrund. Vielleicht wurde Angelika Jordan umgebracht, weil sie etwas gesehen hat. Und nachdem in der Presse zu lesen war, dass Jordan eine Geliebte hatte und wer sie war, konnte es der Mörder mit diesem zweiten Mord so aussehen lassen, als sei Jordan ausgerastet." Sie fand das eigentlich zu weit hergeholt, aber sie erreichte ihr Ziel – nämlich, dass der Kommissar aufhörte, sie zu mustern.

"Diese Theorie ist zwar nicht wirklich wahrscheinlich, aber ausschließen kann man sie nicht", sagte er nachdenklich.

„Welches Motiv vermutet denn der Staatsanwalt, wenn er meint, dass Jordan seine Geliebte getötet hat?" Jana wischte sich den Mund mit dem Handrücken ab.

„Bereicherung. Gabriele Mayr hat gleich nach dem Tod von Angelika Jordan ihr Testament zu Jordans Gunsten geändert."

Jana schüttelte den Kopf. „Aber dann müsste er doch wirklich ein Idiot sein, diese Tat ohne Alibi zu begehen."

„So ist es. Und der ist zwar ein sturer Bauer, aber kein Idiot."

Jays Hand kam über den Tisch zu ihr herüber. Sie geriet beinahe in Panik. Aber er wischte nur ein Stückchen Banane weg, das noch an ihrer Wange klebte.

# 5 Diäten und Diamanten
## *Romantikthriller*

*Guten Morgen, meine Damen und Herren, es ist Freitag, der ...* Jana schob ihren Kopf unter der Bettdecke hervor und spähte zum Radiowecker. Sechs Uhr zeigten die Leuchtziffern an. Der letzte Tag der Woche war angebrochen und sie würde nur bis Mittag arbeiten. Wohlig rollte sie sich zurück in die Wärme des Bettes.

Ihre Wochenenden hatten durch das Schreiben eine neue Bedeutung erhalten. Sie waren ihr zweites Leben, das Leben einer Autorin. Und diesen Sonntag sollte außerdem Juli, ihre beste Freundin, kommen. Juli, die für sie fast eine Heilige war wegen ihrer Hilfsbereitschaft und Einfühlsamkeit und die sie mit ihrer Art immer wieder daran erinnerte, dass sie auch ein guter Mensch sein wollte, nicht nur eine Kämpferin, die ihr Leben auch alleine auf die Reihe kriegte.

Als Jana um kurz vor acht Uhr mit ihrem roten Fahrrad aus der Einfahrt fuhr, war sie in Gedanken bei der Planung des Wochenendes. Dennoch sah sie ihn gleich, obwohl er diesmal in einer Einfahrt drei Häuser weiter hinten Richtung Ortsausgang geparkt hatte.

Luciano stand rauchend neben dem weißen Ford. Als er sie herauskommen sah, versuchte er sich hinter den Wagen zu ducken.

Ihr Herz klopfte schneller. Was sollte sie jetzt machen? Umdrehen, zurück ins Haus und den Kommissar anrufen? Aber sie fühlte sich eigentlich sicher genug, da um diese Uhrzeit viel Berufsverkehr unterwegs war.

Sie fuhr los, schneller wie sonst, sie wollte möglichst rasch im Büro sein, obwohl ihr Büro, wie sich gezeigt hatte, kein sicherer Ort war.

Als sie in die nächste Kurve einbog, sah sie aus dem Augenwinkel heraus, wie der weiße Ford Escort aus der Einfahrt zurücksetzte. Sie verschwand in die Kurve und bog von der Hauptstraße in einen schmalen Seitenweg ein, der ein Stück parallel zur Straße verlief, aber durch eine Hecke nicht einsehbar war, und hielt an. Ihr Herz jagte, als sie durch die Zweige der Hecke den Ford langsam vorbeirollen und dann verschwinden sah.

Und nun? Jana setzte ihren Weg zur Arbeit fort, hielt aber die Augen offen. Als sie ihr Büro erreichte, rief sie den Kommissar an und erzählte ihm, dass Luciano ihr gefolgt, aber jetzt fort sei. Er sagte, sie solle sofort die Freisinger Polizei anrufen, wenn der Brasilianer wieder auftauchte. Auf jeden Fall aber werde er einen Streifenwagen ordern, der in regelmäßigen Abständen bei ihr am Büro vorbeifuhr.

Was er ihr dann berichtete, überraschte sie. Die Polizei hatte heute Nacht bei Jordan eine zweite Durchsuchung durchgeführt. Sie hatten das Haus, die Scheune, Ställe, alles auf den Kopf gestellt, alles durchkämmt. Schließlich wurden sie in einer Tonne mit Saatmais in der Scheune fündig: Die Tonne enthielt die Tatwaffe der beiden Morde.

„Da die Tonne in einem separaten Raum in der Scheune stand, die mit einem Vorhängeschloss versperrt war, zementiert dies die Sicht des Staatsanwalts, dass Jordan der Mörder ist, denn der Schlüssel des Vorhängeschlosses hing in Jordans Wohnung", sagte Jay. „Übrigens habe ich ihn selbst erst kürzlich mit Saatmais hantieren sehen."

„Die Zeit, Mais auszusäen, ist für dieses Jahr vorbei. Wahrscheinlich hat er die Bestände umgeschlichtet, auf Schädlingsbefall überprüft, altes Saatgut ausgemistet und so weiter. Kann jemand anderes die Waffe in der Saatguttonne versteckt haben?"

„Der Staatsanwalt meint, nein, das sei zu weit hergeholt. Aber ich würde das nicht ausschließen." Jana hörte, dass jemand dem Kommissar auf der anderen Seite der Leitung etwas zurief. „Tut mir leid, Jana, ich muss jetzt Schluss machen. Wir haben eine Besprechung im Kollegenkreis. Aber ich komme heute am späten Nachmittag noch mal nach Freising und schaue bei Ihnen vorbei."

„Heute Nachmittag bin ich einkaufen. Wir grillen heute Abend bei uns im Garten. Sie können gerne dazu kommen."

Kaum hatte Jana aufgelegt, sah sie ihn wieder. Ein Frösteln lief ihren Rücken hinab, als sie den weißen Ford vorne an dem kleinen Parkplatz vorbeirollen sah. Im nächsten Augenblick war er hinter den Bäumen und Sträuchern, die die Straße säumten, verschwunden. Als ob nichts gewesen sei.

Janas Blick fiel auf die Kameratasche. Schnell nahm sie die Kamera heraus, legte einen neuen Film ein und tauschte das Objektiv gegen eines mit stärkerem Zoom aus. Sie nahm die Schutzkappe ab und stellte die Kamera auf Autofokus. Sie zog die Gardine ein winziges Stückchen zurück und peilte mit dem Sucher ein Hinweisschild an, das sich etwa in der gleichen Entfernung befand, wie eben das vorbeirollende Auto. Sie drückte leicht auf den Auslöser, damit sich die Kamera selbst scharf stellte und damit ihr die Automatik anzeigte, ob die Kamera die Belichtung ohne Blitz hinkriegen würde. Das Ergebnis war positiv. Sie wartete. Nebenbei nippte sie an ihrer Buttermilch, ohne den Blick eine Sekunde von der Straße abzuwenden.

Es dauerte fast fünf Minuten, in denen glücklicherweise niemand anrief, bis der weiße Wagen wieder auftauchte. Er rollte diesmal noch langsamer und hielt sogar kurz an. Sie klebte mit der Kamera am Fenster, sie ließ die Kamera sich scharf stellen und drückte den Auslöser durch. Und gleich noch mal. Jana wagte nicht, sich zu bewegen. Dann rollte der Wagen weiter.

„Hoffentlich ist es nicht verwackelt", dachte Jana.

Mit nervösen Händen wählte sie die Nummer und bestellte ein Taxi. Während sie wartete, spulte sie den Film zum Ende vor, öffnete die Rückklappe und nahm den Film heraus. Kaum war sie fertig, klingelte das Telefon und eine der Stimme nach ältere Frau wollte wissen, was sie gegen Fuchsienrost tun könnte. Jana versprach ihr, sie gleich zurückzurufen, weil sie durch ihr Bürofenster das Taxi vorfahren sah.

Sie gab dem Fahrer Geld und zwei Filme: den Film von heute und den mit den Bildern aus dem Lehrgarten von Montag Mittag, den sie noch in der Schublade liegen hatte. Er solle ihn zum besten und schnellsten Bilderservice von Freising bringen, bat sie ihn.

Der Taxifahrer machte sich auf den Weg und Jana rief die Dame mit der Fuchsienfrage zurück.

Eine gute Stunde später kam der Fahrer zurück. Jana dankte ihm und nahm die beiden Umschläge sowie das Restgeld in Empfang. Kaum war er weg, schaute sie sich die Abzüge des Films von vorhin an. Ja, hier war er, dieser Luciano. Nicht gestochen scharf, aber es ging. Schon so wirkte er unsympathisch und verschlagen mit den engstehenden Augen und dem vernarbten Gesicht. Sie schob die Bilder zurück in das Kuvert und steckte es in die Seitentasche ihres Rucksacks. Für die anderen Bilder, die sie am Montag im Lehrgarten gemacht hatte, fand sie keine Zeit, denn das Telefon klingelte bereits wieder.

Jana beantwortete bis zwölf Uhr telefonische und schriftliche Hobbygärtneranfragen. Dann stellte sie den Anrufbeantworter auf Ansage und stempelte aus. Wochenende.


Es war 19.45 Uhr und Jay hatte einen anstrengenden Tag hinter sich. Ein Termin hatte den anderen gejagt und ständig musste er zwischen Erding und München hin und her pendeln. Trotzdem hatte er sich zwischendurch die Zeit genommen, eine Flasche Merlot und zwei Schweinerückensteaks für den Abend zu organisieren. Das Fleisch hatte er in eine Marinade aus Olivenöl, frischem Rosmarin, Knoblauch und Weinessig gelegt. Kochen zu lernen war eine Notwendigkeit gewesen, als er vor fünf Jahren plötzlich auf sich gestellt war, inzwischen machte es ihm richtig Spaß.

Vor Janas Haus waren alle Parkplätze voll, aber er wollte sowieso unauffälliger auf dem großen Parkplatz des Studentenwohnheims schräg gegenüber parken.

Jay nahm die Tupperwareschale mit dem marinierten Fleisch und die Flasche Rotwein und ging zu Janas Haus hinüber. Aus den Augenwinkeln heraus durchkämmte er gewohnheitsmäßig die Umgebung mit den Augen, aber er konnte nichts Ungewöhnliches feststellen. Also freute er sich auf ein gemütliches Barbecue.

Düfte nach Gegrilltem und Knoblauch, aber auch nach frisch gemähtem Gras, waberten ihm entgegen, als er neben dem Treppenaufgang vorbei in den Garten ging.

Zuerst sah er nur fremde Gesichter an den zwei zusammengeschobenen Biergartentischen, die mitten im Garten auf der Wiese standen, aber dann entdeckte er Jana zwischen den anderen. Sie winkte ihn lachend zu sich herüber.

Jana trug ein hellgelbes, ausgeschnittenes Kleid, das die leichte Bräune ihrer Haut hervorhob. „Danke für die Einladung", begrüßte er sie.

Sie stellte ihn den anderen vor. Jay nickte freundlich in die Runde und wurde von allen freundlich zurückgegrüßt. Von fast allen, denn Phil, der geblieben war, nachdem er seine Pflanzen am Nachmittag gebracht hatte, brütete schon wieder alkoholisiert vor sich hin.

Jana führte Jay zu dem alten, gusseisernen Grill, von dem die Grilldüfte stammten. Es lagen Würste und ein Kotelett darauf, die Hannes, der ihm als einer der beiden Mitbewohner von Jana vorgestellt wurde, gerade einsammelte und auf einen Teller lud. Neben dem Grill stand ein Tisch mit Salaten, Dips, Brot und anderen Zutaten sowie frischen Tellern und Besteck.

Jana hatte mit dem Essen auf den Kommissar gewartet, damit er Gesellschaft hatte.

Er bot ihr eines von seinen beiden Fleischstücken an. Sie würde ein halbes nehmen, wenn er dafür im Austausch Gemüsespieße und gegrillten Schafskäse annähme, sagte sie.

Jana nahm Jay die Schale mit den Schweinerückensteaks aus der Hand, um sie abtropfen zu lassen und dann trocken zu tupfen, während er die Grillglut auffrischte. Als es soweit war, legte er das Fleisch auf den Rost und sie packte die marinierten Gemüsespieße mit Champignon, Paprika und Zwiebeln und die in Alufolie eingewickelten marinierten Schafskäsescheiben daneben.

# Rezepte für den Grillabend

*Würzige Marinade für Grillfleisch:*
2-4 EL Olivenöl
2-3 kleine Rosmarinzweige oder 3 EL getrockneten Rosmarin
2 Knoblauchzehen gepresst
1-2 EL Weinessig oder Zitronensaft

*Zutaten mischen. Fleisch (z.B. Schweinerückensteak) von beiden Seiten mit der Marinade einreiben und dann in einem Gefäß in der Marinade ziehen lassen. Einwirkzeit mindestens 1 Stunde, besser über Nacht. Vor dem Grillen gut abtropfen lassen und abtupfen (oder in einer Grillschale garen), damit kein Fett in die Glut tropft.*

*Saftige Gemüsespieße*
*Paprika, Champignon, Zucchini, Zwiebeln waschen und putzen, auf Holzspieße stecken.*
*Marinade aus 1 Knoblauchzehe, etwas Zitronensaft oder Wein, frischen Kräutern (Oregano, Thymian, Basilikum, Rosmarin u.a.), Olivenöl, Salz und Pfeffer herstellen. Gemüsespieße damit bestreichen und in einem Gefäß im Kühlschrank in der Marinade mindestens 30 Minuten ziehen lassen. Danach die Spieße abtropfen lassen, trocken tupfen und grillen (oder in Grillschale oder auf Alufolie legen und garen)*

*Gegrillter Schafskäse*
*Achtung Kalorienbombe: 100 g ca. 300 kcal, daher am Besten mit jemandem teilen.*
*Käse in Scheiben (je ca. 150 g) schneiden, und in einer Marinade aus Olivenöl, Knoblauch, Pfeffer, Oregano und Thymian zwei Stunden ziehen lassen. Dann die Käsescheiben einzeln auf jeweils ein großes Stück Alufolie legen, Tomatenscheiben darauflegen und ein wenig Marinade darüber träufeln. Käsescheiben in die Alufolie einwickeln und etwa 10 Minuten grillen.*

*Folienkartoffeln*
*Mittelgroße Kartoffeln mit der Gemüsebürste unter Wasser gründlich säubern und einzeln in Alufolie wickeln. Auf dem Grill etwa eine Stunde backen. Die Kartoffeln etwas abkühlen lassen, aus der Folie wickeln und in der Mitte aufschneiden. Passt zu Fleisch, Gemüsespießen, Zaziki, Salat.*

_Zaziki_
*1 kleine Salatgurke schälen, raspeln und mit Salz bestreuen. Eine halbe Stunde ziehen lassen. 2 bis 3 Knoblauchzehen schälen und in Knoblauchpresse zerdrücken. Gurkensaft abgießen oder die Gurken in einem frischen Handtuch ausdrücken. Quarkcreme (0,2 % Fett) mit Knoblauch, etwas Essig, 1 TL Olivenöl, Salz, Pfeffer und den Gurkenraspeln mischen und ca. 1 Stunde im Kühlschrank ziehen lassen. Umrühren, mit Gurkenscheiben und ein paar Oliven garnieren und servieren.*

Die ganze Zeit überlegte Jana schon, wie sie ihm von den Neuigkeiten berichten sollte. Während sie auf ihr Grillgut warteten, platzte es schließlich aus ihr heraus.

„Ich war heute Nachmittag in Brucking."

Jay blickte sie überrascht an. „Und was haben Sie da gemacht?"

„Ich habe verschiedenen Leuten ein Foto von dem Brasilianer gezeigt. Er ist in den letzten Tagen mehrmals in Brucking gesehen worden. Zum Beispiel von der Altbäuerin gegenüber dem Jordanschen Hof und von der Putzfrau beim Wirt."

Während sie sprach, sah sie, wie ihm der Ärger ins Gesicht stieg.

„Sie haben ein Foto von dem Brasilianer und haben mir nichts davon gesagt?"

Sie hatte erwartet, dass er sauer sein würde, aber nicht wie finster sein Blick sein konnte.

„Ja, ich konnte heute Morgen vom Bürofenster aus zwei Fotos machen. Das war kurz nach unserem Telefonat. Er fuhr am Parkplatz vor meinem Büro vorbei."

Sie zwang sich, seinen Blick auszuhalten.

„Und dann fahren Sie einfach mit den Bildern nach Brucking und ermitteln." Seine Stimme war gefährlich ruhig. Ein Nerv in seiner Wange zuckte von unterdrücktem Zorn.

„Ich wusste, dass Sie dagegen gewesen wären, deshalb habe ich nichts gesagt."

Er trat auf sie zu und packte sie am Oberarm.

„Sie riskieren mit solchen Eigenmächtigkeiten möglicherweise Ihr Leben, wissen Sie das? Was ist, wenn Sie wieder in eine Situation kommen wie in Ihrem Büro, als Sie sich vor Angst nicht bewegen konnten. Sie waren ein kleines Häufchen Elend hinterher. Haben Sie das schon vergessen?"

Sie schüttelte seine Hand ab, wütend, dass er sie an den Augenblick ihrer schlimmsten Hilflosigkeit erinnerte.

„Das ist etwas ganz anderes. Diese Angst im Büro kam durch die plötzliche Situation zustande, die sozusagen über mich hereinbrach. Aber wenn ich selbst etwas unternehme, dann bin ich die handelnde Person, dann habe ICH die Situation in der Hand."

„So eine Situation gerät verdammt schnell außer Kontrolle. Warum setzen Sie sich unnötig Gefahren aus, indem Sie alleine in der Gegend rumfahren und Leute befragen, obwohl der Typ offensichtlich hinter Ihnen her ist?"

„Ich *musste* selbst etwas tun. Diese Frau wurde vor meinen Augen umgebracht, ich kann nicht einfach abwarten und nichts tun. Wenn heute nichts dabei herausgekommen wäre, hätte ich Ihnen auch gar nicht davon erzählt. Aber nun denke ich, sollten Sie wissen, dass sich Luciano dort rumtrieb, denn vielleicht war er es, der die Waffe bei Jordan im Saatgutfass versteckt hat."

Er musterte sie aus den zornigen Schlitzen, zu denen seine Augen geworden waren. Dann drehte er sich weg und wendete das Fleisch.

„Dann müsste er sofort nach der Tat dorthin gefahren sein", sagte er. „Von der Zeit her wäre es möglich gewesen, der Weg von Gabriele Mayrs Haus ist auf jeden Fall kürzer, als es meiner war."

„Aber andererseits, der Hund hätte doch gebellt, wenn jemand in der Nacht über den Hof gegangen wäre. Und davon wäre Jordan wach geworden. Die Nachbarn sagten, der Hund hätte den ganzen Abend gebellt und der Bauer hätte ihn schließlich in den Stall gesperrt. In der Nacht hat er dann aber nicht mehr angeschlagen, jedenfalls nicht, bevor die Polizei kam."

Der Kommissar kratzte sich am Kopf. „Vielleicht ist der Täter von der anderen Seite in die Scheune gelangt. Auf der Rückseite gibt es ein Fenster, der Riegel war offen. Und Jordan behauptet sowieso, er hätte das Vorhängeschloss, mit dem der separate Raum abgesperrt war, nur verschlossen, wenn sie verreisten, was so gut wie nie vorkam. Das Vorhängeschloss hätte immer offen am Haken neben der Tür gehangen. Also brauchte der Täter es nur einhängen und einschnappen lassen, nachdem er die Waffe versteckt hatte."

Jana stimmte zu. Er hielt ihr immer noch den Rücken zugewandt.

„Soll ich die Bilder von Luciano holen und Ihnen geben?"

Er nickte.

Als sie mit den Bildern zurückkam, hob er gerade das brutzelnde Grillgut vom Rost und legte es zum Aufteilen auf ein bereitgestelltes Küchenbrett aus Holz.

Sie reichte ihm den Umschlag mit den Bildern und Negativen. Er sah die beiden Bilder von Luciano kurz an und steckte sie ein.

„Okay, vergessen wir die Sache für heute, wir wollen den anderen nicht den Abend verderben." Jay drückte ihr einen Teller in die Hand und lud ihr auf, was sie haben wollte. Danach machte sie das Gleiche für ihn.

Sie setzten sich zu den anderen, die inzwischen dabei waren, gemeinsam ein Zeitmagazin-Rätsel zu lösen, und aßen schweigend. Sie wünschte, sie hätte ihm von ihrem Ausflug nach Brucking erst am Ende des Abends erzählt. Er sah abgekämpft aus und hätte ein friedvolleres Essen verdient.

Phil hatte inzwischen genug getrunken. Er wollte aufbrechen und mit seinem Auto heimfahren, aber Hannes bestellte ihm ein Taxi. Da Phil sich nicht in seine Trinkgewohnheiten reinreden ließ, war dies das Einzige, was sie für ihn tun konnten.

Als es langsam dunkel wurde, wurde das Rätsel weggelegt und Hannes begann, Anekdoten aus seiner Studentenzeit zu erzählen. Bald ging es reihum, jeder wusste noch eine Geschichte.

Jana entzündete ein paar Windlichter, die sie schon bereitgestellt hatte. Sie fühlte, wie der Kommissar sie dabei beobachtete. Doch wenn sie ihn anschaute, mied er ihren Blick. Gott, sie hasste solche Bestrafungen.

„Ich fände, jetzt wäre der richtige Augenblick für ein Glas von dem Merlot, den Sie uns mitgebracht haben."

Sie sah, dass er tief durchatmete, dass er seinen Ärger abschütteln wollte. Sie holte Weingläser und einen Korkenzieher.

„Hm, wunderbar", sagte Jana, als sie den vollen, fruchtigen Merlot ihre Kehle herunterlaufen fühlte.

Auch er entspannte sich langsam und lachte über die Geschichten der anderen.

„Und was tun Sie sonst so, Herr Kommissar, wenn Sie nicht gerade im Dienst sind?", fragte Jana ihn später.

„Ich segle."

Er zog ein Bild aus seiner Brieftasche. Jana musterte das abgegriffene Bild einer kleinen Segeljacht. Er war alleine auf dem Boot, wahrscheinlich hatte seine Frau oder Freundin ihn fotografiert. Sie sah das Bild genauer an. Das Boot hieß ‚Mahalo'. Sie schluckte. ‚Mahalo' war hawaiianisch für ‚Danke'.

„Wie sind Sie denn zum Segeln gekommen?"

„Es war ... ", ein Zufall, hatte er erst sagen wollen, so wie er das meistens Fremden gegenüber darstellte.

„Ich hatte mal eine Zeit, als es mir nicht besonders gut ging. Ich habe nur noch gearbeitet und war kurz vor dem Durchdrehen, um es mal harmlos auszudrücken. Da nahm mich ein Freund mit auf einen

Segeltörn. Ich habe beim Segeln wieder gelernt, Stille auszuhalten und noch so einiges mehr."

Sie sah ihn an und sah Schatten der Vergangenheit über sein Gesicht huschen. Sie wartete, ob er noch mehr sagen wollte.

„Und Sie, Jana, was machen Sie, wenn Sie nicht arbeiten?" Er nahm einen Schluck Wein.

„Sie wissen ja, ich schreibe an einem Gartenbuch. Und ich reise gern. Um die Welt kennenzulernen und auf der Suche nach dem Paradies."

„Das Paradies ist eine Lebenseinstellung."

„Ja, das habe ich auch herausgefunden. Trotzdem war es schön und aufregend, danach zu suchen."

„Wo hatten Sie es vermutet?"

Jana erzählte von ihren Reisen und er von seinen Segeltörns der letzten Jahre. Sie vergaßen die Zeit und die anderen Personen um sich herum, die sich nach und nach verabschiedeten, bis nur noch sie beide im Kerzenschein im Garten saßen.

Erst als alle anderen weg waren, wurde Jana gewahr, dass sie sich die letzten beiden Stunden nur noch miteinander unterhalten hatten. Jetzt sah sie die Intensität, mit der er sie anblickte, es machte sie nervös, aber es sandte ihr auch kitzelnde Schauer durch den Körper.

Wahrscheinlich kam das vom Wein, sagte sie sich. Er kannte sie doch kaum und sie kannte ihn genauso wenig.

Ein leiser Wind erhob sich und die Wolken schienen schneller über den erleuchteten Mondhimmel zu segeln. Jana zog fröstelnd eine Strickjacke über, die sie neben sich auf der Bank liegen hatte.

Er hörte nicht auf, sie anzuschauen und sie wurde unruhig. Es wurde zuviel und zu nah, er sah zu gut aus und der Wein in ihren Adern wollte sie willig machen. Sie musste das hier jetzt sofort beenden.

Jay spürte ihre Unruhe und stand auf. „Es ist spät, wir können noch zusammen aufräumen und dann mach ich mich auf den Weg nach Hause."

Sie nahm sein Angebot erleichtert an und sie trugen ihre Gläser und ein paar Teller und Reste in die Küche. Das meiste hatten ihre Mitbewohner bereits aufgeräumt, ohne dass sie etwas davon mitbekommen hatten.

Als alles getan war, begleitete Jana Jay zur Tür und sie standen zusammen draußen vor der Haustür im schwachen Schein der Flurbeleuchtung. Ein Windhauch wehte durch Janas Haar, der Mond spiegelte sich in ihren Augen.

„Mahalo für einen schönen Abend", sagte er und sie lächelte.

Eigentlich hatte er ihr nur die Hand geben wollen, aber dann konnte er nicht anders, er zog sie an sich und seine Lippen fanden ihren Mund. Jana war überrascht, zu überrascht um sich zu wehren, ihr Mund öffnete sich ihm bereitwillig, als hätte er den ganzen Abend nur auf diesen Augenblick gewartet. Es fühlte sich so wunderbar an, wie er sie umfasst hielt, wie er mit der Hand über ihren Hals und die Kontur ihres Kinns strich, wie sein Kuss tiefer und tiefer wurde. Unwillkürlich entfuhr ihrer Kehle ein leises Stöhnen und sie erschrak.

Nein. Sie schob ihn mit Nachdruck von sich.

„Nein, Jay, es tut mir leid."

Er ließ sie sofort los.

"Entschuldigung. Ich wollte Sie nicht bedrängen, es fühlte sich nur so an, als ob ..."

"Ja, ich weiß. Aber nein, es geht nicht. Es tut mir leid."

Sie würde es ihm erklären. Irgendwann. Vielleicht.

# 6 Diäten und Diamanten
## *Romantikthriller*

Jana hatte kaum geschlafen, der gestrige Abend und der Kuss des Kommissars hatten sie zu sehr aufgewühlt. Warum hatte es sich so verdammt gut angefühlt, von ihm berührt zu werden, wenn sie doch genau wusste, dass sie nichts von ihm wollte. Nicht von ihm und nicht von einem anderen Mann.

Wahrscheinlich war es ihr Körper, der einfach ausgehungert war und auf jeden Reiz so reagierte, sagte sich Jana, während sie zusah, wie der Kaffee aus dem Filter der Kaffeemaschine in die Glaskanne lief. Vielleicht sollte sie sich doch auf eine gemeinsame Nacht mit ihm einlassen. So schnell, wie der Mann vorgegangen war, war er doch sowieso auf nichts anderes als ein Abenteuer aus. Und danach würde jeder seiner Wege gehen. Aber konnte sie das? Sex ohne Liebe war eigentlich nicht ihr Ding. Oder?

Als sie sich die Wochenendausgabe des Freisinger Tagblattes aus dem Briefkasten holte, die eigentlich ihr Mitbewohner Paul abonniert hatte, stach ihr gleich das Bild von Luzinda Wildgruber ins Auge. Sie wollte für den Stadtrat von München kandidieren, las Jana. Der Artikel beschrieb die beeindruckende Karriere von Frau Wildgruber im Diamantengeschäft. Eines der beiden Bilder zeigte sie in einem eleganten Kostüm mit einer schlichten Perlenkette um den schlanken Hals, das andere war eine Portraitaufnahme in einem anliegenden Kaschmirpullover.

Jana war erstaunt. Nicht wegen der beruflichen Erfolge dieser Frau, die sie auf Anfang bis Mitte dreißig schätzte. Nein. Es war das Gesicht. Zwar hatte die Frau auf dem Bild lange, dunkle Haare, die sie nach hinten gebunden hatte, aber das Gesicht zeigte eindeutig die Frau, die Jana im Lehrgarten in einem der Beete hatte wühlen sehen, nur dass sie da wohl eine Perücke aufgehabt hatte.

Jana seufzte. Die Frau wollte in die Politik und von Politikern erwartete kaum jemand mehr Ehrlichkeit. Aber dass sie sogar Pflanzen aus einem öffentlichen Garten klauten, fand Jana unfassbar.

Jana blätterte weiter durch die Zeitung, während sie ihren Kaffee trank. Weiter hinten bei den Todesanzeigen fand sie, was sie eigentlich suchte. Die Beerdigung von Angelika Jordan fand heute, Samstag Vormittag in Brucking statt. Ihr blieb gerade mal eine halbe Stunde Zeit, bevor sie sich auf den Weg machen musste.

Als Jana etwa eine Stunde später erhitzt die schwere Tür der kleinen Bruckinger Kirche öffnete, hatte die Totenmesse gerade begonnen. Im Vergleich zur blendenden Helligkeit des Sommertages draußen war das Licht in der Kirche gedämpft, die Luft schlug ihr kühl mit dem typischen, ehrwürdigen Kirchengeruch entgegen. Sie wollte unbemerkt hineinschlüpfen, doch der Türgriff rutschte ihr aus der Hand und die Tür fiel hinter ihr mit lautem Krachen zu. Sie lächelte die sich zu ihr umdrehenden Besucher nervös an und drückte sich in die Bank gleich rechts neben der Tür.

Die kleine Kirche war etwa dreiviertel voll. Es waren vor allem die alten Frauen des Dorfes, die bei jeder Totenmesse dabei waren, sowie Nachbarn und Familienangehörige, die sich hier eingefunden hatten.

Auch Josef Jordan war da. Der Bauer saß vorne in der ersten Reihe links vom Gang, neben ihm auf der einen Seite, ein Polizist in Uniform, wohl zu seiner Bewachung, auf der anderen Seite eine ältere Frau, vermutlich seine Mutter.

Jana musterte Josef Jordans Profil. Ja, sein Gesicht war grob. Sie erinnerte sich jetzt, dass er ihr damals, als sie mit ihm am gleichen Tisch im Etcetera gesessen hatte, wegen seiner Wuchtigkeit und seiner derben Gesichtszüge etwas unheimlich gewesen war. Sie hatten nie miteinander gesprochen. Nun saß er da, immer noch groß und unheimlich, aber auch traurig und verletzt. Sah so ein Mörder oder gar Doppelmörder aus? Sie glaubte nicht.

Jay war heute mit dem offiziellen ,Undercover'-Gefährt seiner Abteilung unterwegs, ein silberfarbener BMW, den er und seine Kollegen ,Silberbüchse' getauft hatten.

Er hatte die Silberbüchse auf dem Parkplatz neben dem ,Alten Wirt' abgestellt, einem der zwei Bruckinger Wirtshäuser. Der Leichenschmaus würde beim ,Bruckinger Wirt' stattfinden, aber von hier hatte er einen besseren Blick auf den Eingang der Bruckinger Kirche und auf den Friedhof.

Jay hatte den Wagen verschlossen und war in das Wirtshaus gegangen.

In der Gaststube standen zehn einfache Vierertische und ein großer Stammtisch mit einem Wimpel darauf, die Wand neben dem Stammtisch zierten ein paar Urkunden von Schafkopfturnieren. Auch jetzt um neun Uhr saßen bereits die üblichen drei alten Männer um den Wimpel, und man sah ihnen an, dass sie nichts mehr am Leben interessierte, als zusammen die Trostlosigkeit ihres Daseins mit Bier herunterzuspülen.

Nur ein weiterer Gast außer den Stammtischgästen und Jay befand sich im Lokal. Auch er hatte einen Platz am Fenster gewählt. Jay hatte sein Gesicht nur kurz von der Seite gesehen, als er an ihm vorbeigegangen war.

Da der Kommissar mit dem Rücken zu dem Mann saß, musterte er dessen Spiegelbild in dem blank polierten Serviettenhalter auf seinem Tisch. Schwarzglänzende Haare, die mit Gel nach hinten frisiert waren, olivefarbene Haut, ein schmales Goldkettchen blitzte aus dem geöffneten Hemdkragen seines blütenweißen Hemdes.

Ein auf eine schmierige Art gutaussehender Mitdreißiger, der durch seinen schwarzen Anzug an einem Samstagmorgen in einer Landgaststätte auffiel, dachte Jay. Ein schwarzer Anzug bei der Trauerfeier wäre passend gewesen, allerdings nicht dieser, der eher an einen Zuhälter in der Großstadt erinnerte. Dieser Mann passte in dieses langweilige oberbayerische Dorflokal wie eine Kakerlake in ein Viersterne-Gericht.

Als hätte er Jays Gedanken gelesen, winkte der Fremde dem Kellner, bezahlte und ging in die gleißende Sonne hinaus. Jay sah ihn durch das Fenster in einen gelben Opel mit Münchner Kennzeichen steigen.

Jana hatte für den Weg von Brucking mit dem Zug zum Chiemsee nicht einmal drei Stunden gebraucht. Die Adresse von Luzinda Wildgrubers Villa hatte sie von deren Assistenten erhalten, der sich unter ihrer Telefonnummer in München gemeldet hatte. Na ja, eigentlich hatte er nicht ihr die Adresse gegeben, sondern der amerikanischen Geschäftsfrau, für die sie sich am Telefon ausgegeben hatte. Endlich machten sich die vielen Krimis, die sie im Fernsehen angeschaut hatte, bezahlt.

Jana beobachtete vom Chiemsee-Rundweg aus Luzinda Wildgruber durch ein Fernglas, wie sie sich im Bikini auf einer Terrassenliege sonnte und dabei die ‚Cosmopolitan' las. Heute hatte die Frau keine Perücke auf, sondern trug ihre dunklen Haare mit einer Spange nach oben gesteckt.

Man konnte schon neidisch werden, dachte Jana, angesichts dieses Riesengrundstückes mit Villa direkt am See, nur durch den Seerundweg vom kühlenden Wasser getrennt. Der Steg am See und die schnittige Segeljacht, die am Rande der Schilfzone vor Anker lag, gehörten vermutlich auch dazu. Jana liebte das Plingpling der Taue, wenn sie an den Mast schlugen, es erinnerte sie an Ferien am Meer.

Ja, beneidenswert. Aber wieso verkleidete sich so jemand wie Luzinda Wildgruber, fuhr nach Freising und stahl Pflanzen aus einem öffentlichen Garten?

Nicht weit von Jana entfernt, im Schatten einer Weide, ruhte eine Gruppe Enten im Gras. Als der neugierige Hund einer Spaziergängerin auf sie zu rann, stoben sie quakend auseinander.

Luzinda blickte auf.

Jana drehte sich schnell weg und tat so, als beobachte sie das Treiben auf dem sanften, metallisch blauen See. Zwei Schwäne trieben nicht weit vom Ufer wie mühelos auf dem Wasser vorbei. Ein Ausflugsdampfer durchpflügte in einiger Entfernung den See und steuerte die Fraueninsel an. Dahinter auf der anderen Seite thronten über die Alpengipfel über dem See.

Jana zwang sich, ruhig zu atmen. Doch sie meinte, Luzindas Blicke im Nacken zu spüren.

Hoffentlich hatte Luzinda sie nicht entdeckt. Und falls sie sie gesehen hatte, hatte sie sie hoffentlich nicht wiedererkannt. Was sollte sie ihr sagen, wenn sie fragte, was sie hier suchte?

Nach ein paar Minuten nahm sie das Fernglas herunter und drehte sich beiläufig zu Luzindas Haus zurück.

Jana sah, dass die schlanke Frau im rosa Bikini langsam von ihrem Liegestuhl aufstand. Ihr Herz begann, lauter zu schlagen. Ob sie sie entdeckt hatte und in ihre Richtung kam? Aber Luzinda drehte sich um und ging ins Haus.

Als Jana sie kurz darauf hinter einem der Fenster mit einem Telefonhörer in der Hand sah, entschloss sie sich sicherheitshalber zum Rückzug.

Sie eilte auf dem Uferweg zurück Richtung Breitbrunn, vorbei an Schilfflächen und Bootsanlegeplätzen auf der dem See zugewandten Seite und Villen, Bauernhöfen und Fremdenzimmer-Pensionen auf der anderen.

An der Breitbrunner Fähranlegestelle ging sie ins Wirtshaus. In der Gaststube wählte sie ein Tischchen hinten in der Ecke an der Wand. Sie bestellte sich ein Mineralwasser und eine Forelle blau mit Salat und Salzkartoffeln. Während Sie auf das Essen wartete, addierte Jana auf einer weißen Papierserviette die Geldwerte, die sie für Luzindas Grundstück mit Villa am See, den Sportwagen, den sie davor hatte stehen sehen, und die Jacht schätzte. Sie kam auf einen zweistelligen Millionenbetrag.

Geld schien für Luzinda Wildgruber keine Rolle zu spielen, dachte Jana. Wie war das möglich? Sicher, sie hatte einen tollen Job. Ihre Karrierebeschreibung der letzten Jahre, seit sie selbstständige

Partnerin dieser Minengesellschaft geworden war, deren Namen Jana schon wieder vergessen hatte, war eindrucksvoll. Dennoch schien es Jana nicht möglich, solche Werte in nur vier Jahren anzuhäufen. Nicht dass sie es ihr nicht gegönnt hätte, im Gegenteil, sie freute sich mit jedem, der Erfolg hatte. Wenn er dies mit Anstand erreicht hatte.

Als Janas Essen kam, faltete sie die bekritzelte Serviette zusammen und steckte sie ein. Während sie ihren Fisch aß, blieben ihre Augen immer auf die Tür geheftet. Doch was würde sie tun, wenn diese sich öffnete und Luzinda hereinkäme.

Eine Stunde später bedankte sich Jana noch einmal bei der freundlichen Bedienung und eilte aus der Gastwirtschaft zu dem Taxi, das man ihr auf ihren Wunsch hin bestellt hatte.

Sie fuhren auf der Stichstraße vom See zum Breitbrunner Dorfkern und von dort aus über die sanften Hügel des bayerischen Voralpenlandes nördlich des Chiemsees. Kurz vor Eggstätt fädelten sie in die Landstraße nach Bad Endorf ein, wo Jana in den Zug einsteigen wollte.

Als sie in eine Kurve einbogen, kam ihnen ein weißer Ford entgegen. Jana beugte sich vor, um den Fahrer besser sehen zu können. Ihre Augen weiteten sich, als sie den Fahrer erkannte. Es war Luciano.


Jay war besorgt. Seit Jana vorzeitig aus der Kirche gestürmt war, schien sie vom Erdboden verschluckt. Er hatte mindestens zwanzig Mal versucht, sie zu Hause anzurufen. Niemand wusste, wo sie war.

Die Totenmesse und die anschließende Beerdigung waren ohne Zwischenfälle zu Ende gegangen und Jordan war anschließend wieder ins Untersuchungsgefängnis geschafft worden.

Er selbst war in sein Büro nach Erding gefahren. Der Gedanke an Luciano Rodrigo Leitão hatte ihm einfach keine Ruhe gelassen. Viel mehr als das, was sie schon wussten, hatte er jedoch nicht herausgefunden. Luciano Rodrigo Leitão war am 18. Mai ohne Begleitung mit einem Direktflug der Varig von Rio de Janeiro nach München gekommen. Gleich am Flughafen hatte er ein Auto gemietet, den weißen Ford. Jay hatte die Fahndungslisten von Interpol durchgeschaut, ein Luciano Rodrigo Leitão war nicht darin.

Er hatte mit einer Kollegin und einem Praktikanten zusammen alle Hotels in München und Umgebung angerufen, aber in keinem war ein Luciano Rodrigo Leitão abgestiegen war. Auf seine Faxe an die brasilianische Bundespolizei und die Polizei von Rio de Janeiro hatte er bisher keine Antwort erhalten, es war unwahrscheinlich, dass er vor

Montag etwas hören würde. Er versuchte noch einmal die Telefonnummer des grünen Hauses, aber niemand meldete sich.

Verdammt, wo war Jana bloß? Er wollte sie in Sicherheit wissen, wollte hören, dass alles in Ordnung war. Ja, hören wollte er sie, dann könnte er sie fragen, was sie heute Abend vorhätte. Schließlich war er auch für die Sicherheit seiner Zeugin zuständig und am sichersten wäre sie bei ihm.

Wie leidenschaftlich und bereit sie gewesen war, als er sie gestern geküsst hatte, jedenfalls zuerst. Wenn er an ihre vollen, bebenden Lippen dachte und ihre Hände, die über seinen Rücken gewandert waren, bekam er Verlangen nach einer Zigarette, um sich abzulenken, obwohl er nicht mehr geraucht hatte, seit er sich als Zehnjähriger bei einer Mutprobe die Finger verbrannt hatte. Und verdammt, hier konnte er sich auch die Finger verbrennen. Was hatte er sich dabei gedacht, sie zu küssen. Sie war eine Zeugin in einem Mordfall, in *seinem* Mordfall.

Normalerweise trennte er streng zwischen Beruf und Privatem, aber gestern hatte er alles um sich herum vergessen, ihre Augen hatten ihn eingeladen, wie ein funkelnder See in einer klaren Mondnacht ihn zum Baden einladen konnte.

Aber was sollte das werden? Sex und dann auseinandergehen, so wie es mit den anderen Frauen gewesen war, die mit ihm in den letzten Jahren das Laken oder die Rückbank seines Autos geteilt hatten?

Jay schüttelte den Gedanken ab und fuhr den Computer herunter. Das Kommissariat war nicht der passende Ort, um sich über sein Liebesleben klar zu werden.

Als er wenig später mit seinem eigenen Wagen vom Büro nach Hause fuhr, signalisierte sein Handy einen Anruf. Es war Jana. Als er ihre Stimme hörte, atmete er erleichtert auf. „Wo waren Sie denn den ganzen Tag, Jana? Ich habe versucht, Sie zu erreichen. Ich wollte ..."

Jana unterbrach ihn. „Ich bin in Bad Endorf, fahre aber gleich mit dem Zug über München zurück nach Hause." Sie schnappte nach Luft. „Ich habe Ihnen etwas Wichtiges zu erzählen. Luciano ist hier aufgetaucht. Das kann doch kein Zufall sein. Und nur Luzinda Wildgruber kann ihm gesagt haben, dass ich hier bin." Jana hörte die Durchsage, dass der Zug gleich einfahre. „Ich muss jetzt weg, ich melde mich später wieder."

Jay konnte sich auf Janas Worte keinen rechten Reim machen. Wer war Luzinda Wildgruber? Aber eines war ihm klar, sie hatte schon wieder auf eigene Faust ermittelt. Verdammt, warum war sie so leichtsinnig? Sie hatte doch erst vor wenigen Tagen gesehen, wie schnell ein Menschenleben beendet werden konnte.

Zwei Stunden später war Jay am Freisinger Bahnhof. Dort standen mehrere Tausend Fahrräder auf verschiedene Fahrradständer verteilt. Jay mache sich auf die Suche und wurde auch fündig. Er erkannte Janas rotes Fahrrad an den schwarzen Schutzblechen und dem übergroßen, reflektierenden Katzenauge, welches sie hinten am Korb mit Draht befestigt hatte. Das Fahrrad war zwar abgesperrt, jedoch nicht angebunden, und so packte er es, wie es war, in seinen Kofferraum. So konnte er wenigstens sicher sein, dass er sie nicht verpasste, denn ohne ihr Fahrrad käme sie nicht nach Hause. Dann wartete er im Auto.

Fünfunddreißig Minuten später kam Jana mit leuchtendem Gesicht und wehendem Haar aus dem Bahnhofsgebäude. Sie trug noch die schwarze Bluse und die weinrote Hose, die sie heute auch auf der Beerdigung angehabt hatte.

Jay stieg aus. Sie sah ihn sofort, wie er groß und aufrecht neben seinem Wagen stand und ihr entgegen blickte. Sie kam auf den Wagen zugelaufen. Als sie ihr Fahrrad aus dem Kofferraum herausschauen sah, lachte sie. „Mögliches Fluchtfahrzeug sichergestellt, wie ich sehe."

Doch sein Gesicht war versteinert und ihr Lachen erstarb.

„Was ist los?"

„Steigen Sie ein."

Der Befehlston gefiel ihr gar nicht.

„Werde ich denn nicht mal gefragt, ob ich überhaupt mit Ihnen irgendwo hin will?"

„Nein."

Jetzt war sie auch sauer. Was bildete er sich eigentlich ein?

„Ich lasse nicht einfach so über mich verfügen."

„Sie werden jetzt nicht gefragt, verdammt noch mal. Ich könnte Sie auch einfach verhaften." Seine Stimme war jetzt laut und einige Passanten drehten sich zu ihnen um.

„Ach ja, Jay? Und wegen was? Weil ich nicht mit Ihnen ins Bett gehüpft bin?" Die Passanten blieben stehen.

„Zum Beispiel wegen Verschweigens wichtiger Informationen in einem Mordfall. Wegen Behinderung polizeilicher Ermittlungen."

„Wer? Ich?"

Die Passanten waren sich nicht ganz sicher, ob es sich hier um Straßentheater oder um eine Beziehungskrise handelte.

„Ins Auto", brüllte er.

„Ganz sicher steige ich nicht zu jemandem ins Auto, der sich nicht unter Kontrolle hat und mich anbrüllt", schrie Jana zurück. „Und wenn Sie mich zwingen wollen, schreie ich um Hilfe."

Er war verblüfft. So verblüfft, dass er lachen musste. Sie lachte nicht mit.

„Okay, Sie haben recht, Jana. Ich hätte nicht laut werden dürfen. Entschuldigen Sie. Bitte steigen Sie in das Auto ein. Sie wollten mir doch etwas erzählen."

Sie bewegte sich nicht.

Er kam langsam um das Auto herum. Sie sah ihn trotzig an.

„Jana." Er kam näher.

Sie blieb stur stehen, auch wenn sie keine Ahnung hatte, wie sie sich gegen ihn wehren könnte, schließlich war er einen Kopf größer und was sie bisher von ihm gesehen und gefühlt hatte, war muskulös und stark gewesen. Auch die Passanten warteten gespannt.

Aber der Blick und die Bewegungen des Kommissars waren ruhig und er griff an ihr vorbei, um ihr die Wagentür zu öffnen.

„Bitte", sagte er, als er ihr die Tür aufhielt.

Sie zögerte.

„Fahren Sie mich nach Hause?"

„Ja, Jana. Ich fahre Sie nach Hause."

„Okay."

Sie stieg ein, langsam wie eine Königin, und er schlug die Tür hinter ihr zu. Die Passanten murmelten und gingen weiter.

Jay ließ sich in den Fahrersitz gleiten. Er steckte den Schlüssel in das Zündschloss, aber drehte ihn nicht um.

Sie schaute ihn fragend an, aber er blickte nach vorne, zum Fenster hinaus.

„Jay, was ist eigentlich los?" Am liebsten hätte sie die Frage gleich wieder zurückgezogen, denn sie fürchtete, dass er von gestern Nacht anfangen könnte.

„Sie sollten nicht einfach so verschwinden, nicht solange die Morde nicht aufgeklärt sind. Ich hab mir Sorgen um Ihre Sicherheit gemacht. Das ist los."

„Mir ist nichts passiert."

„Das sehe ich. Aber Sie und ich wissen, wie schnell etwas passieren kann." Er hatte recht, sie hätte nicht ohne ein Wort verschwinden sollen.

„Ich habe nicht daran gedacht, dass Sie sich um mich sorgen könnten. Heute Morgen in der Kirche hatte ich plötzlich so eine Idee. Nämlich, dass eine Frau, die ich am Mordtag im Lehrgarten gesehen hatte, etwas mit dem Mord in meinem Büro zu tun haben könnte. Es war unwahrscheinlich, dass da ein Zusammenhang besteht, deshalb habe ich nichts davon gesagt. Aber jetzt wo Luciano dort aufgetaucht ist, sieht die Sache ganz anders aus."

Er drehte sich zu ihr.

„Wer ist die Frau?"

„Sie heißt Luzinda Wildgruber. Heute Morgen stand etwas über sie in der Zeitung. Sie ist Diamantenhändlerin und sie will in die Politik. Sie ist möglicherweise auf einem der Fotos zu sehen, die ich an dem Tag im Garten gemacht habe. Da war so ein Brautpaar, das ich fotografiert habe, eigentlich nur die Braut, weil sie so toll aussah. Luzinda hatte an dem Tag eine Perücke auf und sie lief davon, als sie bemerkte, dass ich fotografierte."

Als sie ihm sagte, dass die Bilder bei ihr im Büro seien, ließ Jay den Wagen an und sie fuhren dorthin.

In ihrem Büro angekommen blätterten sie gemeinsam die Fotos durch. Auf einem der Bilder, die Jana an dem Tag von der Braut gemacht hatte, erkannten sie im Hintergrund, halb durch die Zweige eines Strauches verborgen, eine Frauengestalt in einem hellen Jogginganzug, die sich nach etwas gebückt hatte. Das Gesicht der Frau war durch Zweige und den Pony ihrer Frisur verdeckt, aber man sah, dass sie etwas in den Händen hielt.

„Und Sie sind sicher, dass dies Luzinda Wildgruber ist?"

„Ja, ich habe sie später noch einmal an der gleichen Stelle gesehen, und da wandte sie mir ihr Gesicht zu. Heute Morgen habe ich sie dann in der Zeitung wiedererkannt. Auf dem Foto in der Zeitung und heute in natura hatte sie lange, dunkle Haare."

Jay steckte die Bilder und die Negative ein. Er wollte sie am Montag dem Fotoexperten des Kommissariats geben, der würde vielleicht mit Vergrößerung und Bildbearbeitung mehr Details herausarbeiten können.

Er fragte Jana, ob er kurz ihr Telefon benutzen könne, er wolle jemanden vom Revier mit der Überprüfung von Luzinda Wildgruber beauftragen.

„Klar. Bedienen Sie sich." Sie wies zum Telefon und er ging hinter ihren Schreibtisch. In dem Moment, als er die Null wählte, fiel es ihm wie Schuppen von den Augen. Verdammt, wie hatte er das übersehen können.

„Der Mörder wollte möglicherweise gar nicht die Jordan töten."

Jana sah ihn überrascht an.

„Aber wen denn sonst?" Doch sie wusste es, bevor er es aussprach.

Billy Crystal und seine „City Slickers" waren zum Kaputtlachen. Jana war froh, dass sie sich von Jay hatte überreden lassen, zusammen ins Kino zu gehen.

Vor ein paar Stunden hätte sie sich noch nicht vorstellen können, den Abend entspannt und fröhlich zu verbringen. Da hatte es ihr die Kehle zugeschnürt, als klar wurde, dass vermutlich sie das Opfer des Mörders von Angelika Jordan sein sollte, weil sie vielleicht etwas gesehen und fotografiert hatte, was sie nicht hätte sehen oder fotografieren dürfen. Aber wie kam es, dass der Mörder nicht wusste, wie sie aussah und die falsche Person getötet hatte? Und warum war Gigi Lamper ermordet worden?

Sie hatten die Lösung noch nicht gefunden, nur Möglichkeiten. Jay hatte schließlich vorgeschlagen, zusammen am Abend etwas Schönes zu machen, damit sie Ablenkung habe. Bei dem Wort „Schönes" war ihr heiß geworden. Schon im Büro hatte es sie nervös gemacht, wie er so nah neben ihr stand und sein Arm beim Blättern durch die Fotos über den ihren strich.

„Was Schönes?", war es ihr entfahren.

„Ja. Ins Kino gehen oder in einen Biergarten oder beides", hatte er geantwortet.

Warum nur hatte sie gleich an Sex gedacht?

Jana hatte Hose und Bluse gegen ein Oberteil und einen Wickelrock getauscht, der beim Gehen ein wenig Bein zeigte. Sie hatten das Auto bei Jana stehen lassen und waren zu Fuß in die Innenstadt spaziert. Nun saßen sie im dunklen, ausverkauften Kino in Sesseln mit weinrotem Samt bezogen, aßen Eiskonfekt und lachten zusammen mit den anderen Kinobesuchern.

Ein paar Mal während des Films fühlte sich Jana von Jay beobachtet und jedes Mal, wenn sie sich zu ihm umdrehte, sah sie, dass er sie nachdenklich anschaute. Aber bevor sie sich unwohl fühlen konnte, lachte er sie freundlich an und schaute wieder zur Leinwand.

Als der Film zu Ende war, schlenderten Jana und der Kommissar gut gelaunt zurück in Richtung des grünen Hauses. Sie kamen an einem Biergarten vorbei, Girlanden von bunten Lichterketten waren zwischen mächtigen Kastanienbäumen gespannt, die Tische darunter waren von Paaren oder kleinen Gruppen, die sich fröhlich unterhielten, besetzt. Aus ein paar Lautsprechern ertönte leiser Bluesrock. Sie beschlossen, dort einzukehren.

Der Kies knirschte unter ihren Füßen, als sie auf der Suche nach einem freien Platz ein Stück weit in den Biergarten hineingingen. An der Seite, etwas weg vom größten Trubel, sahen sie noch einen kleinen, freien Tisch, dekoriert mit einem rot-weiß karierten Tischtuch, einem kleinen Windlicht und einem Sträußchen Wiesenblumen.

Sie setzten sich. Die Kellnerin kam und zündete die Kerze in der Lampe an. Sie war eine hübsche Frau in den Zwanzigern mit kurzem, roten Rock und einer engen, schwarzen Bluse. Jana bestellte für sich ein kleines Glas Weißwein, Jay für sich ein alkoholfreies Bier. Die Kellnerin zwinkerte Jay zu und schritt hüftschwingend auf langen, strammen Beinen Richtung Ausschank.

Ja, er sah auf eine uneitle Art verdammt gut aus, dachte Jana, und das fiel anscheinend nicht nur ihr auf. Die dunklen Augen und sein Lächeln. Die breiten Schultern.

Gutem Aussehen zu widerstehen, machte ihr nichts aus. Aber die Art wie er sie ansah, dass er sich Gedanken darüber gemacht hatte, wie er sie aufheitern konnte nach dem Schock heute Nachmittag, das ließ sie weich werden. Und gerade, dass da manchmal bei aller Stärke, die er ausstrahlte, ein Schatten von Verlorenheit um seine Augen lag, machte es ihr verdammt schwer, dieses Gesicht nicht berühren, den Schatten nicht wegküssen zu wollen.

Nachdem die Kellnerin die Getränke gebracht hatte, nicht ohne wie zufällig mit ihrem Bein das des Kommissars zu berühren, wollte Jay ihr zuprosten, doch Jana stellte ihr Glas wieder zurück.

„Jay, ich muss dir zuerst etwas sagen." Seit vorhin in ihrem Büro duzten sie sich.

Jay hob gespannt die Augenbrauen und versuchte zu erkennen, was hinter diesen grünen Augen vorging. Er erwartete nichts Gutes, ihre Stimme war plötzlich so ernst.

„Jay, ich bin nicht an einer Liebesbeziehung mit dir interessiert."

Er schaute sie überrascht an.

„Ich habe nie gesagt, dass ich eine Beziehung wollte." Er hatte eine Beziehung nicht mehr erwogen - seit … damals.

„Und an Sex mit dir bin ich auch nicht interessiert."

Das hatte sich aber ganz anders angefühlt gestern Nacht.

„Du hast Angst." Es war nur eine spontane Eingabe.

„Nein", brauste sie auf. „Warum sollte ich Angst haben. Ich habe einfach kein Interesse an dir."

Er lachte.

„Das nehme ich als Herausforderung."

„Aber du bist nicht mein Typ" Sie presste die Lippen aufeinander.

Im Lügen ist sie nicht besonders gut, dachte er, und das machte ihn irgendwo froh.

„Jedenfalls, *ich werde da sein*, wann immer du so weit bist, Jana."

# 7

## Diäten und Diamanten
### *Romantikthriller*

„Hallo Juli!" Jana winkte, als sie ihre Freundin in dem Tross der aus der Gepäckausgabehalle herausströmenden Fluggäste sah. Juli war groß, schlank mit hellblonder Strubbelhaarfrisur und einer frechen Stupsnase. Jana war eher klein und von schlank konnte auch noch nicht die Rede sein, obwohl sie schon Fortschritte an ihrem Hosenbund festgestellt hatte. Sie gaben optisch ein ungleiches Paar ab, das sich da im Abholbereich in den Armen lag.

Als sie sich losließen, schniefte Juli und ihr standen Tränen in den Augen.

„Ach Jana, ich bin so froh, hier zu sein."

„Ich bin auch froh, dich zu sehen. Ich wünschte nur, du hättest nicht so einen traurigen Grund gehabt zu kommen. Hast du dich vor deiner Abreise noch mit Amerigo aussprechen können?"

„Nein. Wie denn auch, ich hab ihn ja gar nicht mehr gesehen. Wie so oft war er angeblich auf Geschäftsreise und ich saß alleine in Rom."

„Angeblich?"

"Das Schlimme ist, dass ich ihm nicht mehr vertraue."

„Ach Juli, vielleicht täuschst du dich. Lass uns drüber reden. Magst du erst mal einen Kaffee, bevor wir nach Freising fahren?"

Juli nickte. Ja, sie würde gerne etwas trinken und ein bisschen reden.

Wenige Minuten später hatten sie ihr Ziel über Rolltreppen und Laufbänder erreicht. Das Cafebistro war eine Ansammlung von runden Tischchen seitlich von der Laufbandstrecke im Flughafenhauptgebäude. Einige Dekorationspflanzen zauberten etwas organische Gemütlichkeit in das ansonsten eher kühle Ambiente der geraden Linien. Mehrere Vitrinen im hinteren Bereich des Cafes präsentierten ein Angebot von Sandwiches, Croissants, belegten Broten und Kuchen. Insgesamt wirkte der Platz hell und offen, Kellner mit knöchellangen, weißen Kellnerschürzen bedienten die zahlreichen Gäste.

Jana entdeckte einen freien Tisch und stürmte genau in dem Augenblick los, als der schlanke Mann im schwarzen Anzug am Tischchen vor ihr aufstand und seinen Stuhl zurückschob. Jana krachte genau in ihn hinein.

Als sie sich wieder aufgerappelt hatte, staunte sie nicht schlecht. „Eduardo?", fragte Jana ungläubig. Er war kaum wiederzuerkennen in diesem Anzug. „Du bist in Deutschland? What are you doing here?", wechselte sie in Englisch, da sie gewohnt war, mit ihm Englisch zu sprechen. „Und wie du aussiehst. So schick kenn ich dich gar nicht."

„Hallo Jana. Schön, dich zu sehen. Wie geht es dir und was machst du hier am Flughafen?" Eduardos Englisch hatte einen südländischen Akzent.

„Ich hole gerade eine Freundin ab. Aber du. Was machst du hier? Hat es dir in Hawaii nicht mehr gefallen?"

Eduardo antwortete mit einer vagen Handbewegung.

„Wahnsinn, hast du dich verändert", fuhr Jana fort. „Als wir beide noch als Gärtner in Hawaii jobbten, sahen wir anders aus. Zumindest du", denn Jana hatte heute Morgen helle Bermuda-Shorts und ein neongrünes ‚Hawaiian Gecko T-Shirt' angezogen.

Er sei auf Geschäftsreise in München und gerade eben erst gelandet, sagte Eduardo. Jana wunderte sich zwar über das Wort Geschäftsreise aus seinem Mund, sie kannte Eduardo nur als Gelegenheitsarbeiter, aber andererseits, wie die meisten Besucher, die sich an der Nordküste von Oahu über den Weg liefen, hatten sie sich nur oberflächlich kennengelernt. Wenn sie recht überlegte, wusste sie so gut wie nichts über ihn.

Jana stellte Eduardo und Juli einander vor. Jana fiel ein Kratzer an seinem Handgelenk auf, als er Juli die Hand hinstreckte. Wahrscheinlich hat er sich bei der Gartenarbeit geschnitten, dachte sie unwillkürlich.

Als Eduardo sie und Juli zu sich an den Tisch einlud, lehnten sie freundlich ab, weil sie dringend etwas Privates bereden wollten. Aber Jana schlug ihm vor, sie Dienstag zu Hause zu besuchen, sie habe frei, und er könne gerne vorbeischauen.

Ja, er käme gerne, Dienstag passe großartig. Jana sagte ihm, wo sie wohnte. Er schrieb die Adresse nicht auf, er könne sie sich so merken, sagte er.

Nachdem sie sich freundlich von Eduardo verabschiedet hatten, suchten sich Jana und Juli ihren eigenen Tisch. Als der Kellner kam, bestellte sich Jana eine Cola light und Juli eine Tasse Kaffee.

„Jana, wo hast du denn den Typen aufgerissen? Sieht ja aus wie ein männliches Modell für Bräunungscreme in einem Zuhälteranzug."

„Ich hab dir doch von meinem Gärtnerjob in Hawaii erzählt. Eduardo arbeitete in der gleichen Ferienanlage, auch als Gärtner. Er hat hauptsächlich die Hecken geschnitten und ich habe meistens Rasen gemäht oder abgefallene Blätter und Kokosnüsse aufgesammelt."

„Von wo ist er?", fragte Juli.

„Ich glaube, er ist aus Südamerika. Brasilien. Oder war es Venezuela? Ich weiß es nicht mehr. Wir hatten nicht sooo viel miteinander zu tun. Er hat sich ein wenig für München und Umgebung interessiert, da haben wir uns mal unterhalten. Aber ansonsten war er eigentlich ein Einzelgänger. "

„Und nun ist er hier." Wie Juli das sagte, klang es nach einer schlechten Nachricht. Jana wunderte sich, Juli bildete sich sonst nicht so schnell ein Urteil über einen Menschen.

„Also mein Typ ist er nicht", beschloss Juli. „Schau dir diese geschniegelten Haare an und die Goldkettchen um Hals und Handgelenk an. Ich hasse Männer mit Schmuck."

Jana lachte. „Sei nicht so oberflächlich!"

Juli sah sie ernst an.

„Ich trau ihm keinen Meter über den Weg. Nimm dich vor ihm in Acht."

„Jetzt übertreibst du aber, Juli."

Juli nippte an ihrem Kaffee.

„Hoffentlich."


Eine halbe Stunde später sah Jay die beiden Frauen aus dem Flughafengebäude heraustreten. Sie blinzelten in die Sonne und stiegen lachend in den überlangen Flughafen-Zubringerbus nach Freising.

Er nahm das Fernglas herunter und lächelte über das giftgrüne Hawaiian Gecko-T-Shirt, das Jana heute trug. So machte sie ihm die Verfolgung leicht, dachte er, mit dem Hemd leuchtete sie aus jeder Menschenansammlung heraus.

Jay legte das Fernglas mit einem Seufzer auf den Beifahrersitz. Er wünschte, Jana würde bald mal an ihm kleben, wie ein Gecko an einer Wand. Ja, sie gefiel ihm, ihr Aussehen, ihre Art den Dingen auf den Grund zu gehen, obwohl sie sich mit Letzterem das Leben manchmal unnötig schwer machte, wie ihm schien.

Als er sie gestern nach Hause brachte, hatte sie sich fluchtartig an der Tür von ihm verabschiedet und sofort die Haustür abgeschlossen. Er hatte die Freisinger Polizei per Funk gebeten, nachts möglichst oft eine Streife an ihrem Haus vorbei fahren zu lassen. Dann war er zu sich nach Hause gefahren.

Heute Morgen war er zu ihrem Schutz zurückgekommen, denn er wusste, dass sie ihre Freundin vom Flughafen abholen wollte. Er hatte die Silberbüchse genommen, weil sie dieses Auto nicht kannte und er hoffte, dass sie ihn dadurch nicht bemerken würde. Er wusste, sie würde es hassen, dass er sie bewachte. Aber er wollte kein Risiko eingehen, ihr durfte nichts passieren.

Als der Zubringerbus die Türen schloss, setzte Jay die Sonnenbrille auf und ließ den Wagen an.

Der schwere Bus fuhr an und kroch langsam die steile Kurve aus dem Bus-Bahnhof heraus. Jay räumte ihm zweihundert Meter Vorsprung ein, bevor er langsam aus seinem Versteck zwischen den Flughafenfahrzeugen herausrollte.


Als Jana und Juli im grünen Haus ankamen, stellten sie fest, dass Janas Mitbewohner ausgeflogen waren. Das heiße Wetter habe sie an den nächsten Weiher gelockt, stand auf einem Zettel, den sie an Janas Tür geklebt hatten. Jana und Juli sollten nachkommen.

„Was hältst du von einer kleinen Pfannkuchen-Orgie im Garten, bevor wir zum Weiher fahren, Juli? Ich habe ein neues Rezept erfunden."

„Oh ja, sehr gerne. Aber vorher brauch ich ein Wurstbrot."

„Ja klar. Am besten wird sein, wir bereiten drinnen alles vor und bringen es dann am Schluss raus, sonst hat der Kater die Hälfte weggefressen, bis wir kommen", sagte Jana und deutete mit dem Kopf zum Fenster, hinter dem man den Kater durch die Wiese schleichen sah.

Juli lachte. „Hier hat sich nicht viel verändert, immer noch der alte Kampf, wer der Herr im Haus ist, der Kater oder die anderen Bewohner."

„Ach, das ist eigentlich entschieden. Der Kater hat gewonnen. Nur der Kühlschrank ist noch in unserer Hand, aber das ist wohl auch nur eine Frage der Zeit", grinste Jana und schälte eine Banane für den Pfannkuchenteig und die Bananen-Quarkcreme.

# Pfannkuchen mit Bananen-Quarkcreme und frischen Erdbeeren

*Für 2 Personen*

*Zutaten:*
*1 mittelgroße Banane, geschält*
*1 großes Ei*
*100 ml Buttermilch*
*5 gehäufte EL Mehl*
*1 gehäufter EL Sojamehl*
*1 gestrichener TL Backpulver*
*1 Messerspitze Natron*
*Prise Salz*
*200 g frische Erdbeeren*
*1 TL Pflanzenöl*
*200 g Quarkcreme (0,2 % Fett)*
*50 ml Kondensmilch (0,4 % Fett)*
*(Süßstoff, Ahornsirup oder Honig)*

*Zubereitung*
*Diese Pfannkuchen sind innen locker wie die amerikanischen Pfannkuchen. Für die Pfannkuchen ½ Banane mit dem Ei, der Buttermilch und einer Prise Salz pürieren. Mehl, Sojamehl und Backpulver mischen und durch ein Sieb dazugeben. Zügig mich einer Gabel einschlagen bis gleichmäßig verteilt. Fünf Minuten ziehen lassen. Für die Bananencreme ½ Banane, die Quarkcreme und die Kondensmilch in ein hohes Gefäß geben und mit dem Pürierstab pürieren. Eventuell mit Honig oder Süßstoff nachsüßen. Erdbeeren waschen, den grünen Kelch ablösen und in Scheiben schneiden. Das Öl in einer beschichteten Pfanne auf mittlere Hitze erhitzen, zwei Pfannkuchen vorsichtig darin ausbacken (hellbraun). Pfannkuchen mit Bananen-Quarkcreme und Erdbeeren servieren. Optional mit Honig oder Ahornsirup beträufeln.*

„Jana, wir haben bisher noch gar nicht über dich gesprochen", sagte Juli, während sie ein wenig Brot aufschnitt. „Wie hast du diese Ereignisse in deinem Büro verkraftet? Ist der Mörder inzwischen eigentlich gefasst?"

„Nein, noch nicht." Jana schlug ein Ei in ein Rührgefäß. Dann gab sie eine halbe Banane dazu. „Ich überlege immer noch, ob es etwas gegeben hätte, was ich hätte tun können."

„Jana, es war doch nicht deine Schuld."

„Nein, ich weiß. Aber ich frage mich, ob ich das nächste Mal besser reagieren könnte."

„Das nächste Mal? Ich hoffe nicht, dass dir so etwas noch einmal passiert."

„Ich auch, aber wer weiß das schon. Stell dir vor, inzwischen ist ein weiterer Mord passiert."

„Was? Auch in deinem Büro?"

„Nein, nein. Die zweite Frau wurde nachts in ihrem eigenen Haus erschossen." Jana pürierte das Ei, die halbe Banane und die Buttermilch zu einer dünnflüssigen Masse. Dann mischte sie Mehl, Sojamehl, Salz und Backpulver mit einer Gabel hinein.

„Und wer waren die Frauen, die umgebracht wurden?", fragte Juli.

„Die erste war die Ehefrau eines Landwirtes namens Jordan", fuhr sie fort. „Die zweite getötete Frau war seine Geliebte. Inzwischen wurde der Bauer wegen Mordverdacht festgenommen."

„Was?" Juli ließ beinahe die Dose mit dem Corned Beef fallen, die sie gerade aus dem Kühlschrank genommen hatte.

„SEPP Jordan?"

Jana nickte und gab Pfannkuchenteig zum Ausbacken in die Pfanne. „Ja, Josef Jordan heißt er. Wieso? Kennst du ihn?"

„Oh Gott, ja. Das ist ein Freund meines Bruders. Mein Bruder und der Sepp haben zusammen Landwirtschaft studiert. Der Sepp hat das Studium geschmissen, als sein Vater starb und er den Hof übernehmen musste. Der ist manchmal ein Grantler, ein mürrischer Typ, aber ein Mörder ist der niemals."

Jana pürierte die zweite Hälfte der Banane mit der Quarkcreme und gab noch eine Spur Honig hinzu. Juli wendete inzwischen den Pfannkuchen.

„Der Staatsanwalt meint, er habe die beiden Frauen umgebracht, weil er in beiden Fällen der Begünstigte ihrer Lebensversicherungen war. Der Hof steht finanziell nicht gut da. So ein kleiner Schweinebauernhof kostet heutzutage mehr, als er abwirft." Jana wusch die Erdbeeren und schnippelte sie in Scheibchen.

„Jana, ich glaube niemals, dass der Sepp irgendjemanden wegen Geld umbringen würde. Wer den Sepp näher kennt, weiß, dass er nicht fähig wäre, so kalt und berechnend zu handeln. Man denkt es nicht, wenn man ihn so sieht, aber der hat ein weiches Herz, sonst hätte er sich auch schon längst von seiner Frau getrennt. Aber die hat ihn mit fiesen Tricks unter Druck gesetzt, obwohl sie ihn bestimmt nicht mehr liebte. Sie wollte keinen Neuanfang, nicht für sich und nicht für ihn. Zusammen sind sie nicht glücklich geworden, aber er sollte er es auch nicht mit einer anderen werden. Gibt es denn keine anderen Verdächtigen?" Juli nahm den goldbraunen Pfannkuchen aus der Pfanne und legte ihn auf einen Teller. Dann goss sie Teig für den nächsten hinein.

„Nicht wirklich. Es gibt nur ein paar merkwürdige Begebenheiten."

Jana wollte Juli nicht beunruhigen, deshalb erzählte sie ihr nichts davon, dass vermutlich sie selbst das eigentliche Ziel des Mörders war.

Als die Pfannkuchen ausgebacken waren, trugen sie alles in den Garten und deckten den Biergartentisch, der im lichten Schatten des Kirschbaumes stand.

Als sie schließlich am gedeckten Tisch Platz nahmen, seufzte Juli.

„Hier ist es wie immer herrlich. Jana, ich kann dir gar nicht sagen, wie ich das hier vermisst habe."

„Juli, du weißt, hier ist immer ein Platz für dich frei. Aber erinnere dich mal daran, wie dir hier damals alles auf den Wecker ging, und warum du weg wolltest. Natürlich, da war Amerigo, aber du hattest auch noch andere Motive. Du wolltest neue Herausforderungen und du wolltest in einem anderen Land leben und arbeiten."

„Ja, du hast recht. Aber jetzt, wo die Beziehung zu Amerigo vorbei ist, weiß ich nicht, was ich in Rom noch soll."

„Wirf doch nicht so schnell das Handtuch. Was ist, wenn er wirklich nur extrem viel Arbeit hat? Ihr ward immer gut darin, über alles reden zu können", sagte Jana. „Also, wann wirst du ihn anrufen?"

Juli machte einen gequälten Gesichtsausdruck.

„Noch nicht, Jana. Er soll erst mal merken, dass ich weg bin. Wahrscheinlich ist ihm das noch gar nicht aufgefallen, es sind ja auch erst ein paar Stunden. Und jetzt gib mir endlich das Brot herüber."

Juli nahm eine dicke Scheibe Vollkornbrot und belegte es mit Corned Beef.

„Und was ist mit dir und dem Kommissar?", fragte Juli nach einigen Bissen.

„Nichts." Jana stocherte in ihrem Pfannkuchen. „Du weißt doch, dass ich das Thema Beziehung abgehakt habe."

„Ach, und warum steht dein Gesicht in Flammen, wenn ich dich nach ihm frage?"

„Ich gebe ja zu, ich find ihn ganz nett."

„Ah ja. Ganz nett. Und warum warst du so neben der Kappe, nur weil er dich auf die Wange geküsst hatte?"

„Okay, er ist wirklich *besonders* nett. Wenn ich einen Mann wollte, dann würde er mir gefallen. Er hat Tiefgang und Humor, er sieht gut aus. Und er kann gut küssen."

„Und Letzteres hast du gemerkt, als er dich auf die Wange geküsst hat? Janilein, du scheinst aber wirklich sehr ausgehungert zu sein."

„Nicht auf die Wange. Inzwischen ist … mehr passiert." Jana wollte gar nicht daran denken, wie sich dieser zweite Kuss angefühlt hatte.

„Du warst mit ihm im Bett, Jana?"

„Nein!"

„Nein? Also was dann?"

„Wir haben uns nur geküsst. Richtig geküsst, meine ich." Verdammt richtig.

„Schade, ich hätte es dir gewünscht. Du hast einfach einen netten Mann verdient."

„Ich habe keine Zeit für einen Mann. Ich muss jetzt erst mal was aus *mir* machen."

„Aber meinst du nicht, dass auch beides gleichzeitig möglich ist?"

„Vielleicht bei anderen. Bei mir endet jede Beziehung in einer Katastrophe, jedenfalls was meinen Seelenfrieden betrifft und dann ist da auch nichts mehr mit Selbstverwirklichung, weil ich dann am Boden bin. Erinnere dich nur an das letzte Jahr mit Phil."

„Jana, keiner von deinen früheren Männern war der Richtige für dich. Guck weiter, aber wirf nicht das Handtuch. Und ich will dir mal was sagen: Du warst damals auch noch nicht richtig."

„Was soll das heißen?"

„Jana, du hast mehr in romantischen Vorstellungen als in der Realität gelebt. Und dann bist du jedes Mal erschrocken aufgewacht und konntest nicht glauben, wo du gelandet warst."

„Und wenn mir das wieder passiert?"

„Du hast dazugelernt. Dafür sind Erfahrungen da, vor allem die schlechten. Diese Männer waren wichtig für deine Entwicklung, denn schau dich jetzt an, du bist eine starke, tolle Frau geworden."

„Ach Juli. Aber das war so anstrengend. Und ich will es nicht riskieren, vielleicht schon wieder in ein Drama zu geraten. Es kostet jedes Mal so viel Kraft und Energie."

„Du denkst schon an ein schreckliches Ende, bevor du den ersten Schritt tust. Für mich sieht das so aus, als wenn du Schiss hast, Jana. Und dich damit zufriedenzugeben, ist unter deinem Niveau."

„Ich will aber erst einmal etwas aus mir machen. Die werden, die ich sein will."

„Und wer ist die fertige Jana?"

„Sie schreibt Bücher und sie beherrscht ihren Computer."

„Aber das tust du doch schon, jedenfalls bist du dabei, es zu lernen."

„Und sie ist schlank und sportlich, selbstbewusst und in sich ruhend."

„Aha, so perfekt bist du natürlich noch nicht. Wenn ich dich richtig verstehe: Erst wenn du diese fertige Jana bist, dann hast du ein Anrecht auf Liebe?"

„Erst wenn ich bestimmte Dinge erreicht habe, werde ich Liebe vielleicht wieder in Erwägung ziehen."

„Wie lange wird das dauern, bis du soweit bist? Bis du alt und grau bist? Oder tot? Gequirlte Scheiße, Jana. Das Leben mit seinen Chancen kann so schnell vorbei sein. Die Chancen kommen nicht immer zum passenden Zeitpunkt beziehungsweise was du für den passenden Zeitpunkt erachtest."

„Hey, wieso darfst du mich so zerpflücken aber ich dich nicht?"
Juli grinste.

„Weil ich hier Gast und deine beste Freundin bin!"

Jana nahm eine dicke, reife Erdbeere vom Obstteller und warf sie nach Juli, die sie aber mit den Händen fing und in den Mund steckte.

Sie aßen beide eine Weile schweigend.

„Jedenfalls, Jana, wenn du mal heiratest, dann komme ich, und zwar egal woher, und sei es aus Papua-Neuguinea, um bei deiner Hochzeit Reis zu werfen."

„Ich hoffe, du kommst schon vorher und wirfst Reis, und zwar in einem Kochbeutel mir an den Kopf, damit ich rechtzeitig wieder zur Besinnung komme. "

„Den möchte ich dir lieber jetzt an den Kopf werfen. Im Ernst, Jana. Es ist okay keinen Mann zu wollen, aber nicht aus Feigheit."


Jay biss in seinen letzten Apfel und genoss die fruchtig-süßen Tropfen, die aus dem Fruchtfleisch auf seine Zunge perlten. Er stand mit der Silberbüchse auf dem Studentenparkplatz schräg gegenüber von Janas Haus. Kein Schatten weit und breit. Obwohl er alle Fenster heruntergekurbelt hatte, fühlte er sich wie in einem Kochtopf. Es fehlten nur noch die Kannibalen, die darauf warteten, dass er gar würde. Als er vorhin gedankenlos den Arm aus dem Fenster hatte baumeln lassen, hatte er sich an der glühend heißen Karosserie verbrannt. Der Geruch nach verbrannter Haut hätte sie anlocken können.

Jay legte den Kopf in den Nacken und hoffte, dass ein Lüftchen seinen Weg durch das heruntergekurbelte Fenster finden würde. Aber vergebens, die Luft auf dem Parkplatz stand heiß und drückend - außerhalb wie innerhalb des Wagens.

Hatte dieser Luciano wirklich etwas mit den Morden zu tun? Was sollte er machen, wenn der Mann nun mehrere Tage oder gar Wochen nicht auftauchte? War in Janas Büro tatsächlich die falsche Frau erschossen worden und sollte eigentlich Jana getötet werden? Und wo war die Verbindung zu Gabriele Mayr alias Gigi Lamper, wer und warum hatte man sie getötet?

Jay wollte gerade auf dem Revier anrufen, um zu fragen, ob die Überprüfung Luzindas irgendetwas Neues ergeben hätte, als er Jana und Juli aus der Einfahrt des grünen Hauses radeln sah. Sie hatten Badematten und Taschen hinten auf dem Gepäckträger. Sie fuhren nach links, also wollten sie wohl zum Pullinger Weiher. Er würde ihnen einen kleinen Vorsprung geben und ihnen dann folgen.

Jay warf das Apfelgehäuse aus dem Fenster in einen Busch und rief das Freisinger Revier an. Während er darauf wartete, dass die Kollegin den Anruf entgegennahm, behielt er die Straße im Auge, die heute wegen des Sonntagsverkehrs zu den Baggerweihern und Badeseen ziemlich stark befahren war. Er sah einen dunkelroten Ford, einen blauen und einen weißen BMW, einen roten und einen blauen Golf vorbeirollen, dann folgte ein schrottreifer VW-Käfer, schließlich ein grüner Peugeot.

Endlich antwortete die Kollegin. Bei der Polizei sei Luzinda Wildgruber bisher nie aktenkundig geworden, sagte sie, nicht mal ein Knöllchen für zu schnelles Fahren habe sie erhalten. Vielleicht helfe ihm, dass sie den Namen des Professors herausgefunden habe, bei dem Luzinda ihre Diplomarbeit geschrieben habe. Das sei an der Uni Mainz im Fachgebiet Mineralogie gewesen.

Jay notierte sich Name und Nummer von Luzindas Professor auf einem Zettel, den er dann auf die Ablage warf. Er bedankte sich und ließ den Wagen an, um Jana und Juli zu folgen. Als der Wagen langsam aus der Parklücke heraus rollte, traf endlich ein Luftzug auf seine schweißfeuchte Stirn.


Luciano hatte einen Parkplatz oberhalb des Badeweihers gefunden. Von hier hatte er einen guten Überblick. Er hatte die Fensterscheibe der offenen Fahrertüre heruntergekurbelt und seine Füße lässig in die Fensteröffnung gelegt, was in dem engen Peugeot nicht einfach war. Er hasste dieses Auto, es entsprach nicht dem Bild, das er von einem passenden Auto für sich hatte. Aber Eduardo hatte ihm den neuen Wagen besorgt und genaue Anweisungen gegeben. Und nachdem ihm am Montag die Panne in dem Beratungsbüro bei diesem Pflanzengarten passiert war, tat er besser, was Eduardo anordnete, sagte sich Luciano. Aber war es seine Schuld, dass Luzinda ihm am Telefon keine ordentliche Beschreibung dieser Beratungsschlampe gegeben hatte und er die falsche Frau erschossen hatte? Aber sie hatten das in Ordnung bringen können. Jetzt saß dieser Bauernkoloss im Gefängnis.

Luciano zündete sich eine Zigarette an und beobachtete das Treiben am Weiher mit angewidertem Gesicht. Verschwitzte, gerötete Gesichter, zu kurze Hosen oder zu knappe Bikinis an schlaffen, untrainierten Körpern. Luciano empfand Verachtung für diese Alemãos. Wussten Sie nicht, dass man sich Achtung und Respekt nur verschaffte, wenn man sich anständig kleidete und sich in Form hielt? Wer sollte Respekt vor einem Mann mit nacktem, sonnenverbrannten Schmerbauch über Teddybär-Shorts haben, der in Gesundheitslatschen schwitzend zu so einem Tümpel stapfte.

Luciano machte die Hitze nichts aus, da war nicht ein Schweißtropfen auf seiner Stirn, schließlich war er in den feuchtheißen Winkeln Rios zu Hause.

Er hatte Eduardo bei einem seiner Jobs kennengelernt. Als ein Schuldner seines Auftraggebers geglaubt hatte, er könnte sich auf dem Land vor ihm verstecken, war Luciano ihm nach Ouro Perigoso gefolgt. Nachdem er dem Mann den Arm gebrochen und seiner Frau ein paar Zähne ausgeschlagen hatte, um ihnen die Dringlichkeit der Zinszahlung verständlich zu machen, hatte er in einer schummerigen Bar ein kühles Bier zur Entspannung nach getaner Arbeit getrunken. Eduardo saß aus einem ähnlichen Grund in der Bar und sie beide hatten gleich ihre Seelenverwandtschaft erkannt. Ein halbes Jahr später hatte ihn Eduardo von Hawaii aus angerufen und gesagt, er sei auf der Suche nach einem vielseitigen Talent, das mit ihm für einige Zeit Geschäfte in Europa tätige. Einen Assistenten brauche er, der aber auch Drecksarbeit erledigen würde, wenn es hart auf hart käme.

Drecksarbeit hatte er gesagt, was einen Nerv in Lucianos Wange zucken ließ, aber die angebotene Bezahlung hatte ihn seine Eitelkeiten herunterschlucken und seinen alten Arbeitgeber, den Inhaber eines Wettbüros, verlassen lassen.

Eduardo und er waren getrennt nach München gekommen und hatten dort wie verabredet mit ihren Geschäften begonnen. Luciano hatte in Eduardos Auftrag mehrmals Diamanten im Pflanzengarten versteckt und Luzinda Wildgruber hatte sie dort einige Zeit später abgeholt. Alles war gut gelaufen. Jedenfalls bis letzten Montag, als Luzinda beobachtet worden war.

Luciano zermalmte den Zigarettenstummel unter seinem Absatz im Kies. Wo waren die Diamanten, die Luzinda an dem Tag abholen sollte, die sie aber angeblich nicht mitnehmen konnte, weil sie gestört worden war? Als Luciano später in der Nacht über den Zaun geklettert war und nach dem Stoffbeutel mit dem kostbaren Inhalt gesucht hatte, war er nicht mehr dort gewesen.

Luciano lehnte sich wieder zurück und schaukelte mit dem Fuß die Wagentür hin und her. Nein, Eduardo, dachte er, du wirst von dieser Schlampe Luzinda für dumm verkauft. Nicht umsonst hatte Luciano jahrelang als Geldeintreiber gearbeitet. Hatte gelernt, die verräterischen Zeichen zu erkennen, wenn jemand log: das Zucken des Augenlides, die Farbveränderung der Haut, das leise Tremolo in der Stimme, die Veränderung des Klanges. Er hatte Luzinda zwar nie in Person gegenübergestanden - es gehörte zu Eduardos Abwicklungsprinzipien, dass man sie nie zusammen sehen durfte - aber ihre Stimme am Telefon hatte sie verraten. Luciano würde jeden Eid darauf schwören: Luzinda hatte die verschwundene Lieferung.

Nun gut, sollte Eduardo ruhig in dem Glauben bleiben, dass Jana oder einer der Gärtner die Ware in dem Beet gefunden und mitgenommen hatte. Schließlich hatte Eduardo ihn nicht für das Denken angeheuert, sondern für die Drecksarbeit. Und solange Eduardo bezahlte, würde er auch weiterhin anderen Leuten beim Baden in einem Tümpel zusehen oder sie beseitigen, je nachdem wofür er sein Geld bekäme. Aber er, Luciano, er würde sich auch von Luzinda seinen Teil holen.

# 8 Diäten und Diamanten
### *Romantikthriller*

Jana winkte dem Kommissar zum Abschied. Und auch Paul, der gerade dabei war, sein an den Zaun gelehntes Fahrrad aufzupumpen, winkte ihm. Dann stieg Jana die Eingangsstufen des grünen Hauses hinauf und trat in den Flur. Hier war es angenehm kühl nach der Schwüle draußen, besonders in München war es stickig und heiß gewesen. Der Himmel hatte sich am Nachmittag gelblich grau zugezogen, wahrscheinlich würde es später ein Gewitter geben.

Jana hatte den ersten ihrer drei freien Tage auf der Computermeile, wie die Schillerstraße in München auch genannt wurde, verbracht, um sich die neuesten Rechner- und Notebookcomputer-Modelle anzuschauen. Es gefiel ihr, sich als eine der wenigen Frauen durch diese Technikläden zu wühlen, auch wenn sie noch nicht allzu viel davon verstand. Aber das würde mit der Zeit kommen, sagte sie sich. Der Kommissar hatte sich ihr nach München angeschlossen, angeblich weil er sich einen Drucker kaufen wollte, aber sie wusste, dass er es getan hatte, um auf sie aufpassen zu können. Juli war inzwischen nach Köln weitergereist.

Im Flur saß neben seinen Trink- und Fressnäpfen der dicke, getigerte WG-Kater. Er miaute nicht, er sah Jana nur vorwurfsvoll an, denn die Näpfe waren leer.

„Ja, mein Mistvieh, hast ja recht. Ich gebe dir was."

Sie warf ihre Tasche auf den Boden neben das Telefontischchen und holte frisches Wasser und eine kleine Dose Katzenfutter aus ihrer Küche.

Nachdem sie die Näpfe gefüllt und die leere Dose in den Müll geworfen hatte, setzte sie sich auf den alten, grünen Polsterstuhl neben dem Telefontisch. Sie hob ihre Tasche auf den Schoss und kramte einen beschriebenen Notizzettel heraus.

Professor Doktor Gerhard Bömmer. Sie hatte sich die Nummer von Luzindas Professor abgeschrieben, als Jay auf der Rückfahrt von München nach Freising kurz in einem Tankstellenshop verschwunden war, um ihnen zwei eisgekühlte Dosen Cola light zu holen. Der Zettel hatte auf der verstaubten Ablage vor dem Beifahrersitz unter einem angebissenen Apfel gelegen. Ja, sie hatte ein wenig ein schlechtes Gewissen, weil sie Jay damit irgendwie hinterging, aber sie konnte eben nicht nichts tun.

Sie wählte die Nummer.

Während sie darauf wartete, dass jemand auf der anderen Seite der Leitung den Hörer abnahm, beobachtete sie den Kater, der schnurrend und schmatzend mit dem Kopf im Fressnapf hing. Sie dachte gerade an ihre eigene Mahlzeit, die sie noch vor ihrem ersten Besuch im Fitnessstudio zu sich nehmen wollte - Melone mit Schinken - als sich eine weibliche Stimme meldete. Die Stimme leierte routinemäßig eine Begrüßung herunter, von der Jana nur „Institut" und „Mineralogie" verstand.

Jana fragte nach Professor Bömmer und wurde weitergeleitet. Kurz darauf meldete sich eine gediegene Altherrenstimme und Jana stellte sich als Reporterin eines Lokalblattes vor, das einen Bericht über die Karriere seiner ehemaligen Diplomandin Luzinda Wildgruber veröffentlichen möchte.

Er zögerte. „Ich fürchte, ich kann Ihnen da wenig erzählen", meinte der Professor.

„Ich hätte nur ein paar kurze Fragen, die sich am Telefon erledigen lassen. Das dauert nur fünf Minuten."

Sie ließ ihm keine Zeit, zu protestieren.

„Sie sind doch sicher sehr stolz darauf, dass eine Ihrer Diplomandinnen so erfolgreich ist."

„Ja sicher, jeder Dozent ist stolz, wenn einer seiner Studenten oder Studentinnen hinterher einen guten Platz in der Arbeitswelt findet. Frau Wildgruber war eine äußerst entschlossene, zielstrebig arbeitende Studentin, die sich von Anfang an sehr für ihre Karriere einsetzte."

„Herr Professor. Wie ist Ihr Verhältnis normalerweise zu Studenten oder Studentinnen? Sehen Sie Ihren Lehrauftrag rein fachlich oder empfinden Sie auch so etwas wie Verantwortung für die charakterliche Entwicklung Ihrer Studentinnen? Und möchten Sie mir diesbezüglich etwas über Luzinda Wildgruber sagen?"

Jana war überrascht, als der Professor sie böse anfuhr.

„Meine Beziehungen zu den Studentinnen sind rein fachlicher Natur. Sollten Sie in Ihrem Blatt etwas anderes behaupten, werde ich Sie verklagen."

Der Hörer knallte auf und Jana hörte nur noch das Besetztzeichen.

Warum fühlte sich Professor Böhmer durch die Frage auf den Schlips getreten? Sie hatte ihn doch nur fragen wollen, wie er Luzinda als Mensch einstufte, wie ihr Verhältnis zu den Kommilitonen und Mitarbeitern war.

Jana sah sich die Telefonnummer noch einmal an. Sie wählte die Nummer noch einmal, jedoch ersetzte sie die Durchwahl der Abteilung durch eine Null. Als sich die Vermittlungsstelle meldete, bat sie, mit dem Labor, das zu Professor Bömmers Abteilung gehörte, verbunden zu werden.

„Möchten Sie Frau Kaindl, die Laborleiterin, sprechen?"

„Ja genau, das war der Name, den mir der Professor genannt hat."

Lügen fiel am Telefon wesentlich leichter, dachte Jana, während sie durchgestellt wurde.

Es dauerte eine Minute, bis sich eine freundliche, weibliche Stimme meldete, die sich als Elisabeth Kaindl vorstellte. Auch ihr gegenüber gab sich Jana als Reporterin aus, die über die Karriere der Luzinda Wildgruber schreiben wolle, diesmal für eine bekannte Frauenzeitschrift. Ob sie Luzinda persönlich kannte, wollte Jana wissen.

Die Stimme der Frau war zwei Nuancen kühler, als sie antwortete. Ja, der Name Wildgruber sei ihr ein Begriff, sie erinnere sich gut, schließlich hatte sie ihr vor vier Jahren bei den Versuchen zu ihrer Diplomarbeit zugearbeitet und assistiert, damals war sie selbst noch neu in der Abteilung gewesen.

„Und wie fanden Sie die Arbeit mit Luzinda? War damals schon für Sie abzusehen, dass Luzinda so schnell nach ihrem Studium Karriere machen und eine wichtige Stellung einnehmen würde? Schließlich ist sie jetzt als selbstständige Partnerin einer großen Minengesellschaft in einer Art Schlüsselstellung zwischen deren Produktion und allen weiterverarbeitenden Diamantenfirmen, Händlern und Schleifern."

„Ob das abzusehen war? Aber ja, das war abzusehen. Denn Luzinda überließ nie etwas dem Zufall. Und sie zog alle Register, wenn es darum ging, ihre Ziele zu erreichen."

Wieso klang das gar nicht nett aus Elisabeth Kaindls Mund?

„Hatte Luzinda ein Verhältnis mit Professor Bömmer?"

Elisabeth Kaindl schwieg, sodass Jana schon fürchtete, zu weit gegangen zu sein.

„Unter uns gesagt: Ja!", quoll es aus dem Hörer. Endlich gab es für Frau Kaindl einen Weg, es Luzinda heimzuzahlen, was auch immer. „Wieso sonst hätte er ihr den Weg zu dieser Position geebnet, die viel besser für eine erfahrenere Person geeignet gewesen wäre."

„Das wird unsere Leser interessieren."

„Wenn Sie meinen Namen erwähnen, werde ich abstreiten, etwas Derartiges gesagt zu haben. Aber es ist wahr, ich habe die Zwei sogar zusammen gesehen, als ich ..."

Jana hatte genug gehört.

„Keine Angst, Frau Kaindl, wir werden Diskretion wahren", unterbrach sie die Frau, deren Stimme sich zu einem hysterischen Crescendo gesteigert hatte. Sie bedankte sich schnell und legte auf.

Es ging Jana nicht darum, ob die Wildgruber ein Verhältnis mit ihrem Professor hatte. Das war ihre Sache. Sie wollte sich nur ein Bild von ihr machen, von ihrem Charakter, von ihren Absichten. Schließlich war die Frau in einen Mordanschlag verwickelt, der vermutlich ihr gegolten hatte.

Jana wollte beim nächsten Mal vorbereitet sein.


Sie fühlte sich gar nicht so, wie sie gedacht hatte, dass sie sich nach dem ersten Mal im Maschinenpark des Fitnessstudios, von ihr auch Folterkammer genannt, fühlen würde.

Während draußen die Luft zum Schneiden schwer war und selbst die Vögel zu träge zum Fliegen waren, war das Fitnessstudio klimatisiert gewesen. Ein freundlicher, gut aussehender Trainer hatte Jana ihr zukünftiges Übungsprogramm zusammengestellt. Sie waren gemeinsam von Maschine zu Maschine gezogen, er hatte ihr geduldig gezeigt, wie die Bewegungen korrekt auszuführen waren, dann hatte sie sie nachgemacht.

Jana wusste, sie hatte eben fast jeden Muskel ihres Körpers bewegt, und das fühlte sich erstaunlich gut an. Das sanfte Ausdauertraining im Anschluss an das Muskelformen hatte sie zusätzlich entspannt, nun freute sie sich auf ihre Dusche zu Hause. Im Fitnessstudio in einer Gemeinschaftsdusche zu duschen, entsprach einfach nicht ihrer Vorstellung von Schönheitspflege, die zelebrierte sie lieber in ihrem eigenen, vertrauten Reich.

Sie war von zwei Polizisten in einem Polizeiwagen zum Fitnessstudio gefahren worden, das hatte der Kommissar für sie arrangiert. Nach dem Training war sie von ihnen wieder nach Hause gebracht worden.

Einer der beiden Polizeibeamten war ins Haus vorgegangen, während der andere draußen mit ihr im Wagen wartete. Der Himmel über ihnen war jetzt dunkelgrau und das Grollen des herannahenden Gewitters war bereits zu hören.

„Alles in Ordnung", rief der Polizist, als er zurückkam. „Sie können reingehen."

Jana bedankte sich, nahm ihre Sporttasche und ging die Stufen zum Hauseingang hinauf. Als sie in den Flur trat und ihre Küchentür offen fand, war sie erstaunt. Neben der Spüle lagen Brettchen und Messer und es roch würzig aus dem Backofen. Aber niemand war zu sehen.

„Nicht erschrecken und bitte nicht böse sein." Sie drehte sich um, als sie Jays Stimme hinter sich hörte. Er stand da mit einem Küchenmesser in der einen und Petersilie, die er offenbar gerade im Garten geschnitten hatte, in der anderen Hand. Erst freute sie sich ihn zu sehen, dann wurden ihre Augen von Ärger überschattet.

Er versuchte, sie zu beschwichtigen.

„Ich weiß, ich bin hier einfach eingedrungen. Aber lass es mich bitte erklären."

Sie stellte ihre Tasche neben sich auf den Fußboden und verschränkte die Arme vor ihrer Brust.

„Okay, ich höre."

„Ich wollte mich revanchieren und dich zur Abwechslung mal bekochen."

Sie hob resignierend die Arme. Wie konnte sie jemand böse sein, der dastand wie ein kleiner Junge und einen Strauss Petersilie in der Hand hielt.

„Hab ich noch Zeit zu duschen?"

„Es dauert noch etwa zwanzig Minuten, bis das Essen fertig ist. Du hast also noch genügend Zeit."

Sie wollte einen Blick in den Backofen werfen. Aber er schüttelte den Kopf, als sie versuchte zum Herd zu gelangen.

„Sei nicht so neugierig. Lass dich überraschen."

## Gefüllte, gebackene Tomaten

*Zutaten pro Person*
*3 große, feste Tomaten, gewaschen*
*½ Tasse Reis (z. B. normaler Haushaltsreis)*
*150 g Spinat, gewaschen und verlesen*
*50 g würzigen Schafskäse, klein gewürfelt*
*1 Knoblauchzehen*
*½ kleine Zwiebel*
*1 TL Olivenöl*
*Salz und Pfeffer*
*Blattpetersilie*

*Zubereitung:*
*½ Tasse Reis mit 1 Tasse Wasser in einen Topf geben. Kurz aufkochen und dann simmern lassen, bis der Reis gar aber nicht zu weich ist. Von den Tomaten den grünen Stielansatz vorsichtig herausschneiden. Oberstes*

*Viertel/Drittel der Tomatenfrucht wie einen Deckel abschneiden. Tomaten aushöhlen. Spinat klein schneiden. Zwiebel schälen und hacken. Knoblauchzwiebeln schälen und fein hacken. Olivenöl in beschichteter Pfanne erhitzen, Zwiebeln darin anschwitzen, Knoblauch dazu, Spinat dazu und zusammenfallen lassen. Schafskäse dazu, umrühren und Schafskäse schmelzen lassen. Als letztes Reis hineinmischen und mit Salz und Pfeffer würzen und abschmecken. Die Tomaten mit der Reismischung füllen. Backblech mit Backpapier auslegen (oder eine Auflaufform mit Öl auspinseln), Tomaten darauf stellen. Tomatendeckel auf die Tomaten und im vorgeheizten Backofen bei ca. 175 Grad 20 Minuten backen.*

Sie versuchte, sich an ihm vorbeizudrängen, mit dem Erfolg, dass sie so nah bei ihm stand, dass sie seine Wärme durch ihre Kleidung spürte. Und er wich keinen Millimeter zur Seite, sondern sah sie erwartungsvoll aus dunklen Augen an.

Sie war durch den Sport entspannt, fühlte sich durch die Schwüle träge und lasziv, weich und empfänglich. Am liebsten hätte sie sich gegen ihn fallen lassen, sie sah in seinen Augen, dass er nur darauf wartete. *Ich werde da sein*, hatte er im Biergarten gesagt.

Sie seufzte, hob ihre Tasche vom Boden auf und ging ins Schlafzimmer.

Fünf Minuten später stand sie unter der Dusche und genoss das warme Rieseln des Wassers über ihren Körper. Sie konnte nicht anders, als sich vorzustellen, wie Jays Hände über ihren glitschig eingeseiften Körper und in jeden Winkel glitten. Oh Gott, warum kann ich meine Fantasie nicht abstellen?

Vielleicht sollte sie wirklich einfach mit ihm ins Bett gehen. Es hinter sich bringen und dann könnte jeder wieder seiner Wege gehen, statt sich wegen ein paar Hormonwallungen nach einander zu verzehren.

Als Jana wenig später mit noch feuchten, gekämmten Haaren und nach ihrer Lieblingslotion duftend zurück in die Küche kam, hackte Jay gerade die Petersilie. Er drehte sich zu ihr und hätte beinahe das Messer fallen lassen. Ihre Haut war vom Duschen weich und noch zart gerötet, und es war offensichtlich, dass sie außer Haut unter dem hauchdünnen, perlmuttfarbenen Kleid nichts trug. Es fiel ihm schwer, den Blick von den Brüsten, die sich gegen den Stoff drückten, abzuwenden. Sie blieb stehen und wartete.

„Wie wäre es jetzt, Jay?"

Er blickte in ihre Augen, die jetzt fast schwarz waren, und legte das Messer weg. Er schaltete den Ofen aus und folgte ihr in das Schlafzimmer.

Draußen vor dem Fenster stand die Welt inzwischen unter einem schwarzen Himmel still, jeden Moment würde das Gewitter losbrechen.

Jana fühlte Jay hinter sich und drehte sich um. Er stand ganz nah bei ihr, nur wenige Zentimeter trennten sie. Er sah sie an und wartete, sie sollte den entscheidenden, letzten Schritt tun.

Sie streckte vorsichtig die Hand nach ihm aus und berührte sein Gesicht mit den Fingerspitzen. Sie fuhr über die Konturen seines Kinns, fühlte die Rauheit und die Kanten. Er nahm die Hand und legte sie flach an seine Wange. Die kratzige Wärme, als er sein Gesicht an der Innenfläche rieb, spürte sie an ihrem ganzen Körper. Er zog die Hand an seine Lippen und küsste die Wölbung der Handfläche, dann begann er langsam an der Innenseite des Handgelenkes entlang zu knabbern, ihren Arm hinauf. Er beobachtete sie, während er das tat, sah, wie ihre Lippen sich erwartungsvoll öffneten, wenn er mit der Zunge über ihre Haut leckte.

Er zog sie zu sich und verschloss ihren Mund mit dem seinen. Während sie in dem Kuss versanken, wanderten ihre Hände unter sein T-Shirt und strichen über seinen bloßen Rücken. Als er ihren Mund wieder freigab, sah er ihren verschleierten Blick und er lächelte. Er schob ihr dünnes Kleid langsam nach oben den Oberschenkel hinauf, ohne den Blick von ihrem Gesicht zu lösen. Als er ihre nackte Hüfte liebkoste, vibrierte ihr Körper unter seinen Händen.

„Lass uns ins Bett gehen", sagte Jana. Mein Gott, war das wirklich ihre Stimme, die da so kehlig gurrte?

Als wenig später der erste Donner krachte, lagen sie nackt ineinander verschlungen im Bett. Längst waren da keine Vorbehalte mehr oder Überlegungen, nur noch Seufzer und Begehren. Verlangen nach mehr ... mehr ... mehr und dass es niemals aufhörte.


Eduardo lag auf der dezent gemusterten Tagesdecke auf dem Hotelbett seiner Suite im Sheraton und zappte sich mit der Fernbedienung durch die Fernsehprogramme.

Morgen war sein großer Tag, er konnte es kaum erwarten. Er würde Jana besuchen und dann würde *er* entscheiden, was mit ihr geschehen würde. Er war jetzt ein Mann, der über Leben und Tod von anderen entschied. Ihn durchlief ein wohliger Schauer bei dem Gedanken.

Seit er die Diamanten auf der Kaffeeplantage seines Onkels gefunden hatte, war sein armes Leben als Farmarbeiter vorbei. Fast. Denn zuerst hatte er die Steine zu Geld machen müssen, und zwar ohne dass jemand Verdacht schöpfte.

Eduardo hatte die Farmarbeit auf der Kaffeeplantage gehasst. Der Staub bei der Bodenbearbeitung, das schweißtreibende Pflanzen, das endlose Beschneiden der Kaffeebäume und die mühselige Ernte. Dazu kam seine Angst vor giftigen Insekten und anderen Tieren, seit ihn in seiner Kindheit eine Wildbiene in den Mund gestochen hatte und er beinahe daran erstickt war.

Aber im Grunde war es nicht die Plantagenarbeit, die Eduardo hasste, sondern körperliche Arbeit an sich war ihm lästig. Genauso lästig, wie ihm vorher die Schule gewesen war. Er hatte sich nie zu mehr Engagement aufraffen können, als sich gerade mal so durchzubringen. Er hatte immer auf eine Abkürzung zum Erfolg gewartet.

Und endlich war sie gekommen, seine Gelegenheit. Es war im letzten September gewesen, gerade nachdem die Kaffee-Ernte abgeschlossen war. Er war mit seinem Onkel durch die Plantage gegangen, sie hatten die nicht mehr ertragskräftigen Bäume markiert, die gefällt und ersetzt werden sollten. Sie durchquerten gerade eine kleine Restwaldfläche, um von einem Feld zum anderen zu gelangen, als er über etwas fiel, über etwas, was er ohne genaueres Hinschauen für eine Wurzel hielt. Er hatte sich im Fallen mit der Hand aufgestützt, und ein kleiner Stein hatte sich in seine Handfläche gebohrt und war dort festgeklebt. Er wollte ihn gerade abstreifen, als sein Blick daran hängen blieb.

Er sah gleich, was es war, denn er hatte schon öfter die mineralogische Ausstellung im Nachbarort besucht, er kannte einen Rohdiamanten, wenn er einen sah. Schnell steckte er den Stein in die Tasche und präge sich die Stelle ein. Sein Onkels bemerkte nichts davon, er war inzwischen schon ein paar Meter weitergegangen.

Später war Eduardo zurückgegangen, hatte etwas gegraben und fast sofort das Skelett eines Menschen und viele, verschieden geformte Rohdiamanten verschiedener Größen gefunden. Die Knochen hatte er wieder vergraben, die Steine hatte er mitgenommen.

Zu Hause in seinem kargen Zimmer angekommen, betrachtete er seinen Fund genauer. Es war unglaublich. Mehrere der Diamanten hatten fast Taubenei-Größe, die anderen waren kleiner, aber es waren Stücke von phantastischer Reinheit dabei. Es war ein unvorstellbares Vermögen, was da auf dem schmuddeligen Laken seiner Bettstatt lag.

Er wusste bald, von welchem Diamantenraub diese Steine stammten. Die großen Diamanten waren beschrieben worden und hatten Einzug in die brasilianischen Geschichtsbücher gefunden, nachdem sie 1782 bei einem Überfall hier in der Nähe gestohlen worden waren. Einer seiner Vorfahren, der denselben Namen trug wie er, war am gleichen Tag von den Häschern der Minengesellschaft erschossen worden, doch hatten sie ihm die Beteiligung an dem Raub nie nachweisen können. Die Diamanten waren über 200 Jahre verschwunden geblieben.

Eduardo hatte niemandem von seinem Fund erzählt. Es wäre ihm nie in den Sinn gekommen, zu teilen. Noch weniger, den Fund zu melden und sich mit einem Finderlohn zufriedenzugeben.

Er hatte sich kleine Stoffsäckchen besorgt, um die Diamanten darin aufzubewahren. Drei Tage später hatte er seinen alten Koffer gepackt und war in der Nacht verschwunden. Mit seinen wenigen Ersparnissen hatte er sich nach Hawaii abgesetzt. Dort wollte er die Rohdiamanten zu Geld machen.

Er hatte es sich leichter vorgestellt, als es war. Er hatte in Hawaii arbeiten müssen, um in der Zwischenzeit seinen Lebensunterhalt decken zu können. Es war fast die gleiche verhasste Arbeit wie bei seinem Onkel: Bäume und Sträucher schneiden, nur dass es in Hawaii wenigstens so gut wie keine giftigen Insekten oder Schlangen gab.

Er war in Honolulu durch die einschlägigen Bars gezogen und hatte versucht, die richtigen Kontakte zu knüpfen. Erst nach mehreren Wochen hatte er einen Schmuggler kennengelernt, der von einer deutschen Diamantenhändlerin wusste, die eine Handelserlaubnis für die Londoner Diamantenbörse hatte und die angeblich nicht fragte, woher die Ware stammte, solange sie ein gutes Geschäft für sich witterte.

Kurz darauf hatte Jana in der gleichen Anlage wie er angefangen, als Gärtnerin zu arbeiten, und hatte von zu Hause und von ihrer Arbeit erzählt. Und bald war in ihm die Idee gereift, den Lehrgarten wegen der Nähe zu München und zum Münchner Flughafen als Übergabeplatz zu nutzen. Dort würden sie die Besitzerwechsel unauffällig durchführen können, Lieferant und Abholer würden nie zur gleichen Zeit am gleichen Ort sein müssen.

Er hatte sogar noch eine Sicherheitsstufe eingebaut. Nicht er selbst würde die Diamanten übergeben, dafür würde er jemanden anheuern. Jemanden, den er auch für andere Aufgaben einsetzen konnte, die ihm zu gefährlich oder zu schmutzig waren. Er wusste, wer der beste Mann für diesen Job war, ein Mann ohne jegliches Gewissen: Luciano.

Eduardo war stolz auf sich und seinen Plan gewesen. Es schien ihm alles gut durchdacht. Er hatte nicht damit gerechnet, dass ausgerechnet Jana seine Geschäfte gefährden könnte. Aber das würde er zu verhindern wissen.

Eduardo konnte gar nicht erwarten, dass die Nacht vorüber war und er seine Macht über Leben und Tod demonstrieren konnte.

# 9 Diäten und Diamanten
## *Romantikthriller*

Dienstag. Jana saß am Küchentisch und bereitete sich ihr Frühstücksmüsli aus frischen Roten Johannisbeeren, Schmelzflocken, Milch und ein paar Tropfen Honig. Sie war allein, Jay war noch in der Nacht weggefahren. Alles, was von ihm geblieben war, waren zwei übriggebliebene, zusammengesunkene Tomaten auf dem verkrusteten Backblech, ein leeres Glas Wein neben dem Bett und ein paar gebrauchte Kondome im Mülleimer.

So war es am besten, dachte sie jetzt, obwohl es sie zuerst verletzt hatte, dass er sich in der Nacht davongeschlichen hatte. Aber schließlich war sie diejenige gewesen, die gesagt hatte, dass sie keine Beziehung wollte.

Sie hatte so getan, als schliefe sie, als er sie sanft beiseiteschob und sich aus dem Knäuel ihrer beider Arme, Beine und Körper wand. Er war vorsichtig aus dem Bett geschlüpft und sie hatte ihm durch halb geschlossene Lider zugeschaut, wie er seine verstreuten Kleidungsstücke zusammensuchte und sich anzog. Dabei versuchte sie, gleichmäßig und langsam zu atmen - er sollte nicht merken, dass sie wach war, sie wollte ihn nicht zu Ausreden nötigen.

Sie hatten vergessen, die Vorhänge zuzuziehen, sodass sich das Mondlicht, das durch die alten verstrebten Fenster hereinschien, auf seinem nackten Körper spiegelte. Wie stark und männlich und gleichzeitig wie verletzlich er gewirkt hatte.

Jana seufzte, als sie sich an ihrer beider Leidenschaft erinnerte, sie spürte wieder seinen Körper an dem ihren, seine Haut auf ihrer Haut. Wenn sie gedacht hatte, eine gemeinsame Nacht würde den Hunger stillen, dann hatte sie sich wohl getäuscht.

Trotzdem, es musste bei dieser einen Nacht bleiben. Es war gut, dass er weg war, dass er in der Nacht geflüchtet war. So konnte sie gleich nach einem schnellen Frühstück an ihrem Buch arbeiten. Gut. Niemand würde sie aufhalten oder stören, das zu tun, was sie wollte.

Jana war im Begriff, sich eine zweite Schüssel Müsli zuzubereiten und füllte Johannisbeeren und Haferflocken in ihre Schüssel, als ihr bewusst wurde, was sie da tat. Nein, ärgerte sie sich, sie würde sich nicht mit Essen trösten, für was auch immer.

Wieso fühlt man sich erst alleine, wenn man verlassen wurde? Vorher war es ihr doch gut gegangen und sie hatte ihr Leben als ausgefüllt empfunden.

Nun war da plötzlich ein Loch. Nur weil ein Mann heute Nacht hier war und jetzt fort?

Wahrscheinlich war sie doch schon längst nicht mehr beziehungsfähig. Mit jedem fehlgeschlagenen Versuch war ihr Herz ein Stück verschlossener und sie ein wenig selbstbezogener geworden. Selbstbezogen und egozentrisch, ja das war sie. Wer, wenn nicht sie selbst, hätte sich auch um sie kümmern, sie beschützen sollen. Jetzt brauchte sie niemanden mehr, jetzt war sie sich selbst genug.

Ja, es war gut, dass er in der Nacht gegangen war.

Jay war noch wütend, als die letzte schwere Eisentür der Justizvollzugsanstalt hinter ihm zufiel. Sein Gespräch mit dem Staatsanwalt im Anschluss an das erneute Verhör mit Jordan hatte nichts gebracht. Er hatte Jordan dort lassen müssen, in diesem grauen Gebäude mit den dick vergitterten, winzigen Fenstern, in neun dämmerigen Quadratmetern, dreiundzwanzig Stunden am Tag isoliert von anderen Menschen. Und das obwohl keine ausreichenden Beweise gegen ihn vorlagen, denn auf der Waffe waren keine Fingerabdrücke gefunden worden.

Jordan war auf jeden Fall unschuldig, das hatte ihm auch dieses Verhör wieder gezeigt. Der Mann war niedergeschmettert, die Frau tot, die Geliebte tot. Zumindest über den Verlust der Geliebten schien er kaum hinwegzukommen. Beide Frauen waren jedoch mit der gleichen Waffe getötet worden. Es konnte nicht Jordan gewesen sein, warum wollte der Staatsanwalt das, verdammt noch mal, nicht sehen? Er hatte ihn und seine Argumente einfach weggewischt, als wäre er ein kleiner Schuljunge. Die Fotos von der Wildgruber im Pflanzengarten und dem Brasilianer in der Nähe bewiesen rein gar nichts, hatte er gesagt.

Jay ging zu seinem Wagen, den er auf dem zum Gefängnis gehörenden Parkplatz abgestellt hatte. Der Tag war sonnig, aber ohne die bleierne Schwere des Vortages - nur einige Zirruswölkchen trieben über den Himmel. Die Luft war durch das Gewitter gestern Nacht wunderbar klar, sogar hier in der Stadt.

Er nahm den Schlüssel aus der Tasche und sperrte seinen Wagen auf. Er musste sich beeilen, wenn er noch rechtzeitig zur Besprechung mit den Kollegen ins Kommissariat in Erding kommen wollte. Später im Laufe des Tages würde er dann Jana anrufen. Später.

Jay stieg gerade in sein Auto, als er die junge Polizistin sah, die von einem Gebäude in das andere wechselte. Sie trug ihre langen, blonden Haare in einem Zopf, der hinten über ihr senfgelbes Uniformhemd fiel. Die enganliegende Uniform betonte ihre biegsame, schlanke Figur. Ihr Lächeln, als sie einen Kollegen grüßte, der in die andere Richtung unterwegs war, offenbarte ein paar kesse Grübchen auf ihren frischen Wangen.

Wie Sonja. Und wieder musste er an den Traum denken und daran wie er schweißgebadet in Janas Bett aufgewacht war und sein Herz gerast hatte. Und es hatte nicht aufgehört. Er hatte sich bewegen müssen und er hatte frische Luft gebraucht, um es zu ertragen. Vorsichtig war er aus dem Bett gestiegen. Er war nach Hause gefahren, er benötigte seinen Raum, musste mit sich und seinen Gedanken alleine sein.

Es war nicht das erste Mal seit damals, dass er mit einer Frau geschlafen hatte. Nein, es waren viele gewesen, noch nicht im ersten Jahr, aber in den Jahren danach. Er tat sich leicht, Frauen zu finden, das heißt, meistens fanden sie ihn. Noch nie hatte er deshalb ein schlechtes Gewissen gegenüber Sonja gehabt. Die Frauen und er hatten Spaß zusammen, er mochte Frauen, sie konnten seinen Körper haben, aber an sein Inneres hatte er keine mehr gelassen. Doch dieses Mal war es anders gewesen. Und das hatte ihn in Panik versetzt.

Jay ließ den Wagen an und rollte aus dem Parkplatz. Er musste Jana anrufen. Aber was sollte er ihr sagen?


Eduardo setzte ganz vorsichtig einen Fuß vor den anderen, als er die Einfahrt zum grünen Haus hinaufging. Schotter und Kies waren hier im Schatten des Hauses nach dem gestrigen Gewitter noch nicht ganz abgetrocknet und er wollte sich nicht seine fein gearbeiteten, schwarz glänzenden Kalbslederschuhe versauen.

Als er die Eingangsstufen hinaufstieg, sah er nicht die Idylle des lauschigen Gartens und die Romantik eines alten Hauses. Er sah nur den abbröckelnden Putz, den kleinen Wellblechschuppen am Zaun unter Efeubewuchs, die Risse in der Hausmauer. Es war als kröche ihm eine eklige Spinne den Nacken hinauf. Er hatte bis vor nicht allzu langer Zeit in ganz ähnlichen Wohnverhältnissen gelebt. Aber inzwischen würde er sich nicht mehr mit weniger als mit Luxus zufriedengeben.

Als Eduardo die Hand hob, um an die Eingangstür zu klopfen, sah er den Zettel „Bin gleich zurück. Die Tür ist offen. Mach es dir solange bequem."

Er öffnete die Eingangstür und ging in den Flur. Er schaute sich um. Auf den alten, grünen Sessel vor dem Telefontischchen mit Blick auf einen verklebten Katzennapf würde er sich bestimmt nicht setzen, also versuchte er die Türklinke zu Janas Wohnung und, als sie nachgab, betrat er ihre Küche.

Er klimperte mit dem breitgliedrigen Goldkettchen an seinem Handgelenk, während er sich umschaute. Der fette Kater, der ihn letztens gekratzt hatte, saß draußen vor dem Fenster und schien ihn zu beobachten.

Da Jana jeden Augenblick zurückkommen könnte, verzichtete er darauf, ihre Schubladen zu durchwühlen, sondern setzte sich an den Küchentisch. Er blickte an dem Kater vorbei aus dem Fenster in den etwas verwilderten Garten. Wie erbärmlich. Er dagegen würde demnächst ein Haus hoch über Rio mit Blick über seinen eigenen Swimmingpool und die Baía de Guanabara sein Eigen nennen. Noch drei Lieferungen, dann hätte es soweit sein sollen, dann wollten sie nach Brasilien zurück. Doch nun fehlte eine der Lieferungen, immerhin ein Wert von etwa 200.000 US-Dollar.

War es nur ein dummer Zufall gewesen, dass Jana letzten Montag Luzinda beim Abholen der Steine gesehen und fotografiert hatte? Luzinda hatte sich danach versteckt und beobachtet, wie die Frau mit dem Rucksack und der Fototasche in das Büro am Parkplatz ging. Sie hatte mit ihrem Handy Luciano angerufen und gesagt, er müsse etwas unternehmen. Er kam sofort und tat, was zu tun war.

Eduardo hatte eine ganz neue Art der Erregung verspürt, als Luciano ihm wenig später über den Vorfall Bericht erstattete. Schon vorher hatte es ihm gefallen, jemanden zu haben, der für ihn alles tat, wie eine Marionette, aber nun, da Luciano für ihn getötet hatte, war er berauscht von seiner eigenen Macht.

Es war nur eine kleine Ernüchterung gewesen, als sie feststellen mussten, dass Luciano die falsche Frau erschossen hatte. Aber das hatte der inzwischen dahin gehend korrigiert, dass der Verdacht durch einen zweiten Mord auf einen Außenstehenden gefallen war. In seinem Auftrag. Es war seine brillanter Plan gewesen.

Doch immer noch war Jana eine Gefahr für seine Geschäfte. Luzinda setzte ihn mächtig unter Druck, sie würde nicht weitermachen, solange Jana sie identifizieren könne. Dazu kam, dass die Lieferung vom letzten Montag verschwunden war.

Als Jana die Tür aufriss und in die Küche stürmte, zeigte Eduardos Gesicht ein Lächeln, aber seine Hand tastete nach dem Messer, das er in der Innentasche seines Jacketts trug.

„Schön, dass du da bist", begrüßte ihn Jana in Englisch. Auf den Händen balancierte sie einen Kuchen, eingepackt in weißes Papier. „Ich habe uns noch schnell etwas Kuchen zum Kaffee geholt. Zum Backen bin ich nicht gekommen."

Jana stellte den Kuchen auf die Ablage neben der Spüle. „Hattest du Schwierigkeiten, herzufinden?", fragte sie Eduardo.

„Nein, überhaupt nicht", antwortete Eduardo. Schließlich war er ja nicht zum ersten Mal hier, aber das sagte er ihr nicht.

Sie fand die Luft in der Küche stickig und ging zum Fenster, um die von Eduardo abgewandte Seite des zweiflügeligen Küchenfensters ein wenig zu öffnen und frische Luft herein zu lassen. Der Kater draußen auf der Fensterbank fühlte sich belästigt, er fauchte und sprang in den Garten.

„Wie gefällt es dir in Deutschland? Was genau machst du hier?"

Während sie ihm Fragen stellte, wirbelte Jana gleichzeitig mit Tellern und Tassen zum Tisch, stellte die Kaffeemaschine an und füllte den Kuchen, rotglänzenden Erdbeerkuchen und gefüllte Hefeteilchen, auf einen Teller.

Eduardo stand langsam vom Tisch auf, während er ihre Fragen mehr oder weniger ausweichend beantwortete. Jana schenkte ihm jeweils ein freundliches Lächeln, wenn sie an ihm vorbeikam.

Warum blieb er nicht sitzen, warum kam er so nah an sie heran? Als Gärtner in Hawaii, sie beide in eine internationale Gruppe aus Wellenreitern, Weltreisenden, Aussteigern und Lebenshungrigen eingebunden, da hatte sie sich gut mit ihm gefühlt. Heute alleine mit ihm in ihrer Küche war ihr unbehaglich zumute.

„Setz dich doch schon mal an den Tisch. Ich schenk dir gleich Kaffee ein, Eduardo."

Widerwillig ging Eduardo zum Tisch zurück. Wie ging er am besten vor, um von Jana zu erfahren, was er wissen musste.

Auf halbem Wege drehte er sich wieder zu ihr um. „Wie ist es dir denn so ergangen, Jana, seit du aus Hawaii zurück bist? Arbeitest du wieder? Ist alles noch so, wie es vor deinem Hawaii-Aufenthalt war?"

Mit der dampfenden Kaffeekanne vor sich drängte sie ihn zum Tisch zurück. Endlich setzte er sich.

„Nein, wie immer war es nicht, jedenfalls nicht die letzte Woche. Absolut nicht. Es war ganz schrecklich. Stell dir vor, in meinem Büro ist eine Frau ermordet worden."

Jana schenkte ihm Kaffee ein, dann sich selbst.

„Oh. Und weiß man, warum?"

Sie schob das Milchkännchen zu ihm hinüber.

„Der Staatsanwalt glaubt, es war der Mann der Toten, der auf die Lebensversicherung scharf war. Aber ich glaube das nicht."

Eine Wespe flog durch das geöffnete Küchenfenster herein. Eduardo sprang in Panik aus der Eckbank und wedelte wie wild geworden mit den Armen.

„Uma vespa."

„Keine Angst, die tut nichts, wenn man sie nicht erschreckt."

Aber er war erst beruhigt, als Jana die Wespe mit einer alten Zeitung zum Fenster hinausgescheucht und das Fenster geschlossen hatte.

„Ich bin allergisch gegen Insektenstiche", versuchte er seine Würde wiederzufinden und setzte sich zurück an den Tisch.

„Ist ja nichts passiert."

Er nahm ein Stück Zucker für den Kaffee. „Jana, du wolltest mir gerade von dem Mord in deinem Büro erzählen. Hast du den Mörder gesehen?"

„Nein, nur seine Hände. Er hatte schwarze Handschuhe an. Ich stand hinter der Tür, er hat mich nicht bemerkt. Zum Glück, sonst wäre ich jetzt wohl auch tot, meint der Kommissar."

„Und was glaubst du, wieso die Frau ermordet wurde?"

„Ich weiß es nicht, aber an dem Tag waren vorher ein paar merkwürdige Dinge passiert. Das heißt, merkwürdig erschienen sie mir erst hinterher. Erst erwischte ich eine Frau beim Pflanzenklauen, jedenfalls dachte ich das zu dem Zeitpunkt."

„Würdest du die Frau wiedererkennen?", unterbrach er sie.

„Ja, ich hab sie ja genau gesehen, als sie sich zu mir umdrehte." Jana sah nicht, wie kalt Eduardos Blick geworden war, sie war zu sehr mit ihrer Rolle als Gastgeberin beschäftigt. „Ich hab sogar ein Foto von ihr, aber leider ist das Gesicht teilweise durch Blätter verdeckt, denn sie stand hinter einem Strauch. Nicht mal der Fotospezialist der Polizei konnte etwas auf dem Bild herausholen. Welchen Kuchen möchtest du?"

Er zeigte auf den Erdbeerkuchen.

„Mit dem Foto könnte man sie also nicht überführen?"

„Ich glaube nicht. Aber ich kann sie ja identifizieren."

Jana nahm sich auch ein Stück Erdbeerkuchen.

Eduardo stocherte mit der Gabel in seiner linken Hand wie geistesabwesend in seinem Erdbeerkuchen, mit der rechten griff er wieder nach dem Messer in der Innentasche seines Jacketts.

„Ach, entschuldige, Eduardo. Ich habe die Sahne vergessen."

Jana stand auf, um zum Kühlschrank zu gehen. Als sie ihm den Rücken zuwandte, stand auch Eduardo auf und folgte ihr.

Als unerwartet hinter ihr der Boden knarrte, drehte sich Jana überrascht um. Sie erschrak und stolperte zurück, weil Eduardo so dicht bei ihr stand. Sie verstand nicht, dass seine Augen böse und entschlossen auf sie herabschauten. Sie hörte ein Schnappen, das aus seinem Jackett zu kommen schien, wo sich auch seine rechte Hand befand.

In diesem Moment klopfte es laut an der Tür und schon fast in der gleichen Sekunde wurde die Tür aufgerissen und Jay stand da, sein Gesicht von der Eile erhitzt, seine Haare standen ihm zu Berge. Jana nutzte den Moment und trat einen Schritt von Eduardo weg.

Jay blickte irritiert von einem zum anderen.

„Stör ich?"

„Nein. Nein", stotterte Jana erleichtert. „Trink doch mit uns Kaffee."

Sie wies auf Eduardo.

„Das ist Eduardo, ein Bekannter aus Hawaii. Wir haben dort beide als Gärtner gejobbt."

Eduardo klappte leise das Messer unter dem Jackett zu. Er würde auf eine neue Gelegenheit warten müssen.

Jay nickte Eduardo zu. Das Gesicht kam ihm irgendwie bekannt vor. Was wollte dieser geschniegelte Typ von Jana?

„Jana, ich muss mit dir reden."

Die Art wie Jay sie anblickte und ihren Arm berührte, ließen die Bilder und Empfindungen der letzten Nacht auf sie einstürzen.

„Ich wollte sowieso gerade gehen", warf Eduardo ein, aber sie beachteten ihn nicht.

Als die Tür hinter Eduardo zugefallen war, nahm Jay ihre Hände.

„Jana, ich wollte dich anrufen, aber ich fand es dann nicht passend, das am Telefon zu besprechen."

Sie konnte sich denken, was jetzt kam. Dass er keine Beziehung wollte. Dass er deshalb lieber gleich in der Nacht gegangen war ... bla bla bla.

„Jay, du musst mir nichts erklären. Ich war froh, dass du heute Morgen nicht mehr da warst." Sie entzog ihm ihre Hände und drehte sich weg.

Jay packte Jana an den Schultern und drehte sie zu sich zurück. Aber ihr Entschluss stand fest.

„Jay, die Nacht war schön. Aber das war gestern und heute ist heute. Lass es uns nicht mit Worten aufblähen."

Er sah sie an und wusste nicht, ob er glauben sollte, was er da hörte.

„Hätte ich denn sonst heute schon wieder Herrenbesuch gehabt?"
Es war nur eine Andeutung, keine Lüge, sagte sie sich. Er sollte sie in
Ruhe lassen. Wozu noch viele Worte, sein Gehen hatte doch schon
alles gesagt.

„Das war also ein „Herrenbesuch"?" Jay schaute Jana ungläubig an.
Sie hielt seinem Blick schweigend stand, während er vergebens nach
Worten rang. „Verdammt, wer war dieser gel-glitschige Schönling?
Und warum hast du vorher nie etwas von ihm erzählt?"

„Das war Eduardo. Wie ich schon sagte, wir kennen uns von
Hawaii. Er ist seit Sonntag in Deutschland. Ich bin nur nicht dazu
gekommen, es dir ..."

„Nicht dazu gekommen? Was war mit gestern Abend, da hättest du
ja mal einen Satz sagen können."

Aber plötzlich hatte er ein Bild vor Augen: von einem
dunkelhaarigen, schmierigen Typ in einem schwarzen Diskofox-
Anzug, wie er in einer Bruckinger Gaststube am Tag der Beerdigung
saß.

„Was sagtest du, Jana? Dieser Eduardo sei erst seit Sonntag in
Deutschland? Hat er das gesagt?"

„Ja. Juli und ich haben ihn am Sonntagmorgen am Flughafen
getroffen. Da war er gerade angekommen."

Jay ließ die Arme sinken.

„Das stimmt nicht. Ich habe ihn am Samstagmorgen in Brucking im
Wirtshaus gesehen. Das war während der Beerdigung von Angelika
Jordan."

Mit den letzten Worten rannte Jay bereits zur Küchentür hinaus.
Doch als er draußen auf der Straße ankam, war von Eduardo weit und
breit nichts mehr zu sehen.


Als Eduardo und Jay beide fort waren, versuchte Jana zu verstehen,
was hier eben eigentlich vor sich gegangen war. Eduardo hatte sie
angelogen, was seine Ankunft in Deutschland betraf, denn er war am
Tag der Beerdigung von Angelika Jordan in Brucking gewesen. Er
hatte sie ausgefragt, wahrscheinlich um festzustellen, was sie wusste.
Warum würde er so etwas tun, wenn er nichts mit den Morden zu tun
hatte?

Jana erinnerte sich an seinen bösen Gesichtsausdruck und an das
Klicken unter seinem Jackett. War das eine Waffe gewesen? Hatte er
sie ausgehorcht und dann beschlossen, ihr etwas anzutun?

Plötzlich war ihr klar, in welcher Gefahr sie sich befunden hatte
und wie dumm sie war, als sie seine Fragen so ahnungslos

beantwortete. Ihre Knie wurden weich wie billiger Kaugummi und sie musste sich setzen.

Das Telefon klingelte. Sie zögerte, dann ging sie in den Flur und nahm ab.

„Reissig."

„Jana, hier ist Jay. Alles okay bei dir?"

Sie war froh seine Stimme zu hören, froh mit jemandem reden zu können.

„Ja, Jay. Alles okay. Und bei dir?"

„Ich habe diesen Eduardo nicht mehr erwischt."

„Jay, ich glaube, er wollte mich umbringen."

„Du solltest deine Herrenbesuche wohl in Zukunft etwas sorgfältiger auswählen."

Sie versuchte die aufsteigenden Tränen wegzublinken, aber es gelang ihr nicht. Sie schwieg.

„Tut mir leid, Jana, das war gemein. Schließlich geht es mich ja nichts an, du hast mir ja nicht ewige Treue geschworen."

Sie schluckte.

„Ich hatte nichts mit ihm. Er war einfach ein Bekannter, den ich in Hawaii kennengelernt hatte. Als ich ihn am Flughafen traf, wollte ich nett sein und habe ihn zum Kaffee eingeladen. Ich dachte ja, er sei völlig harmlos. Ein Gärtner aus Hawaii!"

„Und was genau passierte dann, als er da war?"

„Er hat mich ausgehorcht. Als ich zum Kühlschrank ging, stand er plötzlich hinter mir. Er hatte etwas unter seinem Jackett, es klickte. Das war eine Sekunde, bevor du zur Türe hereinkamst."

„Wahrscheinlich eine Waffe. Ich fahre jetzt nach Erding ins Kommissariat und schau, ob ich über Interpol etwas über ihn herausfinde. Weißt du seinen Nachnamen oder wo er herkommt?"

„Nein, ich kenne ihn nur als Eduardo, den Gärtner."

„Weißt du sonst noch irgendetwas über ihn, was mir vielleicht helfen könnte?"

„Er ist Allergiker, sagt er. Als vorhin eine Wespe hereingeflogen kam, ist er total in Panik geraten. ‚Uma vespa' hat er geschrien."

„Das ist spanisch oder portugiesisch."

„Ja, kann sein."

„Ruf mich sofort im Kommissariat an, falls dir noch etwas einfällt, irgendetwas, das Eduardo in Hawaii über seine Vergangenheit gesagt hat. Und sperr unbedingt deine Tür ab."

Jana legte auf. Sie schloss die Haustür ab und ging in ihre Wohnung zurück, das Telefon nahm sie mit. Sie suchte in ihrem Notizbuch nach der Telefonnummer der kleinen Ferienhaus-Anlage auf Oahu, der Hauptinsel von Hawaii, wo sowohl Eduardo als auch sie vor ein paar Monaten gejobbt hatten. Als sie sie gefunden hatte, wählte sie die Nummer. Eine verschlafene Stimme meldete sich auf Amerikanisch. Es war Nancy, die Eigentümerin der Anlage, die am anderen Ende fragte, wer, verdammt noch mal, sie mitten in der Nacht wach klingele. Oh Mist, dachte Jana, sie hatte nicht an den Zeitunterschied gedacht.

Jana entschuldigte sich und erklärte ihr die Situation. Nancy war sofort hellwach, als sie hörte, was passiert war, aber sie wusste auch nichts über Eduardo. Er hatte nur ein paar Monate bei ihr gearbeitet und sich den Lohn wochenweise bar auszahlen lassen. Einen Ausweis hatte sich Nancy nie vorlegen lassen. Sie versprach zurückzurufen, wenn sie noch etwas in Erfahrung brächte.

Jana fielen ihre Urlaubsdias ein, vielleicht war Eduardo auf einem der Bilder zufällig mit drauf, und sie baute den Diaprojektor auf einem Klappstuhl im blauen Zimmer auf. Sie warf ihre Reisedias von Hawaii auf ein freies Stück weiße Wand und tauchte ein in ihre Reiseerinnerungen. Sie sah die Ritte der Wellenreiter in den Röhren von Pipeline Beach, die weißgelben Sternblüten der Plumeriabäume in ihrer Ferienhausanlage, die violetten Kaskaden der verwilderten Bougainvillea in den Hügeln hinter der Anlage, die tiefeingeschnittenen Hänge der Nuuanu Pali Gebirgskette im südlichen Teil der Insel. Dann endlich Aufnahmen von Freunden und Bekannten, die sie in Hawaii gefunden hatte. Eduardo konnte sie zuerst auf keinem der Bilder entdecken. Erst auf dem Gruppenbild bei ihrem kleinen Abschiedsessen meinte sie, ihn auszumachen: Der Mann, der sich gerade unter den Tisch bückte, das könnte Eduardo sein, sie meinte, sich an das T-Shirt erinnern zu können. Aber das half nichts, denn außer seinen Schultern und dem Hinterkopf war nichts von ihm auf dem Bild zu sehen. Hatte er damals schon darauf geachtet, dass er auf keinem Foto zu sehen war? Das letzte Bild war ein Sonnenuntergang in allen Schattierungen zwischen Gelb und Rot. Sie seufzte und schaltete den Diaprojektor aus.

Als Jana gerade die Dias und das Gerät wieder verstaute, klingelte es. Sie erschrak. Noch nie hatte jemand die Türklingel draußen betätigt, da sonst die Haustür immer offen war. Die Besucher klopften normalerweise erst im Flur an die jeweilige Wohnungstür.

Sie ging zur Haustür und rief von innen, wer denn da sei.

„Fleurop – Blumendienst."

Erst als sie schon aufgesperrt hatte, kam ihr in den Sinn, dass das jeder hätte angeben können. Aber es war tatsächlich der Auslieferdienst von einem Freisinger Blumenladen mit Fleuropservice.

Der schwarzhaarige, junge Mann, der im Flur stand, trug eine Gärtnerschürze mit Fleurop-Aufdruck und die gärtnertypischen Trauerränder unter den Fingernägeln. Als er ihr einen Strauß mit duftenden, rosafarbenen Rosen überreichte, schaute sie ihn überrascht an.

„Wer schickt mir denn Rosen?"

„Warten Sie, ich gucke nach." Der Gärtner blätterte in seinen Unterlagen. „Ein Jürgen Bergmeister gab den Auftrag telefonisch durch."

Jana gingen die Augen über. Jay schickte ihr Blumen?

„Moment. Da gehört auch eine Karte dazu."

Er gab ihr eine Karte, auf der eine verkleinerte Kopie eines Bildes von Monet abgebildet war, jedenfalls glaubte sie, dass es von Monet war: Eine geschwungene Brücke führt über einen Seerosenteich.

Sie gab dem Lieferanten ein Trinkgeld und trug Karte und Strauß in die Küche.

Sie blickte die Karte unentschlossen an, dann stellte sie sie ins Regal. Sie konnte sie jetzt nicht lesen, es war einfach zu viel gewesen - die Nacht mit Jay, der Besuch von Eduardo, die Blumen. Sie hatte Angst vor dem, was auf der Karte stehen könnte.

Sie füllte Wasser in eine Vase, schnitt die Blumenstiele an und dekorierte die Blumen sorgfältig hinein. Sie stellte den Strauß im blauen Zimmer vor eines der Fenster und betrachtete ihn. Wie viele Schattierungen von Rosa die einzelnen Blüten doch hatten.

Sie holte tief Luft. Doch! Sie musste wissen, was Jay geschrieben hatte. Sie ging in die Küche und nahm die Karte aus dem Regal. Als sie sich damit auf die Couch setzte, las sie.

*Denk nicht, dass ich wegen der paar Dornen die Schönheit der Rose nicht sehen würde. Jay.*

Sie seufzte und schaute zum Fenster hinaus. Ach, Jay. Wir hatten unsere gemeinsame Nacht, warum lässt du es nicht einfach in Ruhe verklingen. Du weißt doch selbst nicht, wozu du bereit bist, sonst wärst du doch nicht mitten in der Nacht abgehauen. Und ich weiß, dass ich nichts von dir will. Und von keinem sonst.

Jana warf die Karte in den Papierkorb und setzte sich an ihren Schreibtisch, um an ihrem Buch weiterzuschreiben.

Als sie später ins Bett ging, holte sie die Karte wieder heraus und legte sie auf den Küchentisch. Die konnte sie auch morgen noch wegwerfen.

# 10 Diäten und Diamanten
## *Romantikthriller*

Luzinda blätterte interessiert im Hochglanzkatalog mit den neuen Mercedes-Modellen. Die Flugbegleiterin sammelte die Gläser ein und bat die Passagiere, die Sicherheitsgurte anzulegen, sie wären jetzt bereit für den Landeanflug auf London Heathrow und würden in wenigen Augenblicken ihre Reiseflughöhe verlassen.

Luzinda zog den Rock ihres schlichten Aigner-Kostüms gerade und lehnte sich in die bequemen Polster der Businessklasse zurück. Dieses silbermetallicfarbene Cabrio auf der zweiten Seite des Kataloges hatte es ihr am meisten angetan, die Farbe kam gerade in Mode und sie würde gut darin aussehen. Sie lächelte. Nach diesem Ausflug nach London würde sie sich den Wagen leisten können, denn für die Steine, die sie heute dabei hatte, würde sie etwa 200 000 US Dollar erhalten.

Aber ich muss vorsichtig sein, ermahnte sie sich. Diese zwei Brasilianer hatten sich als blutige Anfänger erwiesen. Sorge machte ihr vor allem, dass diese Diana Reissig von der Beratungsstelle sie immer noch würde identifizieren können. Diese Idioten sollten dieses Problem endlich beseitigen.

Ein Jaulen, dann änderte sich das Fluggeräusch. Die Landeklappen waren ausgefahren.

Die ersten Lieferungen waren glatt gelaufen. Sie hatte die Ware aus dem Versteck im Lehrgarten geholt und war anschließend gleich nach London geflogen. Dort hatte sie die Steine mit falschen Papieren versehen und an einen Verbindungsmann verkauft. Auf dem Rückweg war sie über die Schweiz geflogen und hatte Eduardos Anteil in einem Bankschließfach deponiert. Anschließend kehrte sie nach München zurück und hinterlegte den Schließfachschlüssel in einer Keksdose versteckt bei der Gepäckaufbewahrung am Flughafen für Carlos Antonio Digiacomo aus Portugal.

Am Montag letzter Woche war bei der Abholung der Ware im Lehrgarten alles schief gegangen. Zuerst störte sie, dass in der Nähe des Übergabeplatzes das Brautpaar mit einem Fotografen zugange war. Aber die hatten sie nicht beachtet, sie war ja außerhalb des Blickwinkels des Fotografen gewesen. Als sie bemerkte, dass da plötzlich noch jemand fotografierte, und zwar von der Seite, sodass sie im Bildausschnitt war, da hatte sie die Ware vor Schreck fallen lassen und war schnell weggegangen.

Erst eine halbe Stunde später, als auch die Brautleute weg waren, hatte sie sich zu einem neuen Versuch entschlossen. Zum Glück waren die Diamanten noch da gewesen, der kleine, graue Stoffbeutel lag zwischen Pflanzenstängeln auf der Erde. Wieder wurde sie von dieser Frau überrascht, doch dieses Mal hielt Luzinda die Diamanten fest in der Hand, als sie weglief.

Luciano und sein Boss Eduardo hatten ihre Geschichte, dass sie die Diamanten nicht hatte mitnehmen können, offenbar geschluckt. Als Luciano dann in der Nacht gemerkt hatte, dass die Steine nicht mehr im Beet waren, da vermuteten sie, die Beraterin habe sie mitgenommen. Luciano hatte am Mittag die falsche Frau getötet, weil er dachte, sie sei die Zeugin. Aber nun, da sie annahmen, dass die Beraterin die Steine versteckt hatte, waren sie froh darüber, denn sonst hätte die das Geheimnis, wo die Steine waren, womöglich mit ins Grab genommen. So dachten jedenfalls Eduardo und Luciano. Sie hatten sich in der Wohnung der Frau umgesehen, noch bevor die Polizei es tat. Aber die Rohdiamanten hatten sie dort nicht gefunden. Kein Wunder, denn sie befanden sich zu diesem Zeitpunkt in einem Päckchen auf dem Weg zu Luzindas Postfach.

Luzinda hatte damit gerechnet gehabt, dass Eduardo auch ihre Wohnung durchsuchen würde, und hatte die Diamanten noch am gleichen Tag an sich selbst geschickt. Bis heute hatten sie sicher im Postfach auf sie gewartet. In der Zwischenzeit hatte Luzinda sogar noch eine weitere Transaktion für Eduardo und mittels Luciano durchgeführt. Als Übergabeort für die Steine hatten sie diesmal statt des Pflanzengartens eine kleine Kirche nicht weit vom Flughafengelände gewählt.

Aber das gestohlene Set in ihrem Kosmetikkoffer war das wertvollste, das sie bisher von Eduardo erhalten hatte. Es bestand aus insgesamt neun verschieden großen Steinen gleicher Farbe und Reinheit. Das Herzstück war ein zwölfkarätiger, blauweißer Diamant ohne Einschlüsse, der sich bestimmt zu einem sechskarätigen Brillanten höchster Güte schleifen lassen würde. Dieser eine Stein alleine wäre nach dem Schliff über 200 000 US-Dollar wert. Für die neun ungeschliffenen Steine würde sie insgesamt mindestens 200 000 US-Dollar erhalten. Und diesmal müsste sie nicht 70 Prozent davon an Eduardo abliefern. Diesmal könnte sie alles für sich behalten.

Der Druck in ihren Ohren nahm zu, als der Pilot die Maschine absacken ließ. Dann legte sich der Airbus in die Kurve. Ein Surren und Krachen zeigte an, dass das Fahrwerk ausgefahren wurde. Als Luzinda aus dem Fenster blickte, konnte sie die drei Rollbahnen und die Flughafengebäude in ihrem Zentrum bereits gut erkennen. Das

Wetter in London war grau, aber in Luzindas Augen funkelte die Freude über das extra Geld, das sie verdienen würde.

Schon eine Stunde später verließ Luzinda mit ihrer exklusiven Leder-Aktentasche in der Hand ihre Suite im London Diamond Plaza. Die Abfertigung am Flughafen nach der Ankunft war reibungslos verlaufen, niemand hatte sich für ihr Gepäck interessiert.

Luzinda nickte dem Fahrstuhlführer zu und fuhr nach unten. Im Parterre stieg sie aus. Sie durchquerte die geräumige, mit dunkelroten Läufern ausgelegte Eingangshalle, vorbei an der langen Empfangstheke aus Mahagoniholz, an der drei gepflegte Frauen in grauen Uniformkostümen eine kleine Reisegruppe bediente. Sie trat zur Tür hinaus, passierte den rot- und goldlivrierten Portier, der sich vor ihr verneigte, und schaute sich suchend um. Fast sofort schoss aus einer der Seitenstraßen eines der nostalgischen, für London typischen Taxis heraus und hielt vor ihr. Luzinda wartete, bis der Portier hervortrat und ihr die Wagentür aufhielt, damit sie bequem einsteigen konnte.

Luzinda glitt in den Wagen und nannte die Straße, in der ihr Londoner Office lag. Sie beachtete den Fahrer nicht weiter, sodass ihr auch nicht auffiel, dass er unter seiner dunklen Schirmmütze trotz des trüben Tages eine dunkle Sonnenbrille trug. Der Portier schloss die Wagentür hinter ihr und das Auto fuhr los.

Luzinda blickte während der Fahrt aus dem Seitenfenster. In Gedanken kalkulierte sie noch einmal, was sie von dem Käufer des Sets, das sie von Eduardo gestohlen hatte, verlangen würde.

Wenige Minuten später hielt das Taxi vor dem Bürokomplex, in dem sie ein fertig ausgestattetes Büro gemietet hatte. Luzinda bezahlte den Fahrer. Als er keine Anstalten machte, auszusteigen und ihr die Tür zu öffnen, machte sie diese selbst auf und stieg aus. Ohne sich noch einmal umzuschauen, ging sie auf den Eingang des schicken, weißen Neubaus zu. Die Wagentür ließ sie offen stehen.

Die automatische Glastür öffnete sich vor ihr und sie nickte der Frau an der Rezeption kurz zu. Luzinda hatte sie schon vom Hotel aus angerufen und sie gebeten, die Raumtemperatur höher einzustellen, da sie gleich käme.

Luzinda benutzte die weiße Treppe in den ersten Stock. Dort öffnete sie mit ihrem Schlüssel eine der vielen weißen, gleichaussehenden Türen und betrat ihr Büro. Sie blickte sich zufrieden um, es war alles wie immer, Grau in Weiß, schlicht und funktional, während sie die Tür hinter sich zufallen ließ und zum Schreibtisch ging. Sie stellte ihre Aktentasche auf den Tisch, entnahm einen kleinen Schlüssel aus einem der Seitenfächer und schloss damit die Schubfächer auf.

Das Telefon klingelte. Luzinda nahm ab, aber bevor sie sich melden konnte, hörte sie die Stimme der Rezeptionistin jemandem hinterher rufen, dass sie ihn erst anmelden müsse. Dann wandte sich die Empfangsdame an Luzinda und sagte ihr, dass ein Mann zu ihr auf dem Weg sei, der es offensichtlich sehr eilig hätte. In diesem Moment öffnete sich die Tür.

Luzinda legte den Hörer auf und hob ärgerlich die rechte Augenbraue, als der Mann mit der Schirmmütze und der dunklen Sonnenbrille den Raum betrat. Die Verärgerung über die Dreistigkeit des Taxifahrers, der offensichtlich seine Lektion nicht lernen wollte, wich ungläubigem Erstaunen, als der Mann die Tür hinter sich schloss und von innen verriegelte. Plötzlich begriff sie, dass sie in Gefahr war, und griff wieder nach dem Telefon. Aber der Eindringling war schnell. Bevor sie etwas sagen konnte, war er auf sie zugesprungen. Der Telefonhörer fiel ihr aus der Hand.

Mit der einen Hand drehte Luciano ihren Arm auf den Rücken, mit der anderen hielt er ihr den Mund zu, damit niemand ihr Aufjaulen hören würde. Er würde ihr Schmerzen zufügen, um sie einzuschüchtern, das war seine Masche, die er jahrelang erfolgreich beim Eintreiben von Schulden praktiziert hatte.

Luzinda wurde fast ohnmächtig vor Schmerz, als er ihren Arm noch einmal nach hinten ruckte, sodass ihre Schulter fast auskugelte. Dann schleuderte er sie von sich weg in den Bürostuhl.

Luzinda hielt sich schmerzend die verdrehte Körperhälfte. Als sie den Kopf hob, sah sie in die schwarze Mündung einer Pistole.

Luzinda war anders als manche Menschen, die bei diesem Anblick klein zusammengesackt wären. Der Anblick lähmte sie nicht, sondern setzte einen Adrenalinschub in Gang, der den Schmerz aus und ihren Verstand einschaltete. Inzwischen war ihr klar, dass dieser Taxifahrer nicht echt war.

„Was wollen Sie von mir?", fragte sie den Mann.

„Wo sind Eduardos Steine?"

Sie erkannte die Stimme. Sein Akzent war noch stärker als der von Eduardo. Verdammt, was machte Luciano hier?

„Sie sind Eduardos Partner. Was tun Sie hier? Eduardo hat gesagt, wir würden uns niemals persönlich begegnen, damit niemand eine Verbindung zwischen uns nachweisen kann."

„Wo sind Eduardos Diamanten?", wiederholte er und kam drohend näher.

Luzinda war ein Naturtalent darin, zu sehen, was in den Köpfen von anderen Menschen vorging und eine Künstlerin, wenn es darum ging, sie zu manipulieren. Sie hatte gesehen, wie es ihm schmeichelte, als Partner bezeichnet zu werden, nicht als Handlanger oder Killer.

„Ja, Sie haben recht, Luciano. Ich habe die Steine gestohlen." Sie blickte ihn von unten herauf an und neigte den Kopf zur Seite. „Ich konnte einfach nicht widerstehen."

Ihre Augen beherrschten das Spiel von selbst. Ein sehnsüchtiger Blick seinen Körper hinab, ein langes Blinken mit großen Augen. Ihr Gehirn arbeitete währenddessen fieberhaft. Hatte Eduardo ihn geschickt, um sie zu töten?

„Diamanten und Frauen, Sie wissen doch, was man über sie sagt", fuhr sie schnurrend fort. „A girl's best friend. Ich wollte sie ja schon zurückgeben, aber dann, als Eduardo sagte, Sie würden die Wohnung dieser Frau durchsuchen, glaubte ich, niemand würde mich verdächtigen."

„Eduardo tut das auch nicht. Aber ich!" Hieß das, er war ohne Eduardos Wissen bei ihr?

Luciano packte ihre geöffnete Aktentasche mit einer Hand und leerte den Inhalt auf den Fußboden. Auf den Boden verteilten sich lose Papierbögen, Bleistifte, Lippenstift, ein Taschenrechner, eine Tamponschachtel, ein Montblanc-Füller.

„Sag mir endlich, wo die Steine sind. Oder möchtest du, dass ich dir den Arm breche?"

Luzinda wusste, sie hatte eine Schlacht verloren, aber deshalb gab sie noch nicht den Krieg auf.

„Sie sind in der blauen Dose mit den Tampons."

Beinahe hätte er sich gebückt, als ihm einfiel, wie Luzinda ihn als Taxifahrer behandelt hatte.

„Los. Bück dich, heb sie auf und gib sie mir."

Sie biss die Zähne zusammen, als sie die Schachtel aufhob. Sie öffnete sie, nahm die Tampons heraus und legte sie auf den Tisch. Darunter kam ein kleiner Stoffbeutel zum Vorschein. Luciano griff mit der freien Hand danach und schaute hinein. Sah so aus, als seien alle Steine noch da, so wie er sie am Montag im Lehrgarten deponiert hatte.

„Es ist schwierig, zuverlässige Kunden zu finden für solch eine Ware, wenn man nicht die richtigen Papiere und Beziehungen hat." Luzindas Stimme klang gleichgültig.

Luciano sah sie nachdenklich an.

„Ich könnte dir helfen", schlug sie gelangweilt vor und fuhr sich mit der Zunge über die Lippen.

„Wie?"

„Also ich könnte für dich das Gleiche tun, was ich für Eduardo getan hätte. Nur dass es diesmal nur um uns zwei geht."

„Genau. Du wirst die Diamanten verkaufen, aber mir diesmal das Geld geben."

„Ich will dafür 40 Prozent."

Mit einem Satz war er bei ihr und riss ihren Kopf an den Haaren nach hinten. Luzinda hatte mit seiner Brutalität gerechnet und war davon nicht beeindruckt. Sie hatte sich jetzt vollkommen unter Kontrolle. Sie bog ihren Hals noch weiter zurück, sodass er die zarte Haut an ihrem Hals sehen konnte, und presste ihren Busen vor.

„Ja, du hast recht, Luciano. Das ist zuviel. Gib mir einfach so viel, wie mir Eduardo gegeben hätte, 35 Prozent."

Er hielt sie noch immer an den Haaren und fuhr ihr jetzt mit der Pistole vom Kinn über den Hals hinunter, tiefer bis in den Ausschnitt ihrer eng geschnittenen Bluse und dann an ihrem Körper hinab.

„Du kriegst 25 Prozent. Wenn du gut bist!"

Erst als Luciano zwanzig Minuten später gegangen war, traute sich die Frau von der Rezeption zu Luzinda ins Büro. Ihre Wangen waren vor Aufregung gerötet und ihre Augen hüpften hin und her. Als sie das Durcheinander auf dem Fußboden sah, fragte sie Luzinda, die sich gerade ihre Bluse in den Rock steckte, ob alles in Ordnung sei.

„Das war nur ein wütender Taxifahrer. Hat sich erledigt", antwortete Luzinda. Die Rezeptionistin verließ kopfschüttelnd das Büro.

Als Luzinda sich später an ihren Tisch setzte, sah sie, dass der Hörer des Telefons noch neben der Gabel lag. Sie hängte ihn ein.


Jana rückte den Kragen ihrer blauen Sommerbluse und dann die schwarze Kurzhaarperücke auf ihrem Kopf zurecht. Das Herz klopfte ihr bis in den Hals hinauf, als sie den Klingelknopf am Eingang des Appartementhauses in München-Solln drückte. Sie presste ihre Handtasche an sich, als könnte die ihr Halt geben. Als ein Krächzen aus der Sprechanlage drang, zwang sie sich zu einem munteren Lächeln in die Kamera, die oberhalb der Tür angebracht war. Schließlich wollte sie einen fleißigen, aufgeweckten Eindruck machen, wenn sie sich als Putzfrau für den Haushalt von Luzinda Wildgruber bewarb.

Dass Luzinda Wildgruber eine Putzfrau suchte, hatte Jana zufällig am Telefon erfahren, als sie heute Morgen deren Münchner Nummer angerufen hatte. Sie hatte den Assistenten diesmal unter dem

Vorwand, ein Presseinterview zu wünschen, am Telefon aushorchen wollen. Sie hatte einen erfundenen Namen genannt, aber noch, bevor sie ihr Anliegen vortragen konnte, war er ihr ins Wort gefallen. „Ach, das ging ja schnell. Sie sind die Erste, die auf unsere Annonce antwortet. Wann könnten Sie denn anfangen?" „Jederzeit", hatte Jana tolldreist geantwortet. Dass es sich um eine Putzstelle handelte, hatte sie dann im weiteren Gespräch herausgefunden. Aber es war ihr so recht, wie jede andere Stelle, die sie in Luzindas Reich führen würde.

Sie hatten einen Termin für heute Nachmittag ausgemacht. Nein, Frau Wildgruber selbst sei nicht dabei, hatte der Assistent auf ihre Frage geantwortet. Na um so besser, hatte sie gedacht.

Nachdem sie der Stimme an der Sprechanlage ihren Namen gesagt hatte und warum sie hier sei, ertönte der Summer und die Tür ließ sich öffnen.

Sie ging zu Fuß die großzügige, weiße Marmortreppe in den vierten Stock hinauf, statt den Aufzug zu nehmen. Sie wollte ihre Aufregung noch besser unter Kontrolle bekommen, bevor sie dem Assistenten gegenübertreten und ihre Rolle spielen musste. Jana hatte heute nur ein paar Stunden in der Beratungsstelle gearbeitet, eigentlich nur um ihre Kamera und ein paar andere Dinge für den morgigen Gemüsebautag vorzubereiten. Dann hatte sie ihren Auftritt bei Luzindas Assistenten vorbereitet.

Als Jana im vierten Stock vor der Penthouse-Wohnung stand, musste sie nochmals klingeln und dem Türspion ein freundliches Lächeln zeigen. Die Tür wurde von einem blässlichen, jungen Mann mit hellbraunen Haaren, die in perfekten Wellen über einem nichtssagenden Gesicht lagen, geöffnet. Er stellte sich als Assistent von Frau Wildgruber vor und musterte sie von oben bis unten. Anscheinend fand er sie vertrauenswürdig, jedenfalls warf er die Tür nicht zu, sondern bat sie, ihm zu folgen.. Sie blickte schnell auf ihre Armbanduhr. 14.30 Uhr. Sie lag also gut in der Zeit.

Die Wohnung war groß und geräumig und edelst möbliert, soweit Jana das auf dem Weg zum Arbeitszimmer des Assistenten sah. Antike Möbel im Flur, langflorige Teppiche und riesige Glasfronten in einem Raum, der das Wohnzimmer der Wildgruber zu sein schien.

Der Assistent bat sie, auf dem Stuhl ihm gegenüber am Schreibtisch Platz zu nehmen. Sie tauschten ein paar Floskeln aus und Jana beschrieb ihre angeblichen Putzerfahrungen, die sie sich vorher zurechtgelegt hatte. Der Assistent war angetan.

14.38 Uhr. Jana bat die Wohnung gezeigt zu bekommen, sie brauche ein räumliches Vorstellungsvermögen, um zu sehen, ob sie den Anforderungen gewachsen sei, bräuchte einen Einblick in das Sauberkeitsniveau und so weiter.

Er zeigte ihr die Küche. Sie schaute prüfend in den Backofen.

14.40 Uhr. Er zeigte ihr das Bad. Sie schaute unter den Rand der Klobrille und in den Abfluss der Dusche.

14.42 Uhr. Er zeigte ihr das Wohnzimmer. Sie fuhr mit dem Finger über das Regal und befingerte prüfend den Teppich.

14.44 Uhr. Er zeigte ihr Luzindas Büro.

14.45 Uhr. Das Telefon klingelte. Zum Glück nicht in Luzindas Büro, sondern in dem des Assistenten. Er bat sie um Entschuldigung und ging in sein Arbeitszimmer.

Das war knapp. Jana hechtete zum Computer an Luzindas Mahagoni-Schreibtisch und schaltete ihn ein. Dann den Monitor. Es dauerte ein paar lange Augenblicke, bis der Computer bereit war. Sie wechselte in die Verzeichnisanzeige und suchte nach Adressendateien und Dateien, die zu einer Kalenderfunktion gehören könnten. Nebenan hörte sie den Assistenten telefonieren. „Ich verstehe sie so schlecht, es hört sich an, als sprächen Sie aus einem fahrenden Zug."

Ihre Augen flogen über Dateinamen-Kolonnen. Endlich, da waren sie. Jana hörte, wie der Assistent am Telefon ungeduldig wurde: „Aber ich habe Ihnen doch schon gesagt, dass wir keine Schätzungen von geerbten Schmuckstücken durchführen." Jana zog hastig eine leere Diskette aus ihrer Handtasche und steckte sie in das Diskettenlaufwerk. Ein paar Eingaben und der Computer begann die Adress- und Kalenderdaten von Luzindas Computer auf die Diskette hinüberzuspielen. Sie hörte den Assistenten kommen und schaltete schnell den Monitor ab. Der Computer wusste jetzt alleine, was er zu tun hatte.

Sie hustete und schlug sich mit der Hand auf die Brust, als der Assistent den Raum betrat, damit er das Geräusch des Computers während des Kopiervorgangs nicht hörte. Als sie merkte, dass der endlich ruhig war, wischte sie imaginären Staub mit einem Papiertaschentuch aus ihrer Handtasche von den Bilderrahmen an der Wand und erzählte von Staubmilben und Allergien. Aha, dachte Jana beim genaueren Anschauen der Bilder, eine wahre Trophäenwand: Luzinda mit ihren Begleitern zum Erfolg. Hier hängen sie alle, hübsch eingerahmt, chronologisch aufgereiht und ordentlich beschriftet. Jeder hat halt so seine Hobbys. Unter einem der Bilder stand „Prof. Dr. Gerhard Bömmer". So sieht er also aus, der Professor, den Luzinda sich zu Diensten gemacht hatte. Ein eitel wirkender, schlaksiger Typ knapp unter Sechzig in einem Cordsakko mit Lederflicken an den Ärmeln. Er und Luzinda standen vor einem wunderschönen, dunkelbraunen Pferd, er hielt einen Pokal. Der letzte Name in der Galerie lautete *Jan Willem van der Haar*. Den sollte sie sich merken.

Der Assistent versuchte Jana ins nächste Zimmer zu drängen, er wollte das Vorstellungsgespräch zum Abschluss bringen.

Verdammt, wie bekam sie jetzt die Diskette aus dem Laufwerk, ohne dass er es merkte?

Als sie Richtung Tür gingen, tat Jana so, als stolpere sie. Sie fuchtelte mit dem einen Arm und suchte gleichzeitig mit dem anderen nach ihrem Lippenstift in der Handtasche. Während sie sich scheinbar wieder fing, warf sie den Lippenstift aus dem Handgelenk nach vorne, sodass er weit in den Flur rollte.

Als sie sah, dass der Assistent dem Lippenstift nachlief, hechtete Jana mit zwei Schritten zurück in den Raum zu Luzindas Computer. Sie drückte die Auswurftaste und entnahm die Diskette. Sie schaltete den Rechner aus und ging zurück zur Tür.

Hoffentlich hatte er das Auswurfgeräusch nicht gehört. Aber Jana war beruhigt, als sie sah, dass der Assistent mit seinem Toupet kämpfte, das beim Bücken offensichtlich den Halt verloren hatte. Aha, deshalb die perfekte Frisur. Jana steckte die Diskette ein. Als der Assistent sich umdrehte und ihr den Lippenstift reichte, lächelte sie dankbar.

Jana sah auf die Uhr. 14.55 Uhr. Geschafft. Sie verabschiedete sich und versprach in den nächsten Tagen ein Empfehlungsschreiben ihres früheren Arbeitgebers nachzuliefern.

Jana nahm die nächste S-Bahn zum Karlsplatz, von den Münchnern Stachus genannt. Sie konnte sich jetzt Zeit lassen. Juli würde erst in einer Stunde mit dem Zug aus Köln am Münchner Hauptbahnhof ankommen.

Als sie im Strom von Touristen und Einheimischen die Rolltreppe von der S-Bahn hochfuhr, war sie überrascht, als die Sonne sie blendete. Sie hatte bei all der Aufregung gar nicht bewusst wahrgenommen, dass heute ein wunderbarer Sommertag war. Die Rolltreppe spuckte sie zusammen mit vielen anderen auf den Platz, und die Menschenmenge nahm sie mit sich fort. An einem der Obststände löste sie sich aus dem Strom, um eine Banane zu kaufen. Im Schutz des Standes blickte sie sich um. Auf der einen Seite war der Karlsplatz von einem Halbbogen aus restaurierten, alten Gebäuden begrenzt. Die Mitte des Halbbogens bildete das Karlstor, eines der alten Münchner Stadttore, das etwas nach hinten versetzt stand, fast als sei es der Anhänger, der einer Kette die Tiefe verlieh. In der Mitte des Platzes, auf Steinblöcken rund um einen riesengroßen Springbrunnen, ruhten sich Touristen und Münchner von ihren

Anstrengungen aus, vom Einkaufen, der Arbeit in einem der nahegelegenen Kaufhäuser oder vom Sightseeing. Auf der anderen Seite begrenzte die Sonnenstraße den Platz, dahinter erhob sich der Justizpalast mit Kuppeldach, Figuren und Türmchen.

Jana ließ sich in einen Menschenstrom Richtung Justizpalast spülen. Sie wollte von dort über eine Nebenstraße am alten botanischen Garten vorbei Richtung Hauptbahnhof gehen. Als sie auf der Höhe des Brunnens war, genoss sie die erfrischende Kühle, die die Wasserbogen verbreiteten. Im Vorbeigehen beobachtete sie die Menschen, die dort saßen. Eine Mutter mit einem Kinderwagen, sie und ein etwa Zweijähriger schleckten zusammen ein Eis. Ein Pärchen versuchte, sich in einem Stadtplan zurechtzufinden. Ein Mann in einem Anzug saß dort und las in einem Buch, während er nebenbei von einer belegten Semmel abbiss. Ein weiteres Pärchen saß da und aß zusammen etwas aus einer Papiertüte. Sie war eine schöne Blondine mit dunklen Augen und glatten, braunen Beinen, und er ...

Jana blieb so abrupt stehen, dass ihr der Mann, der hinter ihr ging, in die Hacken lief. Der Mann bei der schönen Blondine war Jay!

Was sollte sie tun? Hingehen? Weglaufen? Sie entschied sich für Weglaufen, aber sie konnte den Blick nicht abwenden. Wie aufmerksam er ihr zuhörte, wenn sie etwas zu ihm sagte. Wie sie beim Reden den Kopf flüchtig an seine Schulter lehnte. Wie er ihr das Haar aus dem Gesicht strich. Janas Augen brannten, als sie die offensichtliche Vertrautheit sah. Verdammt, Jay. Heute kühlte es ihre Enttäuschung nicht, dass sie es war, die gesagt hatte, dass sie keine Beziehung wolle.

Eine halbe Stunde später stand Jana am Bahnsteig und beobachtete, wie Julis Zug aus Köln einlief. Ihr fiel plötzlich ein, dass sie die Perücke noch aufhatte. Der wartende Mann, der zufällig neben ihr stand, guckte verduzt, als sie sie abnahm und in ihre Handtasche stopfte. Der Zug hielt und die Türen wurden geöffnet.

Juli fiel fast vor ihr mit ihrem Gepäck aus der Waggontür. Jana begrüßte sie mit einem schwachen Hallo. Sie konnte an dem Erschrecken in Julis Gesicht sehen, dass sie beschissen aussah.

„Ist alles in Ordnung mit dir, Jana? Hat er dich erwischt?"

„Nein, er hat mich nicht gesehen."

Als Juli verduzt schaute, wurde ihr klar, dass Juli nicht von Jay sprach.

„Ach so, du meinst Luzindas Assistenten. Nein, der hat mich nicht erwischt. In Luzindas Wohnung lief alles glatt. Danke noch mal für deine Hilfe."

Juli war erleichtert. „Was dachtest du denn, wen ich meinte?"

„Jay, den Kommissar. Ich habe ihn eben gerade am Stachus gesehen. Mit einer toll aussehenden Frau."

„Vielleicht ziehst du die falschen Schlüsse. Rede doch mit ihm darüber."

„Nein. Wir haben schließlich keine Beziehung und er kann machen, was er will und mit wem er will." Aber nicht noch mal mit mir, dachte Jana.

„Du Jana, ich muss dich leider drängen. Wenn ich meinen Flieger nach Rom kriegen will, dann muss ich mich gleich Richtung Flughafen aufmachen."

Jana sah auf die Uhr.

„Oh je, ich fürchte du hast recht. Aber ich fahr mit dir mit zum Flughafen."

Juli ließ sich diesmal eine kleine Tasche abnehmen, sie selbst hatte einen Rucksack und eine weitere Tasche zu tragen. Dann eilten sie zusammen die Treppen hinunter zum S-Bahnhof.

„Ich bin froh, Juli, dass du dich mit Amerigo aussprechen wirst", sagte Jana, als sie wenig später in der vollgestopften Bahn Richtung Flughafen saßen. „Und was du mir am Telefon erzählt hast, hörte sich ja sehr vielversprechend an."

„Ja. Er hat sich in den letzten Tagen wirklich sehr viel Mühe gegeben. Hat tausend Mal angerufen, hat mir am Telefon romantische Musik vorgespielt und hat uns einen Urlaub gebucht."

„Du bedeutest ihm nach wie vor sehr viel. Ich bin sicher, dass alles wieder gut wird. Ihr zwei werdet eure Probleme zusammen lösen."

Juli sah die Tränen in Janas Augen schimmern, aber sie wusste, dass dies nicht der richtige Augenblick und Ort war, um über Jana und ihre Beziehung zu Männern zu reden. Also begann sie Geschichten von ihren Tagen bei ihrer Mutter zu erzählen, um sie abzulenken.

Eine dreiviertel Stunde später stiegen sie lachend aus der S-Bahn und fuhren mit der Rolltreppe nach oben in den Zentralbereich des Münchner Flughafens. Wenig später mussten sie sich voneinander verabschieden, weil Juli einchecken musste.

„Besuch uns bald mal in Rom, Jana."

Jana versprach es und winkte zum Abschied.

Als Juli durch die Schleuse und hinter den Milchglasscheiben verschwunden war, machte sich Jana auf den Weg zur Bushaltestelle. Sie folgte den Schildern, die überall an den Decken die Richtung wiesen: Taxi, Bus, Post, Toiletten, Gepäckaufbewahrung.

Gepäckaufbewahrung. Warum war Eduardo am Sonntag am Flughafen gewesen? Er konnte nicht dagesessen haben, darauf wartend, dass sie zufällig dort Kaffee trinken und in seinen Tisch stolpern würde. Vielleicht hatte Eduardo etwas an der Gepäckaufbewahrung abgegeben oder abgeholt. Jana vergaß den Bus und folgte dem Schild Gepäckaufbewahrung.

Was wussten sie denn bis jetzt? Dass irgendeine Ware über den Lehrgarten die Besitzer wechselte. Dass Eduardo irgendetwas damit zu tun hatte. Und Luzinda. Und Luciano. Was war das für eine Ware? Wenn sie an Luzinda dachte, kamen ihr natürlich sofort Diamanten in den Sinn. Aber wer lieferte wem was und wie wurde es bezahlt?"

Zwei Stunden später konnte Jana diese Fragen zwar immer noch nicht beantworten, aber sie hatte ein weiteres Puzzlesteinchen. Bei der Gepäckaufbewahrung konnte man nicht nur Sachen aufbewahren lassen, die man dann selbst wieder abholte, sondern auch etwas für jemand anderen zur Abholung hinterlegen.

Alleine hätte Jana es wohl nicht geschafft, Zugang zu den Daten der Gepäckaufbewahrung zu erhalten, aber zum Glück arbeitete eine Bekannte von ihr gleich um die Ecke am Schalter einer Chartergesellschaft. Eine kleine Provokation seitens Jana und die stellte gerne unter Beweis, dass sie hier am Flughafen überall herankam. Sie schaffte es wirklich innerhalb ihrer halbstündigen Pause, den Mann am Schalter der Gepäckaufbewahrung weich zu kochen und Jana in seine Listen hineinschauen zu lassen. Jana hatte zwar keinen Eduardo gefunden, aber letzten Freitag hatte eine gewisse Luzinda Wildgruber etwas abgegeben, was ein Carlos Antonio Digiacomo dann am Sonntag abgeholt hatte. Waren Eduardo und Carlos Antonio Digiacomo eine Person?

Als sie abends endlich zu Hause war und ihre Zucchinipuffer in der Pfanne brutzelten, war Jana eigentlich ganz zufrieden mit sich selbst. Jedenfalls solange sie nicht an Jay dachte.

Sie hörte das Telefon im Flur klingeln. Dann klopfte ihr Mitbewohner an ihre Tür. „Es ist dein Kommissar."

„Sag ihm, ich bin schon im Bett." Wenn sie heute irgendjemanden nicht sprechen wollte, dann war es er, dieser An-Jeder-Ecke-Eine-Typ.

Sie hörte ein beruhigendes Gemurmel, dann wie der Hörer auf die Gabel gelegt wurde. „Er wollte nur wissen, ob du zu Hause bist, und ob es dir gut geht. Er sagt, du gehst heute besser nicht mehr aus."

Verdammt, soll er sich doch um seinen eigenen Kram kümmern. Jana holte einen Teller aus dem Regal und knallte ihn wütend auf den Tisch. Am liebsten würde sie sich wie ein trotziges Kind aufführen und heute Abend erst recht ausgehen, und zwar so, dass er davon erfuhr. Sie holte sich ein Glas Wasser und setzte sich an den Tisch.

Das wäre aber wirklich albern, Jana, ermahnte sie sich. Nimm, den Weg, der dich dahin führt, wo *du* hin willst. Reagiere nicht, regiere!

Sie nahm die Pfanne vom Herd und hob die Zucchinipuffer auf einen Teller. Die eine Hälfte würde sie heute mit Salat und Zaziki essen, die andere würde sie für morgen Abend als Brotbelag auf Vollkornbrot aufbewahren.

# Zucchinipuffer

*Pro Person*
*200 g Zucchini*
*kleine Zwiebel*
*etwas Dill und Petersilie (frische Kräuter)*
*1 Ei*
*2 gehäufte EL Mehl*
*Salz und Pfeffer*
*1 EL Öl*

*Zubereitung:*
*Zucchini waschen, Stiel- und Blütenansätze abschneiden. Zucchini raspeln, Salz darüber streuen und 10 Minuten Wasser ziehen lassen, dann in einem Sieb ausdrücken. Während die Zucchini ziehen, Kräuter waschen, abtrocknen und wiegen. Zwiebel häuten und sehr fein würfeln.*
*Zucchini, Kräuter und Zwiebel vermischen. Ei schlagen und etwas Pfeffer hinzu. Geschlagenes Ei und Mehl vermischen, dann unter die Zucchinimischung rühren. Olivenöl in beschichteter Pfanne erhitzen, einen großen Löffel der Teigmasse hineingeben und mit dem Löffelrücken glatt streichen. Puffer ausbacken, einmal wenden. Dazu passen Salat, Sprossen und Zaziki (oder Kräuterquark).*

Als Jana gegessen hatte, räumte sie den Tisch ab, holte die Diskette aus ihrer Handtasche und machte sich an die Arbeit.

# 11 Diäten und Diamanten
*Romantikthriller*

Donnerstag. Jana wurde von lautem Klopfen an ihrer Tür geweckt. Ein Blick auf ihren Radiowecker sagte ihr, dass es 6.30 Uhr war. Sowieso Zeit zum Aufstehen.

Schlaftrunken zog sie sich den Bademantel über und öffnete die Tür. Es war ihr Mitbewohner Hannes, der ihr das Telefon brachte. Der Kommissar sei wieder dran.

Jana war sofort wach.

„Ja", sagte sie absichtlich mürrisch in den Hörer, während sie sich mit einer Geste bei Hannes bedankte.

„Hier ist Jay. Kann ich vielleicht dein Badezimmer benutzen."

Jana kapierte nicht.

„Wieso? Hast du zu Hause kein Bad?"

„Ich rufe vom Auto aus an. Ich steh hier draußen vor deiner Tür."

Jana schwieg. Was hatte das nun wieder zu bedeuten?

„Na gut. Aber du musst schnell machen. Ich muss gleich zur Arbeit." Sie legte auf.

Als Jay kam, sah er völlig zerknautscht aus. Da waren Abdrücke in seinem Gesicht, als hätte er auf einem Fußabstreifer geschlafen. Seine Haare standen ihm zu Berge und sein Kinn bedeckte ein dunkler Bartschatten. In der Hand hielt er eine blau-weiß gestreifte Zahnbürste.

„Hallo Jana. Hast du vielleicht Zahnpasta für mich?"

„Was ist los, Jay? Warum siehst du so aus - so zerknittert?" So schön, so verletzlich, so zum Anfassen.

„Ich bin schon seit gestern Abend da. Ich dachte, wir sollten reden. Aber du wolltest schlafen."

„Willst du damit sagen, du hast seit dem draußen vor der Tür gewartet?"

„Ja." Er stand vor ihr und verzog keine Miene, als sei es das Normalste von der Welt.

Jana starrte ihn an. Dann schüttelte sie den Kopf. Das hatte nichts zu bedeuten. Es gehörte einfach zu seinem Beruf, Mordzeugen zu beschützen.

„Jay, ich muss mich jetzt wirklich für die Arbeit fertigmachen. Heute ist ein wichtiger Tag für das Gemüsebauinstitut. Zahnpasta findest du oben im Badezimmer."

Jana riss die Augen von ihm los und wollte sich abwenden, aber er fasste sie sanft und doch fest am Oberarm und zog sie zu sich heran.

„Ich muss leider auch gleich ins Büro, wir haben eine Besprechung. Eine Zivilstreife wird dich bis zu deiner Arbeit begleiten. Später wird ein Streifenwagen ab und zu bei der Informationsstelle vorbeifahren.

„Okay." Es hatte nichts mit ihr persönlich zu tun, dass er sich um eine wichtige Zeugin kümmerte. Außerdem war ihr das auch egal.

Jana wollte sich wegdrehen, aber er hielt sie fest.

„Jana, versprich mir vor allem, dass du selbst vorsichtig sein wirst. Unternimm nichts auf eigene Faust und halte dich immer in der Nähe von Leuten auf, die du kennst und denen du vertraust."

„Ist gut." Und dann war da ja auch noch die Blonde, mit der sie ihn am Stachus in München gesehen hatte.

„Und Jana, lass uns heute Abend reden. Ja?"

Sie wich seinem Blick aus.

„Worüber denn?"

„Über uns natürlich."

Als sie ihn anschaute, war ihr Blick verschlossen.

„Da gibt es doch gar nichts mehr zu reden."

Als sie seinen enttäuschten Gesichtsausdruck sah, musste sie schlucken.

„Bitte Jay, ich werde mich jetzt fertigmachen."

„Und ich werde heute Abend auf jeden Fall wiederkommen."

Jana zuckte nur mit den Schultern.

Er ließ sie los und sie gab ihm ein Handtuch und einen Wegwerfrasierer, den sie sich eigentlich für die Beine gekauft hatte, und schickte ihn ins Bad. Sie selbst machte sich in ihrer Küche an der Spüle fertig. Als sie fertig war, kopierte sie mit ihrem Notebook-Computer schnell die Diskette mit den Dateien, die sie bei Lucinda gezogen hatte.

Als Jay aus dem Bad kam, stand da eine große Tasse mit frischem Kaffee für ihn. Jana drückte ihm die kopierte Diskette in die Hand und einen Zettel, auf den sie in ein paar Stichworten geschrieben hatte, was sie gestern herausgefunden hatte.

„Sperr ab, wenn du gehst, und leg den Schlüssel unter die Matte." Dann war sie auch schon aus der Tür.

Er las, was sie auf den Zettel geschrieben hatte und schüttelte den Kopf. Verdammtes, stures Weibsstück, sie hatte schon wieder alleine und auf eigene Faust gehandelt.

Als er zu hastig von dem heißen Kaffee trank, verbrannte er sich die Zunge. Zeit, zur Arbeit zu fahren.

Fünf Stunden später war der Gemüsebautag auf seinem Höhepunkt. Gastgeber und Teilnehmer hatten nach den Fachvorträgen über Salatkultur den Vorlesungssaal im Institutsgebäude verlassen. Sie waren an der Hobbygärtnerberatungsstelle vorbei zu der neuen Gemüseaufbereitungshalle gegangen, die sich etwa 250 Meter oberhalb des Parkplatzes befand. Der kleine Spaziergang am Feld entlang, das durch die einzelnen Versuchsparzellen aussah wie ein beschilderter Fleckenteppich, hatte die 60 angereisten Gärtner schon neugierig gemacht, was ihnen wohl heute Nachmittag bei der Führung gezeigt werden würde.

Doch jetzt war erst einmal Mittagszeit angesagt. In der angenehm kühlen Halle hatte sie ein üppiges, buntes Gemüse-Buffet und Grillkoteletts auf einem großen, gusseisernen Grill erwartet. Die Leute hatten sich teils an den weiß-blau gedeckten Biergarten-Tischen verteilt, teils aßen sie im Stehen. Jetzt in der Pause wurde gescherzt und Erfahrungen ausgetauscht, fachliche und familiäre, und natürlich wurde auch gegessen.

Jana hielt sich beim Essen vor allem an die Gemüseschnitze und Dips, während sie mit einem der Gärtner über biologischen Pflanzenschutz diskutierte. Der Institutsleiter des Gemüsebauinstituts zwinkerte ihr und seinen Institutsmitarbeitern immer mal wieder gutgelaunt zu, ein Zeichen für seine Freude an der gelungenen Veranstaltung.

Als sie sah, dass der Institutsleiter eine Schar seiner Gäste in einem angeregten Gespräch um sich versammelt hatte, entschuldigte sich Jana bei ihrem Gesprächspartner, um von der Gruppe ein paar Bilder zu machen, die sie vielleicht für eine Pressemitteilung verwerten konnte.

Jana war zufrieden, sie hatte schon ein paar gute Bilder geschossen und die Vorträge von heute Vormittag gaben auch jede Menge Aufhänger für den Text her. Bei der Führung am Nachmittag durch die Versuche würde es sicher noch mehr Gelegenheiten für Fotos geben. Das Wetter spielte bis jetzt auch mit, es war sonnig, allerdings wurde es zunehmend schwüler. Sie hoffte, das angekündigte Gewitter würde noch bis heute Abend warten.

Jana sah auf die große Uhr oben an der gekachelten Wand. Die Pause näherte sich ihrem Ende. Sie schaute auf die Anzeige auf ihrem Fotoapparat. Sie hatte nur noch zehn Bilder. Sie sollte noch schnell in ihr Büro gehen, um einen neuen Film holen.

Jana stellte ihren Teller in eine dafür vorgesehene Plastikwanne neben dem Eingang und gab einem der netten Kollegen vom Gemüsebau ein Zeichen, dass sie gleich zurück sein würde.

Sie trat aus der Aufbereitungshalle hinaus und war im ersten Moment so von der Sonne geblendet, dass sie sich eine Hand vor die Augen halten musste. Nach einigen Sekunden hatten sich ihre Augen wieder an die Helligkeit gewöhnt und sie konnte die Freilandfläche des Institutes überblicken. Das Areal war an zwei Seiten von Gewächshäusern, Instituten und der Aufbereitungshalle eingerahmt, an einer Seite wurde sie von einer Heckenbepflanzung begrenzt und die vierte Seite war zum Pflanzengarten hin offen. Ein Traktor fuhr gerade auf einem Feldweg rund um das weite Gelände zu dem großen, alten Lagerhaus, welches sich auf der anderen Seite in der Ecke zwischen den beiden unbebauten Seiten befand.

Jana ging den Weg zurück zu ihrem Büro. Als sie dort ankam, war die Tür nicht abgesperrt. Wahrscheinlich hatte sie das Zusperren vergessen, als sie in der Frühstückspause hergeeilt war, um für einen der Gärtner ein Informationsblatt zu holen.

Jana ging um ihren Schreibtisch herum und setzte sich. Sie suchte in den Schreibtischschubladen nach einem leeren Film. In den Fächern herrschte ein ziemliches Chaos, sie sollte wohl mal wieder aufräumen. Sie konnte sich gar nicht erinnern, dass ihr die Schachtel mit den Büroklammern umgekippt war. Jetzt lagen sie zwischen dem anderen Inhalt in der Schublade verstreut.

Endlich fand Jana einen leeren Film und steckte ihn ein.

Sie lehnte sich in ihren Stuhl zurück, drei Minuten hatte sie noch für sich, bevor sie wieder zu den anderen musste. Sie schaute aus dem Fenster auf den Parkplatz. Wirklich jeder Zentimeter des Parkplatzes war heute ausgenutzt, dachte Jana. Ein Autofahrer hatte sein Fahrzeug einfach auf den Grünstreifen vorne an der Straße gestellt. Ein grüner Peugeot war so geparkt, dass er drei anderen Autos den Weg versperrte. Jana schüttelte den Kopf. Dabei sah sie undeutlich eine Bewegung in dem Peugeot, ein Schatten, der aber sofort abtauchte. Vielleicht hatte der Besitzer seinen Hund im Auto gelassen. Da der Wagen aber nicht in der Sonne, sondern im Schutz von Bäumen stand, machte sich Jana darüber keine weiteren Gedanken.

Als sie gerade gehen wollte, klingelte das Telefon. Es war Jay.

„Hallo, Jana. Ich wollte nur hören, ob bei dir alles in Ordnung ist."

„Ja, alles super. Der Gemüsebautag läuft sehr gut."

„Sind Eduardo oder Luciano aufgetaucht?"

„Nein. Keiner von den beiden hat sich blicken lassen. Hier ist es heute voller Menschen, da werden sie es nicht wagen."

„Pass trotzdem auf dich auf. Wir dürfen die beiden - oder, wenn man Luzinda mitzählt, die drei - nicht unterschätzen. Sie waren schon mindestens zweimal zu einem Mord bereit. Sie würden auch ein weiteres Mal nicht zögern."

Sie sagte, sie würde auf sich achtgeben.

„Wann bist du heute Abend zu Hause, Jana? Ich möchte mit dir über uns reden."

Sie seufzte. „Jay. Sollen wir das Gespräch nicht einfach ausfallen lassen. Ich weiß doch, was los ist. Ich habe dich mit ihr gesehen."

„Du hast mich gesehen? Was soll das bedeuten? Und wer ist *mit ihr*?"

Es klopfte an ihr Fenster, sie drehte sich hin, ein Kollege gab ihr ein Zeichen, dass es jetzt weiter ginge.

„Du, ich kann jetzt nicht. Ich muss mit aufs Feld."

„Ich komme heute Abend. Irgendwann ab 19 Uhr. Da bist du doch bestimmt wieder zu Hause?"

„Ja okay, dann eben ab 19 Uhr."


16.30 Uhr. Für die Arbeiter des Instituts für Gemüsebau war jetzt Feierabend. Sie fingen um 7 Uhr morgens an und hatten dafür frühzeitig Schluss. Nur die Gruppe, die beim Pflanzen war, würde das Feld noch fertig machen und dann die Regner aufstellen. Zwar war Gewitter vorhergesagt, aber verlassen konnte man sich nicht darauf, dass ein Gewitter genug Wasser bringen würde. Außerdem war der Tag noch lang, es war Juni, und die Sonne würde erst nach 21 Uhr untergehen.

Es war heute zunehmend heißer und drückender geworden. Die Arbeiter gingen jetzt erst einmal in die Wasch- und Umkleideräume im Keller des Institutes, bevor sie dann frisch geschrubbt nach Seife riechend nach Hause fahren würden. Nur der Abenddienst des Gemüsebauinstitutes würde später noch einmal kommen, um die Bewässerungsanlagen zu kontrollieren und die Gewächshäuser von Hand zu schließen, die noch nicht mit einer Automatik ausgestattet waren.

Jana stand mit dem Institutsleiter und einigen seiner Ingenieure und Techniker zusammen auf einem der Versuchsfelder. Sie zogen ein Fazit des Tages und das fiel weitgehend gut aus. Abschließend schlug der Institutsleiter vor, noch eine halbe Stunde das Gröbste aufzuräumen, danach lüde er sie alle zu einem Eis in der besten Freisinger Eisdiele ein.

Jana ging mit zwei der Kollegen zum Vorlesungssaal zurück, wo sie die Saaldekoration und die Beschilderungen entfernten. Die anderen räumten die Gemüseaufbereitungshalle auf.

Jana bot an, die Schilder und die wiederverwendbaren Teile der Dekoration schnell zum Lagerhaus zu fahren. Sie hatte einen kleinen Anhänger für ihr Fahrrad, mit dem sie normalerweise Prospekte zu Veranstaltungen transportierte. Die Zeit müsste gerade noch reichen. Die Kollegen fanden die Idee gut, sie würden in der Zwischenzeit die Bestuhlung des Saales wieder für den Studentenalltag herrichten.

Jana ging hinaus, holte ihren Anhänger, den sie hinter dem Haus geparkt hatte, und hängte ihn an ihr Fahrrad. Sie sah, dass der Parkplatz inzwischen fast leer war. Der grüne Peugeot war aber noch da, er stand jetzt nur an einer anderen Stelle.

Drei Minuten später radelte Jana um das Versuchsfreigelände herum in Richtung des alten Lagerhauses. An ihrem Fahrrad hing der Anhänger mit den Schildern und dem Dekorationsmaterial. Die Fahrt war für Jana ziemlich beschwerlich trotz ihrer neuen Fitness, denn der Feldweg war an vielen Stellen mit grobem Kies geflickt worden und von den Traktoren waren tiefe Fahrspuren hineingefahren worden, sodass ihr immer wieder die Reifen wegrutschten. Zudem musste sie ganz leicht bergauf radeln und es war inzwischen verdammt schwül.

Die Arbeiter, die noch gepflanzt hatten, waren inzwischen fertig geworden und kamen ihr entgegen. Sie schnaufte ihnen einen schönen Feierabend zu und setzte ihren Weg, ohne anzuhalten, fort.

Als Jana beim Lagerhaus ankam, sah sie, dass auch hier schon alles aufgeräumt und abgesperrt war. Sie holte den Schlüssel aus dem Versteck, ging die Rampe hinauf und sperrte auf. Der vertraute Geruch von Torf, Dünger und Sägespänen drang ihr aus der Dunkelheit entgegen, als sie die Tür öffnete.

Die Tür war aus rohem Holz und ging nach außen auf. Innen, gleich links neben der Tür war ein Kippschalter, das wusste Jana noch von früheren Besuchen. Sie betätigte ihn und er machte ein lautes Schnappgeräusch. Sofort war der Raum in helles Licht getaucht. Wände und Boden waren aus rohem Holz, die Decke wurde von schweren Balken getragen. Hier in diesem Teil des Erdgeschosses lagerten Paletten mit Substraten, Torf und Dünger. Sie waren so hoch gestapelt, dass das einzige Fenster völlig verdeckt und es ohne künstliches Licht fast völlig dunkel war. Weiter hinten in den angrenzenden Bereichen des langgestreckten Lagerraumes befanden sich Rollen mit Folien und Drahtzäunen, Berge von alten Erntekisten, Schläuche und vieles andere. Die Räumlichkeiten wirkten verwinkelt, denn das Gebäude war nachträglich erweitert worden.

Der Lichtschein der einfachen Deckenleuchten war scharf, aber er drang nicht weit vor. Es gab harte Schatten und finstere Winkel. Es gab Spinnweben, und wenn sie innehielt, meinte sie vom Dach her Geräusche von kleinen Füßchen zu hören. Eine grobgezimmerte Holztreppe, nicht weit rechts von der Tür entfernt, führte vom Erdgeschoss nach oben in den ersten Stock, der eigentlich der Dachboden war und wo sich ein weiterer großer Lagerraum befand. Neben der Treppe stand eine Rolle mit Noppenfolie, die entweder noch aufgeräumt oder bald abgeholt werden sollte.

Jana ging wieder hinaus zu dem Anhänger, um die Schilder zu holen. In der Ferne hörte sie ein leises, dunkles Grollen. Das Gewitter baute sich offenbar langsam auf, der Himmel hinter dem Lagerhaus schien gelblich grau durch das Grün der Bäume, aber dort auf der anderen Seite, wo ihr Büro lag, war er noch blau und wolkenfrei. Sie stellte fest, dass die Arbeiter inzwischen alle fort und die Felder leer waren. Sie sollte sich auch beeilen. Schließlich waren sie zum Eisessen verabredet und um 19 Uhr wollte Jay schon zu ihr nach Hause gekommen.

Jay. Ihr fiel plötzlich ein, dass sie ihm versprochen hatte, sich nicht von den anderen abzusondern. Sie zuckte nur die Schultern. Es würde nur ein paar Minuten dauern, dann wäre sie schon wieder bei ihnen.

Jana nahm die Schilder und ging damit die Rampe hoch. Vom unteren Lagerraum aus bestieg sie die Holztreppe zum Dachgeschoss. Die Treppe knarrte unter ihrem Gewicht wie ein leidendes Tier. Dabei habe ich doch schon so schön abgenommen, seit ich den Sport mache und mich besser ernähre, dachte sie unwillkürlich.

Oben angekommen fühlte sie etwas an ihrer Wange vorbeistreifen. Schnell wischte sie sich die Spinnwebe oder was immer es war aus dem Gesicht. Sie fand den Schalter neben der Treppe und schaltete das Licht ein. Die Dachluken waren zu wenige und zu klein, um sich hier ohne künstliches Licht zurechtzufinden.

Jana schaute sich um. Hier oben wurden alte Büromöbel, Möbel von Messeständen, Beschilderungen für alle Arten von Veranstaltungen, Dekorationsmaterialien, Bewässerungsausstattungen alter Versuchsanlagen und alles mögliche andere verstaut.

Sie versuchte auszumachen, wo sie die Schilder am besten ablegen sollte. Der Schein der Deckenleuchte reichte nur für den Bereich um den Treppenabstieg herum. Je weiter sie davon weg ging, desto dämmriger wurde es. Trotzdem erkannte sie einige Elemente von ihren Messeauftritten mit dem Gemüsebauinstitut wieder, zum Beispiel die u-förmige Theke aus poliertem Sperrholz, die sie letztes Jahr auf der Hobbygärtnermesse dabei hatten, einen Prospektständer aus weiß lackiertem Metall auf Rollen, die Paneele, die sie am Messestand als Bodenbelag ausgelegt hatten, und die Ziegelsteine, die sie als Beetumrandung für einige Musterbeete verwendet hatten.

Irgendwo hier oben mussten doch auch die Schilder aufbewahrt werden. Sie folgte dem Weg zwischen Regalen und Stapeln von Dingen, die sie nicht identifizieren konnte.

Jana fühlte beim Gehen, dass der Bretterboden an manchen Stellen ein wenig unter ihr nachgab. Sie hoffte, sie würde nicht durch die Decke durchkrachen. Als plötzlich neben ihr ein Flattergeräusch aufwirbelte, warf sie der Schreck so zur Seite, dass sie in einen weichen Berg mit alten Säcken fiel. Jedenfalls fühlte es sich an wie grobes Sackmaterial. Sie erkannte jetzt im Dämmerlicht die Ursache des Flattergeräusches. Es war eine Taube, die anscheinend durch eine beschädigte Dachluke eingedrungen war. Sie sah Jana an und gurrte vorwurfsvoll.

Jana rappelte sich hoch und hob die Schilder auf, die ihr vor Schreck aus der Hand gefallen war. Sie beschloss, sie doch lieber gleich vorne bei der Treppe abzulegen, so wie es ihr die Kollegen vorgeschlagen hatten. Die würden sie dann das nächste Mal, wenn sie hier hoch fuhren, aufräumen.

Jana legte die Schilder etwa zwei Meter von der Treppe entfernt auf einen Tisch, der dort vor der Wand stand. Jedenfalls nahm sie an, dass das ein Tisch war, was sich unter der dicken milchigen Plastikfolie verbarg. Dann ging sie zurück zu dem Säckeberg, in den sie eben gefallen war. Sie nahm einen der Säcke und versuchte die Taube zu fangen, um sie draußen freizulassen. Aber die Taube hüpfte immer wieder in letzter Sekunde von ihr weg, sie hatte keine Chance sie zu erwischen. Nach zehn Minuten gab sie auf. Sie würde morgen Bescheid geben, der Meister oder der Betriebsleiter des Instituts würden schon wissen, was zu tun sei.

Als sie zurück nach vorne zur Treppe ging, meinte sie, unten ein Rascheln zu hören.

Sie beugte sich über die Treppe, aber konnte niemanden sehen. „Hallo?" Keine Antwort. Na ja, wer weiß, was es hier noch für Tiere gab, dachte Jana. Zum Glück hatte sie keine Angst vor Ratten, Mardern oder Mäusen, sie würde nur aufpassen, wo sie hinlangte.

Sie ging die Treppe hinunter.

Als sie gerade auf dem letzten Treppenabsatz ankam, schellte es plötzlich laut - ganz nah bei ihrem Kopf. Es hörte nach wenigen Sekunden auf, dann kam es wieder. Im ersten Moment wäre sie vor Schreck beinahe die Stufe hinunter gefallen, dann erinnerte sie sich, dass es hier im Lagerhaus ein Telefon gab. Damit man sein Läuten auch bei der Arbeit in der Nähe des Gebäudes hören konnte, war es mit einer zusätzlichen Klingel verbunden, die sehr laut schellte. Jana sah die Klingel an der Wand. Aber wo war noch mal das Telefon? Sie musste erst den Raum absuchen, bis sie es an einem Balken auf der der Tür abgewandten Seite fand. Oberhalb des Telefons war mit Reißzwecken eine in Folie eingeschweißte Liste mit den Telefonnummern des Institutsleiters, seiner Sekretärin, des Betriebsleiters und der Ingenieure befestigt. Das Telefon läutete immer noch und Jana nahm ab.

„Reissig. Grüß Gott", meldete sie sich.

„Wo bleibst du denn, Jana? Wir wollten doch Eis essen fahren." Es waren die Kollegen vom Gemüsebauinstitut.

„Ich bin hier gleich fertig. Da war eine Taube. Aber das erzähle ich euch morgen. Wartet nicht auf mich. Ich glaub, mir wird die Zeit zu knapp für das Eisessen, denn ich bekomme noch Besuch."

„Bist du sicher? Wir würden schon noch auf dich warten."

„Nein, nein. Fahrt ihr. Sagt allen einen schönen Gruß von mir und vielen Dank. Und wir sehen uns morgen bei der Arbeit wieder."

Jana ging zur Tür und schaute sich um. Der Himmel war finsterer geworden und in den Gipfeln der Bäume sah sie, dass der erste Wind aufkam. Die Felder waren leer, die Traktoren längst in der Maschinenhalle geparkt, die Schläuche auf der Waschplatte sauber aufgerollt. Nirgendwo war ein Mensch zu sehen.

Sie sollte sich beeilen, sonst käme sie nicht rechtzeitig vor dem Gewitter nach Hause, sagte sich Jana. Sie ging die Rampe hinunter zu ihrem Fahrrad mit dem Anhänger und holte die zwei Tüten mit den bunten Schmuckbändern in Blau und Weiß, die zusammen mit bunten Blumen- und Gemüsearrangements als Dekoration im Hörsaal gedient hatten. Als sie zurück ins Gebäude ging, hörte sie wieder ein Grollen, das Gewitter kam schnell näher.

Sie eilte die Treppe hinauf, als sie ein Geräusch hinter sich hörte. Als sie sich umdrehte, sah sie, dass der Wind die Tür zugeschlagen hatte.

Jetzt wurde es aber wirklich Zeit. Die letzten Stufen rannte sie die Treppe hinauf. Sie wollte nicht, wenn es bereits blitzte, über das freie Feld fahren müssen. Sie warf die zwei Tüten mit den Bändern auf den Tisch zu den Schildern, schaltete das Licht am Schalter neben der Treppe aus und eilte die Holztreppe hinunter. Sie schaute sich noch einmal um, ob alles in Ordnung sei, dann legte sie auch hier den Lichtschalter um.

Sofort war sie in Dunkelheit getaucht. Sie stieß die Tür nach außen auf.

Als sie die Silhouette des Mannes im Gegenlicht sah, wusste sie, dass sie einen Fehler gemacht hatte, als sie hier oben die Zeit vertrödelte.

Luciano redete nicht lange, sondern stieß sie mit Wucht zurück in den Raum. Janas Herz hatte vor Schreck kurz ausgesetzt, jedenfalls hatte es sich so angefühlt, als sie ihn sah, aber der Schmerz, als sie mit dem Rücken gegen die Treppe fiel, brachte es wieder zum Schlagen. Jana versuchte, sich aufzurichten. Das Licht ging an, Luciano hatte den Schalter gefunden. Angst schnürte ihr die Kehle zu, als sie seine kalten Augen und die Waffe in seiner Hand sah.

„Was wollen Sie von mir? Was habe ich Ihnen getan?"

Luciano sagte immer noch kein Wort, sondern zog sie von der Treppe hoch und schleuderte sie dann auf eine Palette mit in Säcken abgepacktem Rindenmulch. Sie stützte sich von den Säcken ab, um sich aufzurichten, aber da war er schon bei ihr und rammte ihr die freie Faust in den Magen. Der Schmerz ließ ihr keinen Raum zum Denken. Sie ließ sich an den Säcken heruntergleiten, wollte instinktiv ihren Körper vor ihm schützen, sich am liebsten zu einem kleinen Ball zusammenrollen und davonkugeln. Aber er riss sie hoch und hielt ihr die Waffe an die Schläfe.

„Was weißt du?" Zuerst verstand sie gar nicht, was er wollte. Er sprach undeutlich und sein Englisch hatte einen starken Akzent.

„Was weißt du?", wiederholte Luciano.

„Ich weiß gar nichts. Von was sollte ich denn überhaupt was wissen?"

Er drückte fester mit der Waffe.

„Warum hast du letzte Woche Montag im Garten fotografiert? Was hast du gesehen?"

„Ich hab doch nur Pflanzen und ein Brautpaar fotografiert."

„Lüg nicht. Du hast eine Frau fotografiert."

„Das war ganz zufällig. Und man kann die Frau auf dem Bild doch gar nicht erkennen."

Seine Augen wurden zu Schlitzen.

„Du bist dieser Frau zu ihrem Wochenendhaus gefolgt, weißt ihren Namen. Was weißt du noch?"

„Nichts."

Der erste Schlag mit dem Handrücken traf sie unvorbereitet. Sie fiel wieder auf die Säcke. Ihr Kinn fühlte sich an, als läge ein Mahlstein darauf. Diesmal versuchte sie, von ihm wegzukriechen.

Aber er zog sie am Fuß zurück. Der zweite Schlag mit dem Handrücken traf wieder ihr Gesicht, diesmal den Wangenknochen. Am liebsten hätte sie sich wimmernd in eine Ecke verkrochen. Nein

Jana, du musst denken. Denken ist deine einzige Chance. Aber beim nächsten Schlag verlor sie das Bewusstsein.

Als Jana erwachte, lag sie auf der Seite mit dem Gesicht auf dem nackten Boden. Es war dunkel um sie herum und es roch nach Dünger, Erde und Sägespäne. Der Geruch und der Schmerz in ihrem Gesicht brachten ihr die Erinnerung zurück. Luciano hatte sie im Lagerhaus überfallen und zusammengeschlagen. Von draußen hörte sie ein entferntes Rauschen wie von Blättern im Wind. Sie wollte ihr Gesicht betasten, aber ihre Hände waren auf dem Rücken zusammengebunden. Sie versuchte die Beine zu bewegen, aber auch die waren zusammengebunden. Plötzlich ein lauter Donner, dann Stille. Das Gewitter musste inzwischen fast da sein. Sie lauschte auf die Geräusche im Haus, aber da hörte sie nichts außer den normalen Geräuschen des Holzes. Kein Atmen. Kein Umhergehen.

Sie wusste nicht, was sie tun sollte. Wenn Luciano noch in der Nähe war und merkte, dass sie wach war, dann käme er bestimmt sofort wieder, um sie weiter zu schlagen und zu verhören. Und wenn er weg war? Was hätte das zu bedeuten? Plötzlich sah sie einen Lichtschein durch den Spalt am Türrahmen zucken, dann erlosch er. Sie erschrak, wollte er das Haus anzünden und sie darin verbrennen lassen?

Aber ein paar Sekunden später folgte ein lautes Krachen.

Also war das ein Blitz gewesen und danach hatte es gedonnert. Das bedeutete, draußen war es bereits dunkel, denn sonst wäre das Licht durch den Spalt doch immer noch da. Also war es bereits nach 21 Uhr? Nein, das musste nicht sein, denn auch durch die Gewitterwolken könnte es draußen dunkel geworden sein. Aber je später es wäre, desto besser, denn dann würde Jay sie sicher suchen. Aber wie sollte er sie hier finden? Ihr Fahrrad war nicht vor dem Büro. Es war niemand mehr da, der ihm sagen würde, dass sie zum Lagerhaus hochgefahren war. Er würde sie sonst wo suchen, aber doch niemals hier.

Verdammt. Warum war sie so leichtsinnig gewesen?

Sie hörte ein Geräusch, und sofort war da die Angst, dass Luciano zurückkäme, Angst vor weiteren Schlägen und dem hilflosen Ausgeliefertsein. Aber das Geräusch verebbte, vielleicht war es wieder nur die Taube. Sie musste etwas tun, durfte hier nicht hilflos der Dinge harren.

Es fiel ihr schwer, sich zu konzentrieren, ihr Gesicht schmerzte, in ihrem Kopf war ein trüber, zäher Brei. Es schien einfacher, sich fallen zu lassen in dieses graue Gefühl.

Nein, das durfte sie nicht. Denk nach! Was kannst du tun, was musst du tun?

Als Erstes müsste sie ihre Fesseln loswerden, sie versuchte mit den Fingern zu ertasten, was für ein Material das war, es fühlte sich an wie Paketband. Paketband. Jana fiel ein, dass hier in dem Lagerhaus immer ein Teppichmesser deponiert war, mit dem man die Verschnürungen von den gelieferten Düngemittel-Paletten durchschneiden konnte. Wo war das? Sie glaubte sich zu erinnern, dass es links neben dem Fenster mit einer Schnur an einem Nagel an der Wand aufgehängt war. Sie hatte gesehen, wo die Tür war, also kannte sie auch die Richtung zum Fenster. Sie konnte sich auch noch erinnern, wie die Paletten gestanden hatten.

Jana schob sich nach hinten, bis sie im Rücken eine Palette fühlte. Sie benutzte die Palette und die darauf gestapelten Säcke als Stütze, um sich aufzurichten.

Sie stand.

Aber wie sollte sie bis zum Fenster kommen?

Sie ertastete den Weg mit ihrem Körper. Zwischen dieser und der nächsten Palette war ein schmaler Durchgang. Dort an der Wand sollte auch das Teppichmesser hängen. Sie schob ihre Hüften abwechselnd vor, sodass sich ihre zusammengebundenen Füße jeweils ein paar Millimeter bewegten. Es dauerte eine Ewigkeit, aber dann hatte sie es geschafft. Sie hatte das Fenster erreicht.

Wieder ein Blitz, diesmal sah sie seinen Schein dicht vor sich durch einen Spalt zwischen Fenster und Düngesäcken. Der Donner ließ sie zusammenzucken, es schien, als sei das Gewitter fast über ihr.

Wo war das Teppichmesser? Jana versuchte mit dem Gesicht und den Lippen die kühle Wand abzutasten, die feucht und modrig roch. Ihre Angst, dass Luciano zurückkommen und sie wieder schlagen könnte, ließ sie jeglichen Ekel vergessen.

Endlich. Da war es, jedenfalls die Schnur konnte sie schon mit den Lippen greifen. Sie drehte sich um. Ja da war es. Sie tastete das Teppichmesser vorsichtig mit den gefesselten Händen ab. Die Klinge war nach innen geschoben, sie fand den Knopf und schob die Klinge nach vorne.

Plötzlich merkte sie, dass sich etwas verändert hatte. Der Wind war lauter geworden. Aber das alleine war es nicht. Sie hörte ganz entfernt Schritte draußen auf dem Kies auf das Haus zukommen.

Oh Gott, nein, er ist zurück. Verzweifelt fühlte sie die Wand ab. Die Mauer war glatt. Da war nichts, wo sie das Messer hineinstecken könnte. Die Düngesäcke. Sie könnte das Messer zwischen die Säcke klemmen. Sie fand eine Ritze. Sie versuchte, das Messer mit der

Griffseite hineinzupressen, dann würde sie ihre Fesseln gegen die Schneide reiben können. Die Schritte kamen näher. Es waren mehrere Personen. Das Messer rutschte aus der Ritze. Sie versuchte es noch mal. Diesmal schien das Messer besser eingeklemmt. Ihr Herz raste, sie merkte gar nicht, dass sie nicht nur ihre Handfesseln durchtrennte, sondern auch ihre Hände aufschnitt. Aber plötzlich waren die Hände frei. Die Schritte waren jetzt schon ganz nahe, ja es waren mehrere Personen, da klangen Stimmen.

Sie hatte die schwache Hoffnung, dass es vielleicht Jay oder ihre Kollegen waren, aber darauf konnte sie sich nicht verlassen. Sie versuchte, mit dem Messer ihre Fußfesseln aufzuschneiden. Aber die Schnur reichte nicht bis zum Boden. Plötzlich fluchte jemand draußen, sie konnte die Worte nicht hören, anscheinend war jemand über ihr Fahrrad gestolpert. Sie schnitt mit dem Teppichmesser die Schnur durch, mit dem das Messer aufgehängt war. Sie hörte die Schritte die Rampe hinaufkommen. Gleich würden sie die Tür öffnen. Gleich würden sie das Licht anmachen und dann ...

Sie hatte das Gewitter ganz vergessen. In diesem Moment blitzte und donnerte es gleichzeitig. Es war mehr ein großer Knall als ein Donner. Es musste ganz in der Nähe eingeschlagen haben. Jana war vor Schreck in die Knie gegangen. Und auch die Männer draußen hatten anscheinend kurz innegehalten. Jetzt sprachen sie weiter, sie waren direkt vor der Tür und ihre Stimmen waren klar zu erkennen. Es waren Luciano und Eduardo.


Als Jay um 19.10 Uhr bei Jana zu Hause angekommen war, war sie noch nicht da gewesen. Er hatte in ihrem Büro angerufen, aber da hatte sich niemand gemeldet. Vielleicht war sie ja gerade unterwegs nach Hause. Er hatte eine Viertelstunde gewartet. Dann war er zu ihrem Arbeitsplatz gefahren.

Während der Fahrt hatte er an die Beerdigung von Gabriele Mayr denken müssen, an der er heute teilgenommen hatte. Wie fast alle Beerdigungen war es eine traurige Veranstaltung gewesen. Es waren viele Fans gekommen, obwohl Gigi seit Jahren keinen Hit mehr gelandet hatte. Jordan war nicht der Einzige gewesen, der am Grabe von Gigi heftig geweint hatte.

Dennoch, Jordan hatte heute einen etwas gefassteren Eindruck gemacht als das letzte Mal im Gefängnis, befand Jay. Fast als hätte er sich inzwischen innerlich wieder etwas aufgerichtet.

Als Jay an der Beratungsstelle ankam, standen auf dem Parkplatz fast keine Autos mehr. Jay stellte sich neben einen grünen Peugeot gleich gegenüber dem Eingang zu Janas Büro. Er ging um das Auto herum, sah im Vorbeigehen auf dem Beifahrersitz eine Schachtel Marlboro und ein goldenes Feuerzeug.

Das Fahrrad von Jana war nirgendwo zu sehen. Das Büro war nicht verschlossen und er ging hinein. Die Kameratasche stand da, ein Schreibbrett und ein paar Informationsblätter lagen auf dem Tisch verstreut. Nichts Auffälliges, außer dass man ein Büro mit Wertsachen wie Spiegelreflexkamera und Computer nicht offen stehen lässt, wenn man wegfährt.

Jay eilte aus dem Büro und lief die Stufen hinauf zur Tür, des Instituts für Gemüsebau. Verschlossen.

Er rannte jetzt zu der anderen Tür, Institut für Freilandzierpflanzen stand da. Verschlossen. Ihm wurde heiß. Er lief zurück zu Janas Büro. Was war hier los?

Als er im Büro immer noch keinen Anhaltspunkt fand, verließ er es und lief am Parkplatz entlang zu den Freilandversuchsflächen. Das Stahltor war offen. Er wollte gerade hinein, als er eine Stimme hinter sich hörte. „Da können Sie heute nicht mehr hinein. Ich sperre jetzt zu."

Jay drehte sich um. Hinter ihm stand ein blonder, etwa fünfzigjähriger Mann mit einem alten, rostigen Fahrrad in der einen und einem großen Schlüsselbund in der anderen Hand.

Jay zog seinen Ausweis aus der Tasche. „Ich bin Kriminalhauptkommissar Bergmeister von der Kripo Erding. Ich suche ganz dringend Diana Reissig. Ihr Büro ist offen, aber ihr Fahrrad ist weg. Haben Sie eine Ahnung, wo sie sein könnte?"

„Ja, die war heute den ganzen Tag beim Gemüsebautag dabei. Ich hab sie dann am Abend mit dem Fahrrad und dem Anhänger hoch zum Lagerhaus fahren sehen." Er nickte in Richtung des alten Hauses am anderen Ende der Freifläche mit den Feldern. „Das ist aber schon lange her. Die ist bestimmt danach mit den anderen zum Eisessen. Der Chef hat doch alle eingeladen."

Jay war etwas beruhigt. „Welche Eisdiele? Wissen Sie das?"

„Die am unteren Ende der Hauptstraße. Vielleicht erwischen Sie sie noch."

„Okay, ich versuche es."

„Viel Glück. Und wegen der Bürotür sagen Sie ihr, dass ich sie absperre. Sie muss deshalb nicht noch mal zurückkommen."

Jay bedankte sich und eilte zurück zum Wagen.

Als Jay in der Eisdiele ankam, waren dort nur wenige Gäste. Jana und ihre Kollegen waren nicht da.

Jay fuhr zurück zu Janas Haus, vielleicht war sie inzwischen heimgekommen. Doch ihr Fahrrad stand nicht da und der dicke Kater saß im Flur und schaute frustriert in den leeren Fressnapf.

Draußen donnerte es. Jay schaltete die Flurbeleuchtung an, es war durch das aufziehende Gewitter schon so dunkel wie sonst um diese Jahreszeit erst spätabends. Er gab dem Kater ein bisschen Trockenfutter, das er in einer Schachtel oben auf dem Sicherungskasten gefunden hatte. Dann setzte er sich in den grünen Polstersessel.

Was könnte passiert sein? Jana könnte einfach mit ihren Kollegen von der Eisdiele aus weiter irgendwohin zum Essen gezogen sein und die Zeit vergessen haben. Schließlich hatte sie sich sowieso gar nicht mit ihm treffen wollen. Sollte er weiter nach ihr suchen oder sie, so wie sie es wünschte, in Ruhe lassen?

Der dicke Kater sprang ihm auf den Schoß.

„Okay, lass es uns noch einmal miteinander versuchen. Aber diesmal lass ich mich nicht von dir kratzen."

Wenn er nur sicher wüsste, dass sie mit Freunden zusammen war. Jay nahm den Hörer ab und wählte Janas Büronummer. Wieder hob niemand ab.

Er hätte auch gerne mit ihr über seine Nachforschungen von heute gesprochen. Aber das war es nicht, was ihn jetzt trieb. Er hatte Angst.

Draußen hörte er wieder ein Donnergrollen. Dann klingelte das Telefon. Hastig nahm er ab.

„Bergmeister bei Reissig."

„Hier ist Phil. Ist Jana da?

„Nein, tut mir leid Phil, aber Jana ist nicht da. Ich bin ehrlich gesagt etwas besorgt. Sie wollte eigentlich mit dem Professor vom Gemüsebau und den Kollegen in die Eisdiele. Aber da ist niemand mehr, und ich kann Jana nirgendwo finden.

„Rufen Sie doch einfach bei dem Professor an, vielleicht weiß er, wo sie hin ist. Warten Sie, ich habe die Nummer noch irgendwo."

Phil gab ihm die Nummer und bat ihn, ihn zurückzurufen, wenn er wusste, was mit Jana war.

Jay legte auf und wählte die Nummer, die ihm Phil gegeben hatte. Er bat die Frauenstimme, die sich meldete, den Professor sprechen zu dürfen. Als dieser ans Telefon kam, sagte er ihm direkt, dass er wegen Janas Verbleib beunruhigt sei, und ob er wisse, wohin sie nach dem Besuch in der Eisdiele gegangen sein könnte.

Jana sei gar nicht mit in die Eisdiele gegangen, hörte er den Professor antworten. Als Letztes hätten sie von ihr gehört, als sie mit ihr telefoniert hatten. Da sei sie im Lagerhaus oben am Feldrand gewesen. Und sie hatte gesagt, sie käme nicht mit zum Eisessen, weil sie heute noch Besuch bekäme.

Es war, als hätte man ihm eine Faust in den Magen gerammt. Jay bedankte sich nicht, verabschiedete sich nicht, er warf einfach den Hörer hin und schubste den sich wehrenden Kater von seinem Schoss. Er eilte zu seinem Wagen.

Die Strecke zu Janas Büro schaffte er in sechs Minuten. Es war 20.30 Uhr, als er dort ankam. Inzwischen war das Gewitter vollends aufgezogen, und wenn es nicht gerade blitzte, war es stockdunkel. Der grüne Peugeot stand nicht mehr auf dem Parkplatz, alle Bürofenster waren dunkel. Er rannte zum Tor beim Eingang der Freilandversuchsflächen. Windböen trieben über die Freifläche, das Lagerhaus sah er nur, wenn Blitze die Dunkelheit erhellten.

Jana hörte, wie ein Schlüssel in das Schloss gesteckt und gedreht wurde. Plötzlich fühlte sie sich wie gelähmt. Die Tür wurde geöffnet. Gleich würden sie das Licht anmachen.

Sie hörte die Männer eintreten und die Tür hinter sich verschließen. Luciano sagte etwas zu Eduardo, der aber nicht antwortete. Dann hörte sie das Schnappen des Lichtschalters. Aber nichts passierte.

Der Strom war ausgefallen. Luciano fluchte und auch Eduardo fluchte. Jana kauerte unbeweglich in ihrer Ecke zwischen den zwei Paletten und Düngersäcken. Die Angst pochte in ihrer Kehle. Sie wagte kaum, zu atmen.

Einer der Männer trat nach vorne, dahin, wo sie eben noch bewusstlos und gefesselt gelegen hatte. Es war wahrscheinlich Luciano. Sie drückte sich tiefer nach unten. Er fand sie nicht an dem Platz, an dem er sie verlassen hatte. Er klang zunächst ungläubig, dann stampfte er, schrie wütend auf. Der andere Mann begann auch zu schreien und ihn zu beschimpfen, jedenfalls hörte es sich so an, denn Jana verstand kein Portugiesisch. Dann sprachen sie ruhiger.

Gleich wird einer ein Streichholz oder ein Feuerzeug anmachen, und dann würden sie sie finden. Sie hörte ein Geräusch wie Hände auf Stoff, so wie wenn jemand seine Kleidung nach etwas absuchte, aber es schien, dass sie beide keine Streichhölzer oder Feuerzeug bei sich trugen. Doch da, sie hörte, wie der, welcher näher an der Tür stand, etwas über dem Boden rieb und dabei fluchte. Wahrscheinlich Phosphorzündhölzer, aber die schienen auf dem Holzfußboden nicht zu funktionieren. Er versuchte es noch mal, sie hörte das Reiben und dann sah sie einen Lichtschein. Er kam näher. Im Moment war sie im Schatten hinter den Düngersäcken verborgen, aber wie lange noch.

Wieder blitzte es draußen, es war einer dieser langen Blitze, der aus mehreren Zuckungen bestand. Der Schein durch den Spalt am Fenster strich ihr mehrmals über das Gesicht. Jana sah Luciano vor dem Spalt zwischen den Paletten stehen. Er hatte ihr den Rücken zugewandt.

Sie presste sich noch dichter an die Wand, machte sich noch kleiner. Dann war der Blitz fort und auch das Streichholz anscheinend aus. Ein Donner krachte. Dann war es nur noch still und dunkel.

Jana betete stumm. Plötzlich war oben auf dem Dachboden ein Geräusch zu hören, es war ein Kratzen und Rascheln. Die Schritte der beiden Männer stolperten zur Treppe, sie fluchten, dann rannten sie die Treppe hinauf. In dem Moment ging das Licht an.

Jana war geblendet. Sie drückte sich einen Moment lang noch tiefer nach unten. Dann wurde sie ihrer Chance gewahr. Bis zur Tür waren es nur wenige Meter. Sie musste nur zwischen den Düngersäcken heraus und dann quer durch den Raum. Sie lauschte den Schritten der Männer im Stockwerk über ihr. Sie waren oben, aber nah bei der Treppe. Sie waren also genauso nah bei der Tür wie sie.

Sollte sie es wagen? Sie würden sie von oben sehen können, wenn sie ihr Versteck verließe.

Dann hallte das Schnappen eines Schalters, sie hatten oben den Lichtschalter gefunden. Jana hörte die Schritte über ihr, sie gingen von der Treppe weg, tiefer in den Raum. Jetzt.

Fast wäre sie beim Aufstehen umgefallen, sie hatte ganz vergessen, ihre Füße waren noch gefesselt. Aber sie hielt das Teppichmesser noch in der Hand. Schnell durchschnitt sie die Bänder um ihre Knöchel. Dann rutschte sie mehr, als dass sie ging, aus dem Spalt zwischen den Paletten heraus. Der Holzfußboden knarrte ganz leicht unter ihren vorsichtigen Schritten, aber die Männer konnten sie nicht hören, sie waren jetzt zu weit weg.

Sie sah die Tür nicht weit von ihr, sie sah das Telefon an dem Balken rechts von der Tür, sie sah den Gang, der rechts weg in einen anderen Teil des Lagers führte. Sie entschied sich für die Tür.

Leise lief sie zur Tür. Sie meinte, die Geräusche ihrer Schritte dröhnten. Sie griff nach der Türklinke, um die Tür zu öffnen. Sie drückte die Klinke, aber die Tür bewegte sich nicht. Plötzlich brannte ihr der Schweiß in den Augen. Oder war es getrocknetes Blut?

Sie tastete das Schloss ab. Es steckte kein Schlüssel. Eduardo musste von innen abgeschlossen und den Schlüssel eingesteckt haben.

Das Blut rauschte in ihren Ohren. Gefangen. Sie lauschte den Geräuschen über ihr. Die Schritte schienen hin und her zu gehen, Regale wurden umgeworfen, Rascheln von Folien, Möbel wurden verschoben.

Wieder ein Blitz gefolgt von einem heftigen Donner. Jana schlich zum Telefon. Behutsam nahm sie den Hörer ab. Sie sah die Telefonnummern in der Liste über dem Telefon. Aber niemand würde jetzt im Büro sein. Sie wählte die Null, wollte eine Nummer draußen, außerhalb des internen Telefonnetzes wählen. Die 110 fiel ihr ein, während sie auf das Freizeichen wartete. Aber es kam kein Freizeichen. Während sie noch hoffte, bangte, las sie unten auf der Telefonliste einen Eintrag per Hand. *Nur interne Anrufe möglich.* Sie legte den Hörer auf.

Die Schritte oben kamen langsam Richtung Treppe zurück. Sie musste sich wieder verstecken. Ihr erster Impuls wollte sie in die Tiefen des Lagerhauses nach rechts führen. Aber dann wäre sie weit von der Tür entfernt, dann wäre sie wieder in einer Sackgasse.

Die Treppe. Sie könnte sich hinter der Treppe verstecken.

Die Schritte waren jetzt schon über ihr. Schnell lief sie vom Telefon weg zur Treppe. Sie sah die dicke Rolle mit Noppenfolie dort stehen. Sie schob sie zur Seite, sie war leicht, obwohl sie sehr massig aussah. Jana drückte sich in den engen Raum dahinter und zog die Folie wieder heran. Die Schritte waren jetzt über ihr.

Jana hörte das Schnappen des Lichtschalters, sie hatten offensichtlich das Licht im Dachgeschoss gelöscht. Dann kamen die Männer die Treppe hinunter.

Jana wurde starr vor Anspannung. Die Männer standen jetzt zwischen der Treppe und der Tür nach draußen. Sie redeten wieder auf portugiesisch miteinander.

Würden sie sie aufgeben, würden sie fortgehen? Ein Hoffnungsschimmer durchzuckte sie, Eduardo und Luciano könnten glauben, sie sei gar nicht mehr im Lagerhaus!

Nein. Sie gaben sie nicht auf, sie gingen nicht zur Tür hinaus. Jana hörte, dass sich ihre Schritte in den hinteren Teil des Erdgeschosses entfernten. Sie hatten sich also entschieden, das hintere Lager nach ihr abzusuchen.

Trotzdem. Sie hatte wieder eine Chance.

Als ihr die Männer weit genug weg schienen, wagte sie einen tiefen Atemzug. Sie drückte die Folienrolle von sich weg, langsam, ganz langsam, damit das Schleifgeräusch der Folie auf dem Boden sie nicht verriete.

Jana kroch aus ihrem Versteck.

Sie konnte Eduardo und Luciano nicht sehen, nur ihre Schritte hören, die waren deutlich, aber weit genug weg. Wieder schlich sie zur Tür. Drückte langsam die Klinke. Natürlich war sie noch abgeschlossen. Sie stocherte mit dem Teppichmesser unbeholfen zwischen Tür und Türstock. Aber nichts passierte.

Was könnte sie tun? Zurück zur Treppe? Irgendwann würden die beiden bestimmt auch unter der Treppe nachschauen, sie konnte nicht dort bleiben. *Aber oben, da hatten sie schon alles durchsucht.*

Jana ging leise von der Tür weg zur Treppe. Die Treppe hinauf. Stufe um Stufe. Sie hörte die Männer in der Ferne sprechen. Sie ging vorsichtig weiter.

Als sie gerade auf der Mitte der Treppe war, knarrte eine Stufe unter ihr. Sie meinte, ihr bliebe das Herz stehen.

Sie lauschte. Sie hörte, dass sich die Stimmen der Männer verändert hatten. Sie hatten die Treppe gehört und kamen zurückgerannt.

Jana rannte die Treppe hinauf. Sie sah die Theke des Messestandes etwa vier Meter von sich entfernt an einer Wand, die innere, hohle Seite der U-Form zeigte zur Wand. Wenige Schritte, dann rutschte sie über die Theke. Als sie die Männer die Treppe heraufkommen hörte, drückte sie sich in den Stauraum.

In diesem Moment setzte ein lautes Prasseln ein und Böen peitschten an das Dach. Der Gewitterregen hatte eingesetzt.


Jay war fluchend zu seinem Wagen zurückgelaufen, als er festgestellt hatte, dass der Akku von seinem Mobilfunkgerät leer war. Er rief über Polizeifunk die Freisinger Polizei. Er sei jetzt auf dem Gelände der Gartenbauinstitute beim Pflanzengarten und würde das Lagerhaus vom Institut für Gemüsebau hinter dem Freigelände überprüfen. Diana Reissig sei spurlos verschwunden und sie hätte von dort aus das letzte Mal mit jemandem gesprochen. Wenn er sich nicht binnen 30 Minuten wieder bei ihnen melde, sollten sie ihm Verstärkung herschicken.

In dem Moment, als er das Sprechteil des Mobilfunkgerätes in die Halterung steckte, blitzte es und es gab einen enormen Knall. Es musste ganz in der Nähe eingeschlagen haben.

Jay griff eilig unter seine Jacke, nahm seine Dienstwaffe aus dem Halfter und überprüfte sie. Dann steckte er sie zurück. Er sprang aus dem Wagen und warf die Wagentür zu. Er ging um den Wagen herum und holte eine große Stab-Taschenlampe aus dem Kofferraum. Dann lief er mit der Taschenlampe in der Hand zum Tor. Es war verschlossen. Er kletterte darüber.

Er wollte zuerst den kürzesten Weg nehmen, quer über die Felder rennen, aber er merkte schnell, dass er da nur sehr langsam vorankam.

Als wieder ein Blitz den Himmel erleuchtete, sah er den Feldweg, der um die Freifläche bis zum Lagerhaus führte.

Windböen zerrten an seiner Kleidung und zausten durch sein Haar. Während er auf dem Kiesweg um die Freifläche lief, beobachtete er das Lagerhaus. Eigentlich konnte er es nur sehen, wenn es blitzte. Es schien dunkel und still, nur die Bäume darum wurden vom aufkommenden Gewittersturm durchgepeitscht. Das Haus selbst hatte etwas Friedliches, wie es da so einsam stand. Es war unwahrscheinlich, dass sie dort war, sagte er sich. Er betete, dass sie nicht da war, denn wenn, dann war ihr etwas zugestoßen.

Das ungute Gefühl in Jays Magen verstärkte sich, je näher er kam. Er fühlte Verzweiflung in sich aufkommen. Er war schon einmal zu spät gekommen, damals als Sonja von dem flüchtenden Bankräuber erschossen worden war. Er rannte schneller. Verdammt, er hätte besser auf Jana aufpassen müssen.

Hör auf. Denk an das, was auf dich zukommt, nicht an Dinge, die du jetzt nicht mehr ändern kannst. Verdammt, er musste einen klaren Kopf bewahren, nur so würde er Jana helfen können, falls er recht hatte und sie in Gefahr schwebte.

Plötzlich sah er einen Lichtschein aus dem Dach des Lagerhauses dringen. Es war jemand im Haus. Jemand hatte das Licht angeschaltet.

Jana würde nicht freiwillig bei Gewitter alleine Stunden in einem Lagerhaus verbringen, etwas musste passiert sein. Er machte seine Taschenlampe aus und verließ den Kiesweg. Er klemmte die Taschenlampe unter den Arm, nahm seine Dienstwaffe aus dem Halfter und entsicherte sie.

Jay schlich die letzten hundert Meter auf dem Rasenstreifen neben dem Kiesweg. Dann war er fast am Haus. Er sah Janas Fahrrad vor der Rampe.

Hier draußen schien niemand zu sein. Trotzdem drückte er sich in den Schatten von Bäumen und Sträuchern, während er in einer Entfernung von etwa zehn Metern um das Haus herumging.

Das Haus hatte anscheinend nur den einen Eingang oben auf der Rampe, stellte er fest. Aber auf der Rückseite des Hauses war eine gekieste Zufahrt. Als er schaute, wo die Zufahrt herkam, sah er in einem der Blitze das Glänzen von zwei Fahrzeugen, halb verborgen hinter einer Wildhecke. Das eine Fahrzeug war ein gelber Opel. Eduardo. Er erkannte daneben den grünen Peugeot, der vorhin auf dem Parkplatz vor Janas Büro gestanden hatte.

Er war jetzt sicher, Jana war in Gefahr.

Jay huschte im Schatten der Bäume wieder um das Haus, er drückte sich an der Wand entlang bis zur Rampe. Schräg über ihm peitschte eine Böe durch das Laub einer Esche, die ihre Äste wie Arme zum Haus streckte.

Er presste sein Ohr an die Tür. Er hörte in einiger Entfernung irgendwo links im Haus Schritte poltern und zwei Männerstimmen. Das mussten Eduardo und Luciano sein. Aber da war noch etwas anderes, was er hörte. Da war ein leises Schleifen, es kam von diesem Teil des Gebäudes, nicht allzu weit von der Tür entfernt.

Was ging da drinnen vor? War das Jana?

Er war versucht, sie leise zu rufen. Aber was, wenn sie es nicht war? Oder wenn sie sich verriete, weil er sie erschreckte und er sie aber nicht rechtzeitig herausbekäme? Er wusste bis jetzt zu wenig über die Situation im Haus, um ein derartiges Risiko einzugehen.

Geräusche, wie vorsichtige Schritte, kamen auf die Tür zu. Er sah, wie sich die Türklinke langsam vor ihm bewegte, und er betete, dass sie es war. Er presste sich an die Wand neben der Tür, bereit Jana sofort herauszuziehen und sich als Schild vor sie zu stellen. Falls sie es war. Aber die Tür wurde nicht geöffnet.

Jana, ich bin hier, ich werde alles tun, damit dir nichts passiert, hätte er ihr am liebsten zugeflüstert. Aber er legte nur sein Ohr an die Tür, um zu hören, was drinnen vor sich ging.

Er hörte, wie die leisen Schritte langsam von der Tür weggingen, sie gingen nach rechts. Ein paar Sekunden gab es gar kein Geräusch, dann plötzlich knarrte es von weiter rechts im Haus, aber es war nicht auf der gleichen Höhe wie die bisherigen Geräusche, sondern höher gelegen. Da musste eine Treppe sein.

Die Stimmen von Eduardo und Luciano in der Ferne zu seiner Linken änderten sich. Die Männer mussten das Knarren auch gehört haben. Nun kamen kräftige Schritte von links herbeigeeilt. Die anderen, leiseren Schritte liefen weiter nach rechts oben, dann verklangen sie, fast über ihm.

Jay presste sich an die Wand neben der Tür. Er hoffte Eduardo und Luciano kämen heraus. Dann würde er sie hier mit seiner Dienstwaffe empfangen. Aber die Schritte der Männer polterten an der Tür vorbei. Sie rannten die Treppe hinauf.

In diesem Moment begann der Gewitterregen loszuprasseln, der Wind drückte den Regen auch unter das kleine Vordach über der Rampe bis an die Wand.

Jay presste sein Ohr an die Tür. Die Geräusche im Haus waren jetzt schwieriger zu deuten. Die Männer schienen oben umherzugehen. Er hörte, dass sie Janas Namen riefen. Erst freundlich und schmeichelnd, bald drohend.

Sie suchten Jana. Er war jetzt sicher, dass die leisen Schritte Jana gehört hatten.

Sie durften sie nicht finden.

Jay hielt seine Waffe mit der Rechten fest umschlossen, dann fasste er nach der Türklinke und drückte sie leise herunter. Aber wie erwartet war die Tür verschlossen.

Er musste Eduardo und Luciano aus dem ersten Stock weglocken, möglichst weit weg von Jana, sodass sie sie nicht als Geisel nehmen oder sie töten konnten.

Jay holte mit der Linken die Taschenlampe aus der Jackentasche und schaltete sie ein. In ihrem Schein untersuchte er das Schloss. Es war ein einfaches Schloss, er würde es mit seinem Werkzeugmesser öffnen können, wenn er genügend Zeit hätte.

Jay hörte so etwas wie einen Schlag oder Tritt gegen ein Möbelstück, dann ein Fluchen. Zeit war genau das, was er nicht hatte.

Er hielt die linke Hand mit der Taschenlampe als Schutz vor das Gesicht und zielte mit der Waffe in seiner Rechten auf das Schloss. Es blitzte. Der Schuss fiel fast mit einem Donner zusammen, trotzdem durchschnitt er die Luft wie ein Fremdkörper.

Jay musste schnell handeln. Er öffnete die Tür, nahm Anlauf und sprang weit in den Raum. Im Sprung sah er die Treppe zum Dachgeschoss rechts neben sich. Er musste Eduardo und Luciano von da oben herunterlocken, bevor sie Jana fanden. Von hier unten hatte er keine Chance gegen sie, jedenfalls nicht solange sie Jana finden und gegen ihn einsetzen konnten.

Jay lief von der Treppe weg, den Gang hinunter in die andere Ecke des lang gestreckten Lagerraumes. Er kam sich vor wie ein Hase, der seine Jäger in eine Falle locken will. „Hallo, ist da jemand?", rief er. Er erhielt keine Antwort, aber er hörte Schritte die Treppe hinunter kommen. Und das war genau, was er wollte.

Jana hatte sich in den Stauraum der Messetheke gekauert. Der Regen trommelte auf das Dach. Trotzdem hörte sie die Schritte und Stimmen von Luciano und Eduardo, als sie die Stufen hinaufgerannt kamen. Das Herz schlug Jana bis zum Hals.

Die Schritte kamen näher. Jana meinte, jeder müsste ihr Herz schlagen hören, es dröhnte ihr in den eigenen Ohren, ein Gegenrhythmus zu dem Geräusch des Regens. Die Schritte näherten sich der Theke. „Jana, komm doch raus. Wir wollen dir doch gar nichts tun. Nur mit dir reden", rief Eduardo auf Englisch.

Sie hielt das Teppichmesser fest umkrampft. Hatten sie sie entdeckt? Sie schloss die Augen, hörte auf zu atmen.

Aber die Männer waren wieder von der Theke weg gegangen und Jana hatte gierig die Luft eingesogen. Die Männer gingen jetzt weiter nach hinten. Einmal hörte sie etwas rollen, dann ein Gepolter. Jemand musste den Prospektständer umgeworfen haben.

Sie riefen ihren Namen. Eduardo schmeichelte jetzt nicht mehr, er drohte. Seine Stimme war befehlend und böse. Aber im Moment in sicherer Entfernung.

Jana hörte ein Gurren. Anscheinend suchte die Taube immer noch nach einem Ausgang oder nach etwas zu essen. Die Schritte kamen näher, aber sie gingen leiser. Das war merkwürdig. Hatten sie sie entdeckt? Sie drückte sich tiefer in ihr Versteck. Plötzlich wie aus dem Nichts erschütterte ein Schlag die Theke, sie hatte ihn direkt an ihrem Arm gefühlt, wo vermutlich ein Fuß die Theke getroffen hatte.

Jana hörte aufgeschrecktes Flügelschlagen. Sie hatten die Taube nicht erwischt.

In diesem Moment donnerte es, und dann war da ein merkwürdiger Knall, wie ein Schuss. Er kam von unten, vom Erdgeschoss.

Sie hörte wie Eduardo und Luciano sich etwas in Portugiesisch zuriefen. Sie liefen zur Treppe. Oh Gott, ich danke dir. Sie liefen von ihr weg. Gleichzeitig hörte sie andere Schritte unten im Erdgeschoss. Dann hörte sie eine Stimme rufen. „Hallo ist da jemand?"

Jay. Es war Jay.


Jays Rechnung schien aufzugehen. Er hörte hinter sich, dass Eduardo und Luciano die Treppe herunterkamen. Schnell verbarg er sich am Ende des Raumes hinter einer Palette mit gestapelten Holzbalken. Durch einen Spalt beobachtete er, wie sich die beiden Männer berieten. Soweit Jay sehen konnte, hielt nur Luciano eine Schusswaffe in der Hand.

Je weiter er sie von Jana weglocken konnte, desto besser, sagte sich Jay. Kommt zur Tür, keine Angst, ich werde euch nicht angreifen, nicht solange ihr euch von Jana wegbewegt.

Jays Blick war auf die Männer geheftet. Eduardo schickte Luciano jetzt vor, offensichtlich sollte er ihn decken. Luciano ging die Treppe vollends hinunter. Er hielt die Waffe vor sich und zielte in den Gang, an dessen Ende sich Jay versteckt hatte. Was er nicht sehen konnte, war, dass Jay längst auf ihn angelegt hatte. Aber die Gefahr, dass einer von den beiden zurücklaufen und Jana als Geisel nehmen würde, war Jay zu groß. Schon deshalb würde er jetzt nicht auf sie schießen.

Dann kam auch Eduardo die Treppe herunter. Er warf einen Blick auf das Türschloss, das Jay eben zerschossen hatte. Der Regen peitschte an die Tür, die mit jedem Windstoß in den Rahmen geschlagen wurde.

Eduardo sagte etwas zu Luciano, was Jay nicht verstand.

Jay fragte sich, was in ihnen vorginge. Sie mussten die offene Tür sehen, sie mussten sehen, dass keine Polizei oder sonst jemand draußen war. Sie wussten, dass er hier hinten war und eine Waffe hatte. Sie könnten einfach zur Tür hinauslaufen und sich aus dem Staub machen. Er hatte ihnen extra diesen Fluchtweg gelegt, auch auf die Gefahr hin, sich selbst in eine Falle zu begeben. Bisher hatten sie immer den offensichtlichsten Weg gewählt. Er hoffte, sie würden es auch dieses Mal tun. Wenn nicht, dann hatte er zumindest Zeit herausgeschunden. In dreißig Minuten sollte seine Verstärkung hier sein. Doch das könnte zu spät sein.

Er ließ die beiden Männer an der Tür nicht aus den Augen. Geht doch endlich. Worauf wartet ihr noch.

Jay hatte das Gefühl, der Regen draußen wurde noch stärker. Er sah, dass Eduardo etwas zu Luciano sagte, aber er konnte nichts hören. Eduardo nickte. Dann sah Jay, dass Eduardo einen schmalen Gegenstand aus der Tasche zog. Plötzlich schnappte ein Messer in Eduardos Hand auf.

Luciano zielte immer noch in Jays Richtung, auch wenn er nicht genau wissen konnte, wo er war. Jay sah, dass Eduardo rückwärts zur Treppe zurückgehen wollte.

Verdammt. Eduardo wollte zurück ins Dachgeschoss zu Jana.

Jay sprang aus seiner Deckung, er richtete die Waffe auf Luciano.

„Hier ist die Polizei. Bleiben Sie sofort stehen. Beide. Und werfen Sie Ihre Waffen weg."

Als Antwort pfiff ihm ein Schuss um die Ohren. Er sprang aus der Schusslinie und warf sich hinter einen Schubkarren, der links von ihm zwei Meter näher in Richtung Treppe stand. Auch Luciano sprang in Deckung.

Jay nutzte die Gelegenheit, wieder näher nach vorne zur Treppe zu kommen. Er kroch in einen Seitengang, an mehreren Gitterpaletten vorbei, die Töpfe enthielten. Er fand Deckung hinter einem Mauervorsprung. Er musste verhindern, dass sie wieder ins Dachgeschoss zu Jana zurückgingen.

Jay war jetzt nur noch wenige Meter von ihnen entfernt. Er schaute kurz aus seiner Deckung heraus. Eduardo stand noch auf der Treppe, er hatte sich an die Wand gepresst. Jay sah, dass er langsam weiter die Wand hinaufrutschen wollte.

Er sprang erneut mit erhobener Waffe aus seiner Deckung. „Einen Schritt weiter, Eduardo, und du bist tot."

Er zielte jetzt auf Eduardo. Aber im Augenwinkel sah er Lucianos Arm die Waffe heben und auf ihn anlegen.

Es dauerte keine Sekunde. Er bewegte die Waffe von Eduardo zu Luciano. Ihre beiden Schüsse fielen gleichzeitig.

Jay fühlte den Einschlag in der rechten Schulter. Er stöhnte unwillkürlich auf und seine Pistole glitt ihm aus der Hand.

Er warf sich zurück hinter den Mauervorsprung. Er wusste nicht, ob er Luciano getroffen hatte. Mit dem Fuß versuchte er, nach seiner Waffe zu angeln und sie zu sich herzuziehen. Es gelang ihm nicht.

Seine Schulter brannte wie Feuer. Als er um die Mauer herumschaute, sah er Luciano mit der Waffe in der Hand aus seiner Deckung hervortreten, den Rücken hatte er der Treppe zugewandt. Verdammt, Luciano könnte ihn abknallen wie einen räudigen Hund.

Jay glaubte seinen Augen nicht zu trauen, als er einen roten Ziegelstein durch die Luft fliegen sah, der Luciano am Kopf traf. Luciano ging in die Knie und sein Schuss drang in einen Deckenbalken über Jays Kopf.

„Ich hab ihn getroff..." Aber Janas Stimme erstarb mitten im Wort. Eduardo hatte die Sekunde genutzt und war zu ihr hingesprungen.

„Jana, bist du in Ordnung?" Panik kroch in Jay hoch. Er nahm seine Waffe vom Boden. Aber sein rechter Arm war zum Schießen nicht zu gebrauchen. Nun würde sich zeigen, ob er auch seine Linke am Schießstand ausreichend trainiert hatte.

Er hörte nur ein Röcheln aus der Richtung, wo Eduardo mit Jana im Dachgeschoss stehen musste, und ihm wurde kalt.

„Wenn du sie tötest, Eduardo, bist du auch tot", hörte sich Jay sagen. Er hoffte, seine Warnung kam noch nicht zu spät.

Jay richtete sich auf. Er fühlte keinen Schmerz mehr. Seine Augen waren jetzt schmale Schlitze, die nach oben auf die Treppe gerichtet waren. Im Augenwinkel sah er, dass Luciano bewegungslos am Boden lag.

Mit der Pistole in der Linken trat Jay zur Treppe.

„Luciano", rief Eduardo nach seinem Helfer.

"Luciano liegt hier am Boden und kann nichts mehr für dich tun."

„Wenn du näher kommst, dann schneide ich ihr die Kehle durch." Er hatte sie also noch nicht getötet.

„Dann bist du auch tot. Lass sie gehen, Eduardo, dann lass ich dich auch gehen. Es ist deine einzige Chance hier lebend rauszukommen."

Eduardo schien nachzudenken.

„Wenn meine Verstärkung einmal hier ist, Eduardo, dann kann ich dir dieses Angebot nicht mehr machen. Dann gibt es für dich nur noch Handschellen oder eine Kugel von einem Scharfschützen. Und die Zeit ist knapp, denn ich habe bereits Verstärkung angefordert." Eduardo antwortete immer noch nicht.

„Komm mit Jana herunter. Lass sie frei und du bist frei."

Es herrschte eine Weile Stille, bevor Eduardo endlich antwortete.

„Okay. Wir kommen jetzt die Treppe hinunter. Denk an das Messer an ihrer Kehle."

Als wenn er das vergessen konnte.

Jay stand unterhalb der Treppe. Er hörte den Boden oben knarren. Dann sah er Janas Sandalen auf der obersten Stufe. Ihre Füße waren schmutzig, die kleinen Zehen waren von Staub und Sägespänen bepudert. Sie kamen die Stufen herunter, dicht gefolgt von Eduardos schwarzen Lackschuhen.

Eduardo presste Jana wie einen Schild mit dem linken Arm an die Vorderseite seines Körpers. Mit der rechten Hand hielt er die Klinge des Schnappmessers unter ihr Kinn.

Jay sah Jana nicht ins Gesicht. Seine Augen waren über die Waffe in seiner Linken hinweg auf Eduardos Kopf gerichtet. Sein Hirn kannte jetzt nur ein Ziel. Und das war Jana hier heil herauszubekommen. Er durfte sich nicht ablenken lassen, nicht von Tränen oder Blut, nicht von Wut oder Mitleid. Es gab nur diesen unbedingten Willen und er wusste, was er dafür zu tun hatte, wie er dafür zu sein hatte. Kaltblütig, entschlossen, überlegen. Die beiden waren jetzt unten angelangt.

Jay hielt seine Waffe immer noch auf Eduardos Kopf gerichtet. Plötzlich war er irritiert, es zuckte in Eduardos Gesicht und gleichzeitig rief Jana eine Warnung. Doch Jay konnte nicht riskieren, seinen Blick und die Mündung seiner Waffe von Eduardo wegzubewegen. Im nächsten Moment fühlte er, wie ihm etwas gegen den Hinterkopf gepresst wurde.

Eduardo grinste.

„Du siehst, Luciano ist nicht tot."

Jay hatte Luciano nicht gehört. Der Regen war immer noch so stark, dass er viele Geräusche verschluckte.

„Aber das ändert gar nichts, Eduardo, denn dein Kopf befindet sich genau vor meiner Mündung", sagte Jay scharf. „Glaub mir. Ich drücke noch ab, wenn mir Luciano durch den Kopf schießt. Aber wer weiß, vielleicht wäre das Luciano ja gerade recht, vielleicht brauchen

Luzinda und er dich gar nicht mehr, so intim, wie sie seit Neuestem miteinander sind."

Eduardo blinzelte irritiert.

„Was soll das heißen, Luciano?"

„Ich habe keine Ahnung, was er meint, Boss." Luciano hatte zwar ein Sondergeschäft mit Luzinda machen wollen, aber er wollte Eduardo keineswegs als Einnahmequelle verlieren, er wusste, Eduardo hatte noch mehr von diesen wertvollen Steinen.

„Ach ja, Luciano, die Frau an der Rezeption von Lutzindas Bürohaus in London hat dich identifiziert, als ihr die Londoner Polizei gestern ein Fax mit deinem Bild vorgelegt hat."

„Boss, ich hab nur versucht herauszufinden, ob Luzinda deine Lieferung gestohlen hat." Es war ihm gar nicht recht, dass dieser Mann Eduardo gegen ihn aufstachelte.

„Nun gut, das könnt ihr dann unter euch ausmachen. Noch einmal mein Angebot: Lasst Frau Reissig frei und geht, bevor meine Verstärkung da ist. Jetzt."

Eduardo wollte sich mit Jana Richtung Tür schieben.

„Halt. Sag Luciano, er soll als Erster rausgehen. Wenn ihr beide draußen seid, dann lässt du Jana los", befahl Jay.

Eduardo nickte Luciano mit dem Kopf, zu gehorchen.

Luciano hielt die Waffe auf Jay gerichtet, während er an ihm vorbei und dann rückwärts zur Tür ging. Mit dem Rücken drückte er die Tür auf. Er ging langsam hinaus, der Regen hüllte ihn sofort ein, dicke Tropfen klatschten auf sein Gesicht.

„Bleib hinter mir und behalte ihn im Visier", bellte Eduardo einen Befehl an Luciano, während er mit Jana folgte. Jay war das nur recht, so hatte er alle in seinem Blickfeld, ohne seine Augen von Eduardos Gesicht nehmen zu müssen.

Luciano ging noch einen Schritt zurück. Seine Füße waren wenige Zentimeter vom Ende der Rampe entfernt. Eduardo zog Jana noch einen weiteren Schritt nach hinten. Jetzt stand auch er im Regen, und Jay konnte in seinem Gesicht sehen, dass die plötzliche Nässe ihm einen Teil seiner Konzentration nahm.

Der nächste Schritt von Luciano nach hinten ging ins Leere. Er taumelte, fiel und drückte im Fallen seine Waffe ab. Der Schuss pfiff knapp an Jay vorbei. Eduardo drehte reflexartig seinen Kopf zu Luciano um, oder besser dahin, wo er eben noch gestanden hatte. Sie hörten ein hartes Krachen, als Lucianos Hals auf die harte Metallkante von Janas Fahrradanhänger auftraf. Diesmal würde er sicher nicht wieder aufstehen.

Als Eduardo den Kopf zurückdrehte, war Jay bereits bei ihm. Er hatte die Pistole fallengelassen und mit seiner Linken den Arm gepackt, der das Messer an Janas Hals hielt. Fast gleichzeitig trat er ihn mit Wucht gegen das Schienbein. Die Überraschung und sein hartes Training machten Jay trotz der verletzten Schulter für einen Moment überlegen. Eduardo lockerte unwillkürlich den Griff um Jana und Jay schob sie hart zur Seite, fort von Eduardo und dem Messer. Jana verlor das Gleichgewicht, sie fiel und landete auf der Rampe direkt an der Hauswand. Jay hielt immer noch Eduardos Arm mit dem Messer. Eduardo reagierte jetzt und boxte Jay mit aller Kraft mit der anderen Hand in den Magen. Der krümmte sich nach vorne. Als Jana hochkam, sah sie, wie Eduardo mit dem Messer ausholte und auf Jay einstach. Jay sackte zu Boden.

Entsetzen schnürte Janas Kehle zu.

„Jay."

Nein. Eduardo durfte ihn nicht töten. Sie kroch auf der nassen Rampe zu ihm hinüber.

„Jay."

Innerlich schrie sie, aber es kam nur ein Schluchzen aus ihrer Kehle.

Eduardo war mit einem Schritt bei ihr, packte sie bei den Haaren und hob das Messer. Jana rammte das Teppichmesser, das sie immer noch umklammert hielt, in seinen Oberschenkel.

Er schrie auf und ließ sie los. In diesem Moment bemerkten sie beide das Auto, das mit hellleuchtenden Scheinwerfern den Feldweg zum Lagerhaus hinaufgefahren kam.

Eduardo floh. Sie hörte noch ein paar seiner Schritte im nassen Kies, aber dann nichts mehr. Die Dunkelheit und der Regen hatten ihn verschluckt.

Jay lag auf der Seite, Jana drehte seinen Körper zu sich her, sodass er auf dem Rücken lag. Sein Gesicht war ganz ruhig im Lichtschein, der aus der Türe drang.

„Jay." Ihre Tränen mischten sich mit dem Regen, der über sein Gesicht rann. Sie strich mit den Fingern über sein Gesicht, aber seine Augen blieben geschlossen.

# 12 Diäten und Diamanten
### *Romantikthriller*

Als Jana langsam erwachte, nahm sie zuerst nur das dumpfe Pochen in ihrem Kopf wahr. Sie wollte die Augen öffnen, doch ihre Lider klebten aneinander. Irgendetwas war fürchterlich falsch, das wusste sie.

Als sie versuchte sich zu bewegen, spürte sie jeden Knochen in ihrem Leib. Wo war sie und was war passiert?

Langsam setzte ihre Erinnerung ein wie ein Film. Sie sah sich von oben, wie sie mit dem bewegungslos daliegenden Jay auf der Rampe im Regen des ausklingenden Gewitters saß, nachdem Eduardo geflohen war. Wie die Scheinwerfer eines Wagens näherkamen und da plötzlich Phil und der Professor um sie herumstanden. Wie wenig später Sirenen zu hören waren und die rotierenden Lichter von Polizei- und Krankenwagen die Nacht durchschnitten. Dann war da nichts mehr.

Jay. Jay hatte sich nicht mehr bewegt. Eduardo hatte mit dem Messer auf ihn eingestochen, als er versuchte, sie zu retten. Und Jay war zusammengesackt.

Jay war tot.

Jay. Der Mann, der hinter den Dornen eine Rosenblüte gesehen hatte. Der auf sie eingegangen war, der versucht hatte sie zu beschützen. Nun war er tot. Und es war ihre Schuld.

Sie versuchte wieder, ihre Augen zu öffnen, und diesmal gelang es ihr ein wenig besser. Sie sah, dass sie in einem hellen Zimmer lag, das nicht ihr Zimmer war. Das Laken war weiß und über dem Bett hing ein Griff, wie eine Triangel, von einem Gestell herunter.

Sie musste im Krankenhaus sein. Sie sah, dass da jemand in einem Sessel am Fußende ihres Bettes saß. Langsam fokussierten ihre Augen und sie erkannte Phil, der anscheinend im Sessel eingeschlafen war.

„Phil?" Ihre Stimme war so leise, dass sie den Namen wiederholen musste.

Phil wachte auf und kam an ihr Bett.

„Wie geht es dir, Jana?"

„Nicht gut. Es tut mir so leid. Jay ist tot."

„Nein, Jay ist nicht tot. Er war nur bewusstlos. Sie haben ihn zwei Stunden lang operiert. Jetzt liegt er auf der Intensivstation."

„Und er wird wieder gesund?"

„Ja, aller Wahrscheinlichkeit nach."

Tränen der Erleichterung quollen unter ihren Wimpern hervor und liefen ihr über die Wangen.

Oh Gott, ich danke dir.

„Kann ich zu ihm?"

„Es ist jetzt fünf Uhr morgens und er muss sich erst noch erholen, Jana."

Ja, er hatte recht. Jay sollte schlafen und gesund werden.

„Phil? Wieso kamst du mit dem Professor zum Lagerhaus?"

„Na ja, als ich dich gestern angerufen habe, um dir zu sagen, dass ich das erste Mal bei einem Treffen der Anonymen Alkoholiker war, da ..."

„Phil, du warst dort? Das finde ich ganz toll. Du wirst es schaffen und du wirst sehen, wie gut es sich anfühlen wird, nicht mehr Sklave einer Droge zu sein."

„Ja. Jedenfalls, als ich anrief, war da der Kommissar an deinem Telefon und ich gab ihm die Nummer des Professors, damit er herausfinden konnte, was du nach dem Eisessen gemacht hast. Er sollte mir dann auch noch Bescheid geben. Als er nicht zurückgerufen hat, da hab ich den Professor selbst auch angerufen und wir beschlossen, uns am Parkplatz vor deinem Büro zu treffen und gemeinsam zum Lagerhaus hochzufahren."

„Ich danke euch!"

„Danke vor allem dem Kommissar."

„Ja, dem werde ich auch danken." Und ihn um Verzeihung bitten, dass er wegen ihr sein Leben riskieren musste, dachte sie, bevor sie wieder einschlief.

Jana wachte mehrmals im Laufe des Tages auf, aß etwas und schlief jedes Mal wieder ein, wenn man ihr sagte, dass der Kommissar noch schliefe, aber alles in Ordnung mit ihm sei. Als sie am Abend wieder aufwachte, hatte ihr jemand die Abendzeitung auf den Tisch neben ihrem Bett gelegt.

Sie sah die Schlagzeile *Mordserie im Landkreis aufgeklärt* und griff nach der Zeitung. In dem Artikel stand, dass Luzinda Wildgruber in London wegen Hehlerei und Anstiftung zum Mord verhaftet worden war. Einer ihrer Komplizen starb bei dem Versuch, eine Zeugin in Freising zu beseitigen. Der dritte Komplize sei flüchtig, nach ihm werde derzeit gefahndet.

Jana läutete nach der Krankenschwester und fragte, ob sie aufstehen und den Kommissar besuchen dürfe und wie seine Zimmernummer sei.

Der Kommissar sei inzwischen von der Intensivstation in ein normales Krankenzimmer verlegt worden, sagte die Schwester, und sie dürfe ihn besuchen, wenn sie sich gut genug fühle.

Jana zog sich den Bademantel über, den Phil ihr gebracht hatte, und ging auf Strümpfen zu Jays Zimmer ein Stockwerk tiefer.

Ihr Herz schlug laut, als sie vorsichtig an die Tür klopfte.

Jemand sagte herein und sie trat ein.

Er ruhte auf dem verstellbaren Bett in halbsitzender Position, sein nackter Oberkörper war größtenteils durch Kompressen und Bandagen verhüllt, er war blass mit tiefen Ringen unter den Augen.

Sie fühlte, wie ihre Knie weich wurden und ihr die Farbe aus dem Gesicht wich. Es war ihre Schuld, dass er so dalag.

Er lächelte ihr aufmunternd zu.

„Jana, du hättest nicht extra für mich Make-up auflegen müssen, vor allem nicht so bunt." Sie sah im Vorbeigehen in den Spiegel über dem Waschbecken, ein dunkelblaues Veilchen und lila Abdrücke am Kinn und auf den Wangenknochen gaben ihrem Gesicht eine ganz neue Note.

„Ich bin froh, dass es dir so gut geht, dass du schon wieder frech sein kannst", sagte sie und trat an sein Bett.

„Und ich bin froh, dass du hier bei mir bist."

Er nahm ihre Hand. „Komm setz dich neben mich auf das Bett."

Sie hätte ihm nichts abschlagen können, selbst wenn sie gewollt hätte. „Luzinda ist in London verhaftet worden. Ich habe es gerade in der Zeitung gelesen."

„Ja, dank der Zusammenarbeit mit der Londoner Polizei. Der Name Jan Willem van der Haar, den du aus Luzindas Büro hattest, ließ bei denen die Glocken läuten.

„Wieso, wer ist er?"

„Ein Diamantenhändler, den sie schon länger in Verdacht hatten, gestohlene Rohdiamanten aufzukaufen, schleifen zu lassen und dann in den Handel zu bringen. Sie wussten zwar, dass van der Haar Luzinda kannte, aber hatten bisher keine Anhaltspunkte, dass sie ihm die heiße Ware lieferte. Wir hatten den Londoner Kollegen ein Fax mit dem Bild, das du von Luciano gemacht hattest, geschickt. Sie gingen damit zu Luzindas Büroadresse in London. Die Frau an der Rezeption erkannte Luciano. Als sie sie weiter befragten, kam heraus, dass sie Luzinda und Luciano am Telefon belauscht hatte. Luzinda hatte anscheinend das Telefon nicht aufgelegt, nachdem sie die Nummer der Rezeption gewählt hatte. Die Rezeptionistin hatte was von gestohlenen Rohdiamanten gehört, aber nicht kapiert, um was es ging, außer dass die beiden es am Ende in Luzindas Büro getrieben haben.

Jedenfalls, die Londoner Polizei durchsuchte nach dieser Aussage Luzindas Büro."

„Und?"

„Und sie fanden Rohdiamanten aus einem Raub von vor 200 Jahren in Brasilien. Es war ein auffälliger Stein dabei, der eindeutig diesem Raub zuzuordnen ist, denn die Steine sind damals beschrieben worden. Übrigens, auch bei van der Haar wurde eine Durchsuchung durchgeführt. Dort fand man Rohdiamanten, die aus dem gleichen Raub stammen könnten. Die Steine werden noch genauer untersucht."

„Und wen wird man nun wegen des Mordes an Angelika Jordan anklagen?"

„Geschossen hat Luciano, der ist aber tot. Luzinda hat Luciano kurz vor dem Mord an Angelika Jordan auf seinem Handy angerufen, wahrscheinlich hat sie ihn angestiftet und wird deshalb vor Gericht gestellt. Auch Gabriele Mayr alias Gigi wurde wohl von Luciano erschossen. Den Auftrag dazu hatte er vermutlich von Eduardo."

„Gibt es eine Spur von Eduardo?"

„Nein. Und wir wissen nicht einmal seinen richtigen Namen. Luzinda behauptet, sie wisse nicht, wie er wirklich heißt und woher er kommt. Der Ausweis auf den Namen Carlos Antonio Digiacomo, mit dem er sich in München an der Gepäckaufbewahrung auswies, ist vermutlich gefälscht. Wahrscheinlich stammt Eduardo so wie Luciano aus Brasilien. Mehr wissen wir nicht. Wir fahnden nach ihm, aber haben nicht allzu viel Hoffnung auf Erfolg."

Sie schwiegen eine Zeit. Jay spielte mit ihren Haaren, ließ sie in weichen Wellen über seine Arme streichen.

„Jay. Ich muss dir etwas sagen."

„Aber bitte nicht wieder, dass du nichts von mir wissen willst." Er nahm ihre Hand und führte sie an seine Lippen.

„Ich wollte dir sagen, dass es mir leidtut, dass du wegen mir so schwer verletzt wurdest. Und danke, dass du mich gerettet hast."

„Jederzeit wieder."

„Jay, es tut mir leid, dass ich so leichtsinnig war."

Er sah sie lange an.

„Das glaube ich dir sogar. Trotzdem würdest du es wohl nächstes Mal nicht anders machen. Daher mein Vorschlag: Lass mich auf dich aufpassen."

„Du willst mein Bodyguard sein?"

„Ich weiß nicht, ob ich es so nennen würde."

Er legte ihre Hand an seine Wange. Sie wusste genau, woran er sie damit erinnern wollte.

„Jay …"

Sie entzog ihm die Hand.

„Jay, ich habe dich mit jemand anderem gesehen."

Sie drehte sich weg.

„Jana, verdammt. Jetzt red doch endlich mal vernünftig darüber. Wer ist denn schon wieder *mit jemand*? Da ist keine andere Frau, falls du das meinst."

„Aber ich hab dich doch am Mittwoch mit dieser Blondine gesehen. In München am Stachus. Ihr ward so vertraut wie ein … Paar."

„Waaas?" Jetzt dämmerte es ihm.

„Das war die Schwester meiner verstorbenen Frau Sonja. Du musst wissen, Sonja ist vor fünf Jahren bei einem Einsatz von einem flüchtenden Bankräuber erschossen worden. Als ich bei dir übernachtet habe, ist sie mir im Traum erschienen und ich geriet in Panik."

„Deshalb bist du in der Nacht gegangen?"

„Ja, Jana. Ich musste nachdenken, und ich musste mit jemandem über Sonja reden, der sie auch gut kannte."

„Du hattest ein schlechtes Gewissen deiner verstorbenen Frau gegenüber? Wieso nach so vielen Jahren?"

„Weil du mir wirklich viel bedeutest und ich mir mehr mit dir wünsche als nur Spaß für eine Nacht. Und das war neu … seit damals."

Er griff wieder nach ihrer Hand und sah sie fragend an.

„Also, was ist mit uns und mit unserer Liebesbeziehung?"

„Du willst eine Liebesbeziehung, obwohl du davon Albträume bekommst?"

„Die Albträume sind vorbei, Jana. Ich will dich und ich brauch dich. Niemand kann Ziegelsteine werfen wie du. "Er biss sie zärtlich ins Handgelenk. „Und du brauchst mich auch, Jana."

„Ich … Ich weiß nicht, ob ich das kann."

Als er mit seinen Lippen sanft über die Innenseite ihres Handgelenks fuhr, den Unterarm hinauf, liefen ihr Schauer über den Körper.

„Du kannst alles, Jana. Du musst dich nur entscheiden, ob du es willst."

# Epilog

## Diäten und Diamanten
### *Romantikthriller*

*Brasilien 1995*

Der große, stämmige Mann mit der Umhängetasche aus Segeltuch reihte sich in die Reisegruppe vor dem Tor zum Mineralogie-Museum ein. Ein Blick zum Himmel sagte ihm, dass es direkt auf Mittag zuging und keine Wolke sie vor der sengenden Sonne schützen würde.

Die Gruppe wartete auf den bestellten Führer, der ihnen die Mineraliensammlung zeigen und sie mit spannenden Anekdoten in die Geschichte dieser Gegend entführen sollte. Entführen in eine Zeit, als Gold- und Diamantenfieber das Leben bestimmten, eine fröhliche Zeit der Glücksritter und Abenteurer.

Sie waren Ausflügler, die mit einem Kreuzfahrtsschiff der Superlative nach Rio gekommen waren und von dort per Kleinflugzeug einen Ausflug ins Hinterland angetreten hatten. Es war ein Eintagesausflug und ihre Zeit war knapp bemessen. Schließlich sollte ihr Luxusliner heute Abend wieder in See stechen und sie hatten vorher noch den Zuckerhut auf dem Programm.

Der Führer ließ sie warten, einige zeigten bereits gequälte Gesichter und zogen schwitzend ihre Taschentücher heraus. Es fielen die ersten ungeduldigen Bemerkungen, sie wollten es bequem und schön haben auf ihrer Urlaubsreise, schließlich hatten sie dafür bezahlt. Schon am Morgen hatte man sie irritiert, als ihr Bus auf dem Weg zum Flughafen an den *Favelas* vorbeigefahren war. Die bittere Armut der Leute in den Wellblechhütten, die wie Schwalbennester am Hang klebten, hatte ihnen fast die Ausflugsstimmung verdorben. Und nun ließ man sie auch noch hier in der prallen Sonne braten.

Nur den großen, stämmigen Mann störte weder das Warten noch die Hitze. Josef Jordan stand da wie ein Fels in der Brandung, unbewegt und ohne einen einzigen Tropfen Schweiß auf seiner Stirn. Er sah alt aus, älter als er war, Schmerz und Leid hatten tiefe Linien in sein Gesicht gemeißelt. Er wartete und ließ in Gedanken die letzten Jahre Revue passieren. Die Ehe mit Angelika hatte sich zu einem freudlosen Gefängnis entwickelt, nachdem die Ärzte festgestellt hatten, dass sie keine Kinder bekommen konnten. Angelika wurde bitter darüber, denn sie hatte von einer bäuerlichen Idylle geträumt, als sie ihm das Ja-Wort gab, von fröhlichen Kinderstimmen zwischen Hühnergegacker und von vielen kleinen Gummistiefeln neben der

Haustür. Er hatte ihr vorgeschlagen, Kinder zu adoptieren oder sich das Leben zusammen eben anders einzurichten. Aber sie wollte keinen anderen Zukunftsplan als den, den sie nicht haben konnte. Seine Mutter mit ihrer allgemein spitzen Zunge und der böse Dorfklatsch waren in dieser Situation auch nicht gerade eine Hilfe gewesen.

Trotz allem hatte er zu seiner Frau gehalten. Er hatte sich an das Ehegelöbnis gebunden gefühlt und versucht ihr in ihrer inneren Not beizustehen, auch als sie begann, ihn zu beschimpfen und zu beschuldigen, dass er fremdgehe, als er nicht den leisesten Gedanken an andere Frauen hatte.

Etwa im fünfzehnten Ehejahr war es passiert, er hatte Gabriele alias Gigi kennengelernt. Ihr Auto, ein kleiner roter Flitzer, hatte einen Platten auf der Landstraße. Er hatte mit dem Traktor neben ihr angehalten und geholfen, den Reifen zu wechseln. Sie hatte ihn angelacht. Und sie hatten sich fast sofort ineinander verliebt.

Ja, Gigi war ganz anders als er, als alle Leute, die er kannte. Sie war ein wenig schrill, fast exhibitionistisch. Und sie lebte meistens in ihrer Vergangenheit als Schlagersternchen. Aber sie war auch fröhlich und einfühlsam gewesen, hatte ein großes Herz gehabt. Für ihn. Ein halbes Jahr hatte er ihr trotzdem widerstanden, bis er nicht mehr konnte, und sie waren in verzweifelter Sehnsucht ineinandergesunken.

Als er seine Frau um die Scheidung bat, da weigerte sie sich, obwohl sie seit Jahren nur noch böse Worte für ihn hatte. Als sie merkte, dass sie ihn nicht würde halten können, erpresste sie ihn ... um noch einen Monat und noch einen Monat und noch einen Monat. Alle Mittel setzte sie ein, sie hörte sogar auf, zu essen. Trotz allem hatte er sie nie gehasst, hatte bis zuletzt Mitgefühl für sie gehabt, aber das hatte nichts geholfen.

Jetzt war seine Frau tot. Der Gier eines Unbekannten zum Opfer gefallen, einfach zur falschen Zeit am falschen Ort gewesen. Und Gigi war auch tot, aus Berechnung getötet, um die Polizei auf eine falsche Fährte zu locken und ihn ins Gefängnis zu bringen. Die beiden Frauen waren sein Lebensinhalt gewesen. Die eine seine Vergangenheit, die andere seine Zukunft. Alles nun zerstört, von jemandem, der aus Habgier Schicksal gespielt hatte, dem anderer Menschen Leben nichts bedeutete.

In der ersten Zeit nach den Morden hatte er nur Schmerz gefühlt. Dumpf und bohrend. Er war am Boden gelegen. Später hatte ihn ein Gedanke wieder aufgerichtet. Rache. Rache an dem Mann, der zumindest für den Mord an Gigi verantwortlich war. Und Gerechtigkeit für beide toten Frauen, weil dieser Mann den Killer ins

Land gebracht hatte. Er würde diesen Mann aufspüren und vernichten. Deshalb war er hier.

Gerade als die Mehrheit der Gruppe anfing, richtig übellaunig zu werden, kam der gebuchte Führer, ein schmal gebauter Brasilianer mit Gel frisiertem, schwarzglänzenden Haar über dem olivefarbenen Teint. Man hätte ihn als gutaussehend bezeichnet, wäre da nicht eine gewisse Heimtücke in seinen Augen zu erkennen gewesen.

Der Führer trug eine dunkelblaue Uniform aus billigem Tuch, die an den Nähten schon abgestoßen war. An die Brusttasche war ein metallenes Namensschild mit schwarzer eingravierter Schrift geheftet. „Eduardo J. Machado" war da zu lesen und Jordans Lippen verzogen sich ganz kurz zu einem kalten Lächeln.

Eduardo erkannte Josef Jordan fast sofort, diesen Baum von einem Mann, der auch in beigefarbenen Bermudashorts und einem weiß-roten Hawaiihemd eine imposante Gestalt darstellte. Eduardo blickte nervös von links nach rechts. Nein, es war niemand da außer der Reisegruppe, Jordan und ihm.

Jordan sah ihn jetzt an, ohne eine Regung zu zeigen. *Da bist du also, Eduardo.* Du hast gemeint, du könntest dich hierher zurückziehen bis Gras über die Sache gewachsen ist und du an dein Geld in der Schweiz gelangen kannst. Oder bis du eine Möglichkeit hast, die restlichen Steine zu verkaufen?

Jordan schob das Kinn vor, seine Augen waren nur noch Schlitze. Er sah mit Genugtuung, wie hastig und nervös der Atem des Mannes jetzt ging, sah, wie sein Gehirn fieberhaft arbeitete. Er wirkte wie ein Huhn, kurz bevor man ihm mit dem Beil den Kopf abschlägt, dachte Jordan. Aber er mochte Hühner, auch wenn es zu seinen Arbeiten als Bauer gehörte, Hühner zu schlachten. Er mochte Hühner wirklich. Eduardo mochte er nicht.

Eduardo begrüßte jetzt endlich die Gruppe, die sein Zögern überhaupt nicht verstand. Er verhaspelte sich, sein Englisch war schlechter als sonst. Die Leute scharrten mit den Füßen. Sie wollten, dass es endlich vorwärts ginge. Endlich wollten sie etwas hören von Geschichten über funkelnde Diamanten und atemberaubenden Funden. Wilde Geschichten aus längst vergangenen Zeiten wollten sie, von damals als die Menschen noch unzivilisiert und habgierig waren.

Jordan stand da und hörte Eduardos Vortrag zu, unbeweglich, ungerührt. Nichts drängte ihn. Er war angekommen.

Ja, Eduardo, du warst in mancher Hinsicht gut und daher nicht ganz leicht zu finden. Das Nummernschild an deinem gelben Opel war falsch, es brachte die Polizei nicht weiter. Luciano und du wohntet in verschiedenen Hotels, deshalb war die Suche der Polizei dort nicht erfolgreich. Du warst auch nicht mit dem Flugzeug nach München geflogen, da konnte die Polizei lange alle Passagierlisten überprüfen, aber nichts finden. Doch wir haben deinen Weg trotzdem zurückverfolgen können. Überall waren kleine Anhaltspunkte, wie Fliegendreck, kaum sichtbar, aber wenn man genau hinschaute, nicht zu ignorieren. Du warst zwar in einigen Details gut, aber längst nicht gut genug.

Als die Gruppe dem Führer in das Museum folgte, folgte auch Josef Jordan. Ihn interessierten die alten Geschichten nicht wirklich, es waren nicht die Steine, die sein Leben zerstört hatten, sondern Menschen, die Selbstsucht und Habgier in sich hatten keimen lassen. Die diese Saat gepflegt hatten, bis sie das letzte Gute in ihnen überwuchert hatte und sie für ihre Gier zu Mördern geworden waren.

Als sie in den ersten Raum des Museums gelangten, scharrten sich die anderen Teilnehmer sogleich um eine langgestreckte Vitrine mit den verschiedensten ungeschliffenen Steinen, die in der Mitte des Raumes stand. Da waren Opale, Smaragde, Aquamarine und viele andere Rohedelsteine auf schlichtem, weißen Satin drapiert, der zu den Rändern hin schon leicht angegraut war.

An den gekalkten Wänden des Raumes waren alte, gerahmte Schwarzweißfotos aufgehängt. Wettergegerbte Männer, die stolz einen Fund vor die Kamera hielten, Bilder von Minen und Schächten, Flussbetten und Goldwäschern. Zwei rohe Holztüren verbanden den Raum mit zwei weiteren Ausstellungsräumen.

Jordans Blick war vor allem auf Eduardo geheftet. Und auf die Möglichkeiten, die sich ihm boten. Er sah den schweren Holzbalken, der über Eduardos Kopf von einer Hausmauerseite zur anderen ragte. So ein Balken konnte einen Mann glatt erschlagen. Er sah einen Beutel an der Wand an einem krummgeschlagenen Nagel hängen mit einer Beschriftung, die in mehreren Sprachen zu einem Trinkgeld aufforderte. Darin würde sich eine giftige Spinne oder ein Skorpion leicht hineinschmuggeln lassen. Er sah den metallenen Schalter mit dem Eduardo den Deckenventilator in Gang setzte. Der ließe sich mit ein paar umgeklemmten Kabeln unter Strom setzen. Jordan sah seine Möglichkeiten und er war vorbereitet, sie zu nutzen.

Jordan war am Ziel. Sein Weg dorthin war lang gewesen. Er hatte im Gefängnis einen Mann kennengelernt, der sich für ihn und seine Geschichte interessiert hatte und der wusste, wer für ihn die Blutspur aufnehmen konnte. Diesen Spezialisten hatte Jordan beauftragt, den Mörder seiner Frau und seiner Geliebten zu suchen. Sicher, es hatte viel Geld gekostet, er hatte einen Teil seines Ackerlandes verkauft, um den Jäger bezahlen zu können und um seinen Plan vorzubereiten.

Aber das spielte für ihn keine Rolle. Er wollte nicht zeit seines Lebens das Opfer eines Verbrechers sein. Und als Opfer würde er sich fühlen, solange Eduardo noch lebte und wieder zuschlagen konnte.

Als Eduardo mit der Gruppe in den nächsten Raum ging, blieb Jordan zurück und öffnete seine Tasche. Er war inzwischen ein Spezialist für inszenierte Unfälle geworden. Erst wollte er sich für den Metallschalter des Deckenventilators entscheiden, er hatte den Schraubenzieher bereits in der Hand, es wäre einfach, den Leiter auf das Metall zu legen. Aber dann entschied er sich doch dagegen, denn er wäre seines Leben nicht mehr froh geworden, wenn ein unschuldiger Außenstehender den Schalter betätigte und Schaden erlitt.

Als die Gruppe zurückkam, war er mit seinen Vorbereitungen fertig. Eduardo schaute Jordan verunsichert an, es war ihm nicht entgangen, dass er zurückgeblieben war. Doch Jordan stand wie gelangweilt da und betrachtete eines der Bilder an der Wand.

Eduardo führte die Gruppe in den zweiten angrenzenden Raum, dort wo Vitrinen mit Nachbildungen berühmter Schmuckstücke aus Edelsteinen standen. Als sie nach einigen Minuten zurückkamen, verabschiedete er die Gruppe und empfahl ihnen die Souvenirläden gleich um die Ecke.

Beinahe hätte Eduardo vergessen, seinen Trinkgeldbeutel herumzureichen. Dann fiel es ihm noch ein. Die Reisenden waren mit der Führung nicht sonderlich zufrieden gewesen, aber trotzdem warf jeder etwas in den Beutel, schließlich wollte man vor den anderen nicht als geizig gelten. Auch Jordan ließ etwas aus seiner großen, schwieligen Landwirtshand in den Klingelbeutel fallen. Dann ging die Gruppe zum Bus zurück.

Als Eduardo wenig später in den Klingelbeutel griff, war er erstaunt, darin einen kleingefalteten Zettel zu finden. „Ich hätte dich töten können, Eduardo, ich hatte alles dafür vorbereitet. Aber noch lieber als deinen Tod möchte ich, dass du langsam im Gefängnis verrottest."

Eduardo hörte Schritte von außen auf die Tür zukommen. Er fragte sich, was das bedeuten könnte. Er hörte Männer sprechen, dann öffnete sich die Tür. Zwei uniformierte Polizisten traten durch den hereinfallenden Sonnenschein in den Raum. "Mit einem Gruß von Josef Jordan", sagten sie und hielten ihm einen Haftbefehl wegen Ausfuhr von gestohlenen Edelsteinen sowie internationale Auslieferungsanträge wegen Anstiftung zum Mord und versuchtem Mord unter die Nase.

Sie saß allein im Schatten eines Kukuibaumes an einem kleinen, leuchtend blau lackierten Holztischchen. Sonnensprenkel tanzten über den Rasen, wenn die Kokospalmen sich im sanften Wind wiegten. Die Sonne hatte ihren Höchststand am tiefblauen Himmel schon längst überschritten und würde bald untergehen.

Als sie ein Tuckern hörte, blickte Jana von dem Blatt mit den Korrekturen hoch. Sie schaute über die türkisfarbene, palmengesäumte Lagune, aber sie konnte noch nichts sehen, außer dem Segelboot, das da ruhig vor Anker lag.

Trotzdem, sie hatte genug gearbeitet für heute. Sie legte einen großen Stein auf den Stapel mit den Papierbögen auf dem Tisch, damit sie der Wind nicht davon wehen konnte, dann lief sie über den Rasen auf den weißen Sandstrand zu. Sie trug einen pink- und gelbfarbenen Bikini und ein passendes Tuch dazu um die Hüften geschlungen. Zu Hause wäre sie angesichts der Farben wohl schreiend davon gelaufen, aber hier in den Tropen passten sie einfach. Und jetzt da sie durch die umgestellte Ernährung schon dreizehn Kilogramm leichter und ihr Körper trainiert war, fühlte sie sich sexy und wohl in ihrer neuen stoffarmen Bekleidung.

Das Tuckern wurde lauter und bald bog ein kleines Boot mit zwei Männern an Bord um die Kurve und steuerte in die Bucht. Der eine der beiden, ein alter, sonnengegerbter Einheimischer, saß hinten und lenkte das Boot, der andere Mann stand breitbeinig in Bermuda-Shorts und winkte ihr. Der stehende Mann bückte sich und hielt zwei Fische hoch. Sie signalisierte ihm *beide Daumen nach oben*. Das würde wieder ein schönes Abendessen werden - fangfrischer Fisch gegrillt mit Folienkartoffeln und Salat.

Jana ließ das Tuch von den Hüften gleiten und lief ins Wasser. Der Mann mit den Fischen lachte. Er legte seinen Fang weg, sprang kopfüber aus dem Boot und schwamm ihr entgegen, während der andere Mann das Boot ans Ufer fuhr.

„Hallo, mein Fischer, hattest du einen schönen Tag?", gurrte sie, als sie vor ihm auftauchte.

„Oh ja. Und viel Zeit zum Träumen von Fischen und anderen schönen Dingen. Ich glaub, ich muss mir heute noch eine Meerjungfrau fangen."

„Soso", ging sie auf sein Spiel ein, schwamm etwas von ihm weg und legte sich auf den Rücken, sodass er ihre Brüste über dem Wasser treiben sehen konnte. Sie fühlte sich so wohl in ihrem veränderten Körper und er ließ sich so bereitwillig locken. „Du hättest also noch so viel Kraft?"

Er antwortete nicht, sondern tauchte. Und obwohl sie nur halbherzig floh, war sie doch überrascht, wie schnell sie seine zärtlichen Arme um sich spürte. Sie versuchte, sich aus der Umarmung zu schlängeln und bewirkte damit nur, dass er sie noch fester an sich drückte, damit sie ihm nicht entglitt. Er küsste ihren Hals und fuhr seitlich an ihm mit zärtlichen Bissen bis zum Ohr hinauf. Der salzige Geschmack ihrer nassen Haut machte ihn hungrig.

„Geht es dir gut, Jana?"

„Ja Jay, ich wünschte unser Urlaub ginge nie zu Ende." Sie legte sich zurück und ließ sich auf dem glasklaren Wasser treiben. Er zog sie ins Flache und küsste die Innenseite des rechten Fußes. Ein warmer Wonneschauer fuhr ihr an der Innenseite des Beines hinauf.

„Und wie geht es dir mit der Arbeit an deinem Gartenbuch?"

„Ich bin schon fast durch mit den Korrekturfahnen. Wenn du das nächste Mal fischen gehst, werde ich es fertigmachen. Die wenigen Änderungen werde ich dem Verlag durchfaxen, dann können sie mit der Herstellung beginnen."

„Dann hast du dir ja eine Belohnung verdient."

„Finde ich auch", grinste sie.

Er knabberte an der Innenseite des anderen Fußes entlang hinauf zu ihrem Knie. Jana löste sich langsam in Wohlgefallen auf.

Er zog sie an seinen Körper heran, sodass ihre Beine seine Hüften umschlingen konnten.

„Jay, wir sind noch nicht alleine." Aber sie konnte es kaum erwarten. Er fühlte sich so gut an.

„Ich will dir auch nur einen Vorgeschmack geben auf die Nacht mit mir."

„Oh. Du willst mich noch bis heute Nacht warten lassen?" Jana drückte sich an ihn. „Das werde ich dir aber nicht leicht machen."

Jay lachte. „Das weiß ich. Und ich werde es genießen."

Er hob sie an und trug sie aus dem Wasser. Er ließ sich mit ihr nass, wie sie waren, in den Sand fallen. Sie balgten sich lachend, bis sie beide mit einer dicken Sandkruste überzogen waren.

Der Fischer näherte sich, um sich zu verabschieden. Er hatte sein Boot an Land gezogen und Jays Fische auf die Eingangsstufen zu ihrem Ferienhäuschen gelegt. Nun wollte er sich mit seinem eigenen Fang nach Hause aufmachen. Jay zog Jana aus dem Sand hoch und so standen sie beide da, sandverkrustet, als gehörten sie zu einem vergessenen Stamm auf einer vergessenen Insel.

Jay bedankte sich bei dem Fischer und sie verabredeten sich für einen der nächsten Tage. Der Mann zwinkerte Jana zu und zeigte ihr ein bezauberndes Lächeln voller Zahnlücken. Sie solle Jay nicht so doll hernehmen, sagte er, sonst würde er zu schwach für das Fischen. Jana lachte und gab ihm Grüße an seine Frau mit auf den Weg.

Als der Fischer gegangen war, liefen sie zur Dusche am Eingang ihres Gartens und wuschen sich gegenseitig mit dem Wasser aus der sonnenwarmen Leitung den Sand vom Körper. Jay zog Jana an sich und küsste sie tief und innig, während das Wasser über sie rieselte. Jana fühlte sich geborgen, warm und begehrt, als seine Hände ihren Rücken hinabglitten und er sie an sich presste.

Sie nahmen ein großes Handtuch von der Leine und schlenderten zum Ufer, wo kleine Wellen sanft auf den Strand fielen.

Sie setzten sich. Die Sonne neigte zum Horizont und tauchte den Himmel in Gold- und Orange-Töne, die sich an einzelnen Wölkchen brachen. Als sie seine Schulter küsste, sah sie wieder die Narben und musste an die schreckliche Nacht im Juni letzten Jahres zurückdenken, an die Angst und die Brutalität, und wie Jay am Ende leblos auf der Rampe gelegen hatte. Die Welt hatte in diesem Augenblick stillgestanden.

Jana fröstelte, als sie das Bild vor ihrem geistigen Auge wiederauferstehen sah, und sie schmiegte sich näher an ihn.

„Als ich dich damals auf der Rampe im Regen liegen sah, da glaubte ich, du seiest tot."

Er zog sie an sich und küsste ihre Schläfe.

„Das war eine schlimme Nacht. Aber aus dem Schlimmen ist für uns beide etwas Gutes gewachsen. Ohne diese Nacht würden wir heute vielleicht nicht hier zusammen sein."

„Ja, Jay. Weil mir da erst klar geworden ist, wen und was ich beinahe verloren hätte."

Sie legte ihren Kopf auf seine Schulter. Sie schwiegen.

„Ich bin froh, dass Josef Jordan sich in Ouro Perigoso entschieden hat, Eduardo der Polizei auszuliefern, statt ihn zu töten", sagte Jay nach einer Weile.

„Ja. Jetzt hat er die Chance auf einen Neuanfang, auch wenn er das erst ahnt, bei all dem Schmerz und Hass, durch den er hindurch muss. Ich freu mich für ihn, dass ihr beide euch angefreundet habt und er sieht, dass auch das Schlimmste überwindbar ist." Jana malte mit dem Finger Kreise in den Sand. „Und wenn ich eines durch die schrecklichen Ereignisse gelernt habe, dann, dass man jede Chance nutzen sollte. Es kann schneller die letzte sein, als man denkt."

„Trotzdem, liebe Jana, hast du mich noch ewig lange zappeln lassen, bis du deine Chance genutzt hast."

„Einen ganzen Tag", riefen sie wie aus einem Munde.

Sie lachte und biss ihn sanft ins Ohrläppchen. „Du meinst, bis ich dich benutzt habe, wie du benutzt werden wolltest, mein williger Liebesdiener."

„Wir haben Glück gehabt, dass wir nicht wegen Unsittlichkeit aus dem Krankenhaus geflogen sind."

„Ich bin froh, dass du an uns geglaubt hast, als ich noch meilenweit davon entfernt war, Jay."

„Meine Hartnäckigkeit hat sich gelohnt."

„Das finde ich auch."

Die Sonne war jetzt nur noch ein kleiner Goldstreifen am Horizont, beim nächsten Blinken war sie weg.

„Willst du wissen, was mir am meisten Spaß macht?", fragte sie ihn und rieb ihre Wange an seiner warmen, sonnengebräunten Haut. Er antwortete nicht, sondern umfasste ihr Kinn und hob ihr Gesicht zu sich. Seine Lippen fuhren sanft über die ihren, die sich öffneten und seinen Kuss erwiderten.

Sie schlang ihre Arme um ihn und ihre Hände strichen über seinen Rücken. Als er sich nach hinten fallen ließ und sie über sich zog, seufzte sie. „Ich meinte doch zusammen kochen, reden, zusammensein. Aber das hier ist auch nicht ganz schlecht."


*Fünf Monate später*

Jay war gerade dabei, seine Jacke anzuziehen und sich von seinen Kollegen ins Wochenende zu verabschieden, als das Faxgerät losratterte. Er hatte Großes für dieses Wochenende geplant, das er mit Jana am Chiemsee verbringen wollte. Er würde sie fragen, ob sie ihn heiraten wolle, und er wusste, dass er ein hartes Stück Arbeit vor sich hatte, sie davon zu überzeugen. Aber er war zuversichtlich.

Er ging hinüber und nahm das Blatt aus dem Gerät. Das Fax kam aus Brasilien, Absender war die Polizei von Ouro Perigoso. Der Text war auf brasilianisch, offenbar hatte jemand einen Zeitungsausschnitt auf ein Blatt Papier geklebt und es durchgefaxt. Der Name Eduardo J. Machado war das einzige, was Jay in dem Text verstand. Er ging zu dem Kollegen im Nachbarbüro, der etwas portugiesisch sprach, und bat ihn um Hilfe. Der übersetzte es ihm:

Der Gefangene Eduardo J. Machado und zwei weitere Gefangene sind gestern aus dem Staatsgefängnis ausgebrochen. Die Polizei hatte von dem geplanten Fluchtversuch gewusst und gehofft, Eduardo würde sie zu dem Versteck der noch fehlenden Diamanten aus dem Raub von 1782 führen. Aber auf der Flucht wurde E. J. Machado von einer Giftnatter gebissen. Seine

Komplizen ließen den mit dem Tode ringenden Mann zurück. Als die Polizei Eduardo fand, war es zu spät, er starb wenige Minuten später. Auch die zwei anderen Ausbrecher verloren ihr Leben, als sie einen Fluss überqueren wollten, dessen Gewalt sie wohl unterschätzt hatten. Für die noch fehlenden Diamanten aus dem Raub von 1782 ist weiterhin eine Belohnung ausgesetzt.

# Verzeichnis der enthaltenen Rezepte

**Weitere Jana-und-Jay-Romantikthriller**
"LEBENSHUNGER", Eva B. Gardener, Gmeiner Verlag, Meßkirch 2005
"DROGEN, GELD UND KALTE FÜßE", Eva B. Gardener, Books on Demand, Norderstedt Neuauflage Ende 2015 (Erstauflage 2008 unter dem Titel "Traumfigur")

**Website von Eva B. Gardener**
www.evabgardener.de